四川省高校人文社会科学重点研究基地——川酒文化国际传播研究中心重点课题
"生态翻译学视域下中国传统典籍中酒令的英译研究"（CJCB2019-02）

西南石油大学人文社科专项基金资助（2018RW019）

孙越川　阮先玉 ／ 著

A Study on the English Translation of Drinker's Wager Game in *A Dream of Red Mansions*

《红楼梦》中酒令英译研究

四川大学出版社
SICHUAN UNIVERSITY PRESS

图书在版编目（CIP）数据

《红楼梦》中酒令英译研究 / 孙越川，阮先玉著
. 一 成都 ：四川大学出版社，2023.6
（译学新论）
ISBN 978-7-5690-5981-6

Ⅰ．①红… Ⅱ．①孙… ②阮… Ⅲ．①《红楼梦》—
酒令－英语－文学翻译－研究 Ⅳ．① H315.9 ② I207.411

中国国家版本馆 CIP 数据核字（2023）第 021528 号

书　　　名：《红楼梦》中酒令英译研究
　　　　　　《Hongloumeng》zhong Jiuling Yingyi Yanjiu
著　　　者：孙越川　阮先玉
丛 书 名：译学新论

丛书策划：侯宏虹　张　晶
选题策划：敬铃凌
责任编辑：敬铃凌
责任校对：余　芳
装帧设计：阿　林
责任印制：王　炜

出版发行：四川大学出版社有限责任公司
　　　　　地址：成都市一环路南一段 24 号（610065）
　　　　　电话：（028）85408311（发行部）、85400276（总编室）
　　　　　电子邮箱：scupress@vip.163.com
　　　　　网址：https://press.scu.edu.cn
印前制作：四川胜翔数码印务设计有限公司
印刷装订：四川盛图彩色印刷有限公司

成品尺寸：170 mm×240 mm
印　张：15
字　　数：275 千字

版　　次：2023 年 6 月 第 1 版
印　　次：2023 年 6 月 第 1 次印刷
定　　价：78.00 元

本社图书如有印装质量问题，请联系发行部调换

扫码获取数字资源

四川大学出版社
微信公众号

目　录
CONTENTS

第一章

绪 论

第一节　研究背景

一、中国传统文化的外译

　　当今世界正处于全球化和多元化的双重语境之下，呈现出百花齐放的繁荣景象。一方面，各民族文化在全球化的感召下不断走向世界，与他文化频繁接触、竞争和融合；另一方面，每一个民族又都致力追求在全球化的今天保持本民族文化的特异性和独立性。因此，在本民族文化走向世界的过程中，翻译的作用愈发突显。尽可能保留民族文化的原汁原味，又能很好地被他文化所了解和接受，是每个文化翻译者追求的目标。

　　中国传统文化，在 19 世纪被称为"国学"。清末"西学东渐"之风兴盛，魏源、张之洞等人提出了与"西学"相对的"中学"，主张"中学为体，西学为用""旧学为体，新学为用"。民国时期，以胡适为代表的学贯中西的学者，提出"国故""国粹"等概念，实质都是"国学"的变体。狭义的"国学"，指中国古代的思想文化学说，以先秦诸子百家为根基，涵盖玄学、佛学、理学等一系列学术体系门类。广义的"国学"则在思想学说基础上，还包括从古至今的政治、经济、文化、艺术、语言、文字、民俗等内容。正如胡适所说："中国的一切过去的文化历史，都是我们的'国故'；研究这一切过去的历史文化的学问，就是'国故学'，省称为'国学'。"（胡适，1923）

　　2014 年 10 月 13 日，习近平总书记在主持中共中央政治局第十八次集体学习时强调："中华优秀传统文化是我们最深厚的文化软实力，也是中国特色社会主义植根的文化沃土。每个国家和民族的历史传统、文化积淀、基本国情不同，其发展道路必然有着自己的特色。"2018 年 8 月 21 日至 22 日，习近平总书记在全国宣传思想工作会议上的讲话进一步指出："中华优秀传统文化是中华民族的文化根脉，其蕴含的思想观念、人文精神、道德规范，不仅是我们中国人思想和精神的内核，对解决人类问题也有重要价值。"中国传统文化作为当今中国发展的软实力，发源于历史，立足于当代，具有鲜明的民族特性和历史风格，这正是中国传统文化的特点之一。这种独树一帜的精神特色，不仅对当今中国具有重要意义，对整个世界的发展也至关重要。

2014 年 2 月 17 日，习近平总书记在省部级主要领导干部学习贯彻十八届三中全会精神全面深化改革专题研讨班开班式上的讲话中提出："要加强对中华优秀传统文化的挖掘和阐发，努力实现中华传统美德的创造性转化、创新性发展，把跨越时空、超越国度、富有永恒魅力、具有当代价值的文化精神弘扬起来，把继承优秀传统文化又弘扬时代精神、立足本国又面向世界的当代中国文化创新成果传播出去。"中国传统文化的对外传播，不是机械性地复制传递，而是承接历史、深入挖掘转化、结合时代精神、具有创造性、富于跨越性的过程。在这一过程中，一批优秀的译本、一批优秀的译者，是决定中国传统文化传播质量和成果的决定性因素。

2013 年以来，随着我国"一带一路"倡议的实施，中国文化进一步走向世界，中西方愈加频繁的交流使得中国优秀传统文化在国际的传播变得愈加重要。中国传统文化作品是中国文化的重要载体之一，这些作品的译介可使西方有更多的机会了解中国的语言文化。近些年，随着中国国际影响力的加大，越来越多的经典作品走出国门。译介者有来自世界各地热衷于中国语言文化的汉学家，也有中国本土的学者，他们为中国传统文化作品的外译做出了杰出的贡献。然而，外国汉学家虽然精通中国文化，但中外文化的巨大差异使他们仍然无法完全准确地了解中国的历史和社会背景，导致他们译介的中国经典文学存在错译、漏译等情况。中国本土学者虽然精通中国语言文化，但目标语只是其第二语言，无法实现目标语译介的完全对等。现有的中国传统文化外译作品，都存在较为相似的问题，即着重考虑语言因素，而较为缺少对应的双语文化解读，使得目标语读者只见其言，难描其神。

当前中国传统文化外译主要存在以下三点问题。

第一，文化外译主体不明确。一直以来，文化外译都有关于译者身份的争议。中国译者是否能成为合格的中国传统文化译介者，逆向翻译是否能实现文化的准确传播，都是翻译界长期争论的问题。相较于外国译者，中国译者对目标语的掌握程度相对较低，往往难以选用最适合目标语读者的字词句和逻辑形式。因此很长一段时间内，外国译者承担了主要的中国文化外译工作，但是随之也出现了一系列的问题。比如美国译者宇文所安在翻译杜甫《饮中八仙歌》时，将诗句"李白斗酒诗百篇"译为 Li Bai makes a hundred poems out of one quart of ale（宇文所安，2004）。原句用夸张虚写的手法，用了"百"这个词虚指李白诗篇数量很大。但宇文所安用了 a hundred 直译，将虚指变成实指，改变了原文意义。另外，原句中的"酒"应当是中国特产的白酒或黄酒，但宇文所安却将其译为ale，一种传统的英式麦芽啤酒。读者在阅读译文时，看到几百年前的诗仙李白喝了英国的啤酒来赋诗，无疑会啼笑皆非。由此可见，中国文化外译的主体只依赖于外国译者可能是行不通的。作为本民族文化的直接传承者，中国译者具有先天的文化解读优势，但需要大力提高目标语水平。中国的双语学者任重而道远。中国学者承担这一历史使命，是推介中华文化优秀成果的需要，是建构中华文化话语体系的需要，也是增强我国文化软实力的需要。

第二，文化外译的学科主体不明确。从狭义的角度来看，中国传统文化外译与语言文化相关，主要涉及外语、中文等人文类学科。根据文化翻译史，这两个学科从事文化外译工作最多。但从更广义的角度来看，中国传统文化涵盖政治、经济、文化、法律、文学、民俗、化学、物理、地理等众多学科。学科的专业性和跨学科的广博性，都对外译提出了更高的要求。人文类学科的译介者可能无法兼顾理工类学科文献的外译，理工类学科的研究者又很少从事专门的文献翻译工作。外语类学科译者虽精通目标语，但知识结构相对比较单一，无法自如应对文化外译跨学科的专业知识要求。凡此种种，都造成了当前中国传统文化外译的混乱和困难。

第三，文化外译的对象不明确。中国传统文化文献浩如烟海，哪些文献应当被外译传播，是需要重新审视和正视的问题。自明末清初以来，中国传统文化文献著作大量翻译出版。中外学者对这些书籍进行了归纳整理，先后出版了法国汉学家考狄的《中国书目》（1881）、袁同礼的《西文汉学书目》（1958）、王尔敏的《中国文献西译书目》（1975）等。根据这些书目记载，外译的中国传统文化文献主要集中在经史子集四部，以诸子百家为主，还有诗词歌赋等文学典籍。针对现有的记录，关于文化外译对象主要存在三个问题。第一，外译对象主要是传统人文类典籍，理工类文献的译介较少，有大量其他专业文献亟待翻译。第二，外译对象主要是中国古代文献，对现当代的优秀文化典籍作品译介较少。第三，一些文化典籍虽然译本不少，但是翻译质量参差不齐，文化翻译存在缺失，相关翻译研究还存在很多问题。这为新时期中国传统文化外译提供了新的方向和思路，为中国优秀文化的全面对外传播提供了契机。

随着社会的发展，国家之间的交流已经不限于政治经济层面，思想文化的交流日益增多，各国文化经典也在当中扮演着重要的角色。一个国家的文化经典承载着这个国家的文化底蕴与内涵。随着中国政治经济实力的不断增强，中国正在顺应时代潮流，将"中国文化走出去"倡议与"一带一路"倡议结合起来，大力推动中华文化经典的外译及外译研究。其中，对文学经典的准确翻译及相关翻译研究是一项重要工程。一些优秀文化典籍如《红楼梦》《水浒传》等，尽管已经有了译本，但对其译本质量尤其是文化翻译成效的研究还远远不够，还需要对其中的各个部分和细节的翻译进一步深入探索。

二、《红楼梦》其书及其英译版本

《红楼梦》是中国古代章回体小说的巅峰之作，也是中国四大古典名著之一。小说以庞大的封建时代为背景，详细描述了以世代官宦贾府为中心的四大家族贾、史、王、薛的兴衰历程，透过贾宝玉、薛宝钗和林黛玉的三角爱情与婚姻悲剧，深刻地再现了中国古代社会的世态百相。《红楼梦》通行本一共有120回，学界普遍认为前80回是清代曹雪芹所著，后40回是后来高鹗补著。一直以来，中外学者对《红楼梦》的研究颇多，形成了各大学术流派，共同构建了以研究此小说为中心的"红学"。

早在19世纪初期，《红楼梦》就开始被译介到国外。率先翻译《红楼梦》的是英国新教传教士马礼逊（Robert Morrison）。1812年，在他的一些私人信件中发现了《红楼梦》第四回的几段英译文字，但只录于信中，没有正式出版。1816年，马礼逊出版《中文会话及凡例》，其中引用《红楼梦》第三十一回贾宝玉与袭人对话的英译段落。这被视为《红楼梦》英译的正式开端。之后，陆续有一些英国来华人士对《红楼梦》做出零星翻译，包括英国驻华公使、香港第二任总督德庇时（John Francis Davis）、英国驻宁波领事罗伯聃（Robert Thom）、英国外交官梅辉立（William F. Mayers）、英国传教士艾约瑟（Joseph Edkins）等。1868年，清朝海关职员英国人包腊（Edward Charles Macintosh Bowra）在《中国杂志》上连载《红楼梦》前八回译作，这是第一次对《红楼梦》较大规模的译介，但是仍然只是片段，没有全书翻译。一直到19世纪末，英国驻澳门副领事亨利·班柯拉夫特·乔利（Henry Bencraft Joly）才开始全面翻译《红楼梦》，并于 1892 年至 1893 年出版前 56 回的英译本。可惜他尚未完成全书翻译就不幸辞世，致使全书英译计划搁浅。

　　进入 20 世纪后，开始陆续有学者翻译出版《红楼梦》全书的编译本和全译本。1929 年，毕业于留美预备学堂（清华大学前身）的王际真在美国将《红楼梦》原著节选编译为 39 节和一个楔子，后半部故事作提要式叙述，编译本译名为 *Dream of the Red Chamber*，在美国出版发行。同年 6 月，天津《大公报·文学副刊》第 75 期曾刊发署名余生的《王际真英译节本〈红楼梦〉述评》一文，文中评价王译本的特色说："总观全书，译者删节颇得其要，译笔明显简洁，足以达意传情，而自英文读者观之，毫无土俗奇特之病。……故吾人于王际真君所译，不嫌其删节，而甚赞其译笔之轻清流畅，并喜其富于常识，深明西方读者之心理。《聊斋》《今古奇观》《三国演义》等，其译本均出自西人之手。而王君能译《红楼梦》，实吾国之荣。"该译本自出版到 1978 年杨宪益、戴乃迭译本发行之前，一直是欧美地区最为流行的《红楼梦》英译本，得到西方汉学家的推崇。王际真是中国译者承担中国传统经典文化翻译工作的杰出代表，这也说明中国译者能够成为合格的中国传统文化传播者。

　　1957 年麦克休姐妹（Florence Mchugh & Isabel Mchugh）转译德国翻译家弗朗茨·瓦尔特·库恩（Franz Walter Kuhn）的德文译本，并发行出版。但这个版本与原著相比有较大的改动。

　　1970 年至 1980 年，英国汉学家戴维·霍克斯（David Hawkes）历时十几载，终于完成《红楼梦》前 80 回的英译，译名为 *The Story of Red Stone*，分别于 1973、1977 和 1980 年出版发行分册。剩下的 40 回由其女婿约翰·闵福德（John Minford）翻译完成。霍克斯和闵福德的全译本成为西方世界第一部共 120 回的《红楼梦》英译版本，在整个西方影响很大。

　　20 世纪 60 年代初，中国优秀翻译家杨宪益、戴乃迭夫妇开始翻译《红楼梦》，中间一度中断，几经周折，终于在 1974 年完成译稿。1978 年至 1980 年，这一译本由外文出版社分三卷出版，译本名为 *A Dream of Red Mansions*。这一译本在中国国内的影响很大，颇受推崇。

　　根据整理总结，《红楼梦》现有的英译全本或编译本还有黄新渠在 1991 年出版的编译本、王国振在 2012 年出版的编译本。另有记载，20 世纪 50 年代，英国传教士布拉姆维尔·西顿·邦斯尔（Bramwell Seaton Bonsall）翻译完成《红楼梦》英语全译本,但没有正式出版,2004 年香港大学图书馆在其主页发布电子版。这些译本虽然都颇有建树,但在学界的影响力始终不及霍译本和杨译本。

霍克斯翻译的《红楼梦》英文版,至今在西方世界的地位独一无二。自从 20 世纪 80 年代霍译《红楼梦》全译本出现后,至今仍然没有一部新的英译本超过这个版本。杨宪益和戴乃迭的译本,相对于霍译本,在西方和国内的评价褒贬不一。西方学界认为其不如霍译本,国内译界评价甚高。这两个译本,一为外国译者所出,一为中国译者所出,正好为中国传统文化译者身份主体问题提供了参考案例。对比分析两个译本各自的特点和优劣,可帮助探究其背后的文化等各种因素。

本书研究《红楼梦》酒令的英译,便选择最具代表性,也最被人所熟知的两个译本。一是大卫·霍克斯所译的《石头记》(*The Story of Red Stone*)(简称"霍译"),二是杨宪益及其夫人戴乃迭所译的《红楼梦》 (*A Dream of Red Mansions*)(简称"杨译")。本书透过两个英译本,对比、分析其中的酒令翻译,赏析其优秀之处,探究其争议之处,由此形成《红楼梦》中酒令文化的系统框架,并结合原文本和两个译文本,探讨《红楼梦》酒令英译的规律、方法和风格。

三、《红楼梦》中的酒令及其英译

酒令,是中国民间的一项传统娱乐方式,也是中国古代宴席上常见的一项文人游戏,通常用于宴会、酒席和郊游助兴,往往以饮酒者喜闻乐见的方式展开,以烘托饮宴的气氛,也表现出行令者的身份、性格等。一般宴上会推荐一人为令官,其他人轮流对诗、猜谜、制筹等,违令者罚杯,故又称之为行令饮酒。酒令这项活动,上至文人雅士,下到平民百姓,日常生活中都会开展,只是在方式上有着较大的差异。文人雅士一般行的酒令都比较高雅,富于文化内涵,例如对诗、对对联、猜谜等;而普通老百姓在行酒令时,方式会更加简单,酒令内容浅显易懂、轻松诙谐。

《红楼梦》中存在着大量的酒令,表现出不同的文化色彩,蕴含着丰富细腻的内涵、巧妙的暗喻、频繁的隐喻等。酒令一方面体现了曹雪芹高超的文字技艺,另一方面也符合《红楼梦》中的名门望族贾府书香门第的身份。《红楼梦》中的酒令类型繁多,包括文字令、花签令、牙牌令、女儿令等多种形式。小说中,不同的酒令由不同的人来行令。《红楼梦》中的人物有上百人,上至皇亲贵族，下到乡村农夫，不同的人在小说中的身份、性格、文学素养乃至命运都千差万别。曹雪芹刻画的故事，情节丰富曲折，出场人物繁多，人物关系更是错综复杂。曹雪芹在各个章节通过酒令这项民间娱乐活动，将不同社会地位、不同文化背景、各阶层的人精心杂糅聚集在一起，大家轮流对诗、猜谜、制筹行令，描绘出一幕幕场面宏大、气氛高涨、热闹非凡的场景。但酒令描画的作用并不仅限于此。曹雪芹刻意安排这一系列的酒令，借饮宴的热闹场面，将众人百态都刻画在了行酒令中。读者通过仔细分析行酒令时的人物动作、神态和酒令内容，可以推测出人物的命运和故事的走向。因此，整理酒令有助于梳理各酒令的特点和内容，也有助于更好地理解《红楼梦》中的酒令文化。

酒令的翻译，是《红楼梦》外译的重要内容之一，并且常常伴随着文化背景的译介和传播。酒令具有酒文化的普遍性特征，也具有独特的文化内涵。在《红楼梦》英译研究中，应当有酒令的一席之地，应对酒令英译进行系统性的归纳和整理，使酒令区别于书中的其他诗词歌赋，确立独一无二的位置。同时，在研究酒令英译时，除了探讨译本是否准确译出酒令的字面意思，还需要关注其是否译出隐藏的文化内涵以及对人物命运和故事结局的暗示。

《红楼梦》是一本半白话的小说，也是中国传统文化文献经典之一。书中大量的诗词歌赋、服饰医药、建筑饮食等文化元素，一直受到英译研究者的青睐。酒令的英译也有不少学者研究涉猎，但大多只是零星研究，目前还没有系统而全面地对《红楼梦》中所有酒令英译的分析探讨，这也是本研究展开的目的。在当前中国传统文化大量外译的背景下，对《红楼梦》中酒令英译深入细致的研究，可以在经典外译的策略和方法上提供例证和启示，对其中遇到的问题提出解决的思路和途径，这也是对中国传统文化传播工作的促进和推动。

第二节　研究现状

《红楼梦》作为中国文学与文化集大成者，是中华文化对外交流的重要文献。对其外译情况的分析探讨一直是学界研究的重点。进入 21 世纪以后，《红楼梦》的外译研究依然如火如荼，其中也融入了不少新的理论和视角。这些新思想的碰撞，将《红楼梦》的外译研究推向了另一个高潮。中外学者对《红楼梦》

的英译研究呈现出百花齐放、百家争鸣的局面。

从研究视角出发，现有研究主要以文化、文学为主，也广泛涉及语言学、医学、传播学、翻译学等不同领域。

（1）文化视角。《红楼梦》中所囊括的文化元素繁多，由于外译大量涉及中西文化差异和中国本土文化转译的问题，相关研究最为普遍。如彭爱民关注《红楼梦》中的典故文化，通过分析文学典故、历史典故和神话传说、民间故事典故在霍译和杨译中的翻译策略和方法，寻找典故翻译的得失和改进措施，并倡导尽可能在译文中保持原典故的文化风味（彭爱民，2013）。赵璧探讨"玉"文化在《红楼梦》中的分布及翻译，比较两个译本对"玉"意象所采取的不同的翻译策略，讨论怎样再现其中蕴含的"贵""德""美"的多重思想寓意（赵璧，2012）。曾国秀、朱晓敏对《红楼梦》中的官制文化进行了分析，还分析了杨译和霍译对同一官制的不同翻译处理方法，追根溯源，以确立标准的"六部"译法（曾国秀，朱晓敏，2013）。

（2）文学视角。作为一部传统文学经典，《红楼梦》蕴含了大量的诗词、曲赋、对联、灯谜、唱词等文学元素，对这些文学元素的翻译既存在语言差异的问题，也涉及文学特色的保留问题。许多学者从文学角度对翻译情况进行赏析，探讨怎样在翻译中保留中国传统文学的美感。如初良龙以《红楼梦》中的古诗词为研究对象，从增补诗人身份、诗词背景、语义空缺三个方面探讨霍译本的增译策略及原因（初良龙，2019）。王鹏飞、刘淳通过霍译版本中对秦可卿形象的译介，探讨不同语言载体以及异质文化的差异性导致了中国经典小说人物形象的塑造在外译中的不足和缺失（王鹏飞，刘淳，2018）。赵长江、李正栓从整个宏观的诗体视角，探讨霍克思将《红楼梦》中的散体诗译为英语诗体的过程，详细描述其转换方式（赵长江，李正栓，2011）。陈琳以《红楼梦》中"看官"英译为例，从文学接受的视角探讨古典白话小说"说书体"叙事风格译介的可接受性和充分性（陈琳，2011）。

（3）语言学视角。《红楼梦》既是文化的百科全书，也是语言的百科全书，其中用字、遣词、造句、修辞手法、习语等都极为讲究，也给英译带来了很多困难。陈云珠在《〈红楼梦〉修辞格的等效翻译》中，将原书修辞格分为语音修辞、结构修辞和语义修辞三类，并对比分析杨译和霍译在翻译三种修辞格时所用的方法以及翻译效果（陈云珠，2005）。侯羽、刘泽权从词性转换的角度，探讨《红楼梦》英译时主语位置名词化的使用以及成因（侯羽，刘泽权，2012）。杨柳川以自由直接引语为研究对象，探讨此类语言成分在英译中应当采用的翻译策略和方法（杨柳川，2013）。陈述军、陈旭芳以《红楼梦》中的特殊名物词"飑罳"与"点犀"为例，研究中国传统典籍中名物词的翻译方法（陈述军，陈旭芳，2019）。党争胜探讨民俗文化词的翻译问题，以"压岁钱"的英译为例，分析此类富于民族特色的文化负载词应当如何翻译（党争胜，2015）。刘晓天、孙瑜探讨霍克思的译本中，添加比喻这一修辞手法以再现原文的表达内容和形式（刘晓天，孙瑜，2019）。他们还探讨了《红楼梦》中的习语在霍克思译本中的英译情况，及其中的跨文化阐释和意义（刘晓天，孙瑜，2018）。

除此之外，对《红楼梦》英译的研究主题还关涉很多不同的方面，呈现出明显的跨学科特色。有研究与校勘学、版本学相结合，探讨《红楼梦》的英译版本及其中文底本的问题，如范圣宇的《浅析霍克思译〈石头记〉中的版本问题》（2005）、徐艳利的《从可卿托梦看霍克思〈红楼梦〉英译的底本选择》（2015）等。范圣宇强调，版本校勘与中国古典文学英译之间，有着重要的关系，如果忽视，可能会得出错误的结论。以《红楼梦》为例，有的学者以为不同英译版本的相异之处是译者水平高低不同所致，但实际上英译的不同有时是中文底本原文的不同所致（范圣宇，2005）。有研究与医学相结合，探讨《红楼梦》中医学相关知识和概念的英译，如李振的《语义和交际观下〈红楼梦〉医药文化因素的英译策略——兼评霍氏和杨氏两译本医药英译的得失》（2012），王银泉、杨乐的《〈红楼梦〉英译与中医文化西传》（2014），包玉慧、方廷钰、陈绍红的《论〈红楼梦〉英译本中的中医文化误读》（2014）等。《红楼梦》中有大量不同的中医词汇和中医医学理论概念，是中华文化的精髓之一。通过对其英译的研究，不仅可以看到中西文化的不同，也为中华中医文化的对外传播提供了依据。有研究与传播学相结合，如汪庆华的《传播学视域下中国文化走出去与翻译策略选择——以〈红楼梦〉英译为例》（2015）、洪涛的《"大国崛起"之论与明清小说对外传播的问题——〈水浒传〉〈红楼梦〉的译论与研究伦理（research ethics）》（2014）等。学者们普遍认为，在对外传播过程中应注重英美文化群体读者的接受能力和立场，结合中国译者偏向异化的译本和外国汉学家偏向归化的译本，以满足不同类型读者的需要，助推中国文化走出去。

随着时代的发展和进步，《红楼梦》的英译研究融入了越来越多的新学科、新理念，形成一系列跨学科、跨视角的成果。（1）语料库视角。伴随语料库理论和方法的发展与成熟，许多研究者开始将其作为切入点，用更科学准确的数据审视不同的译本，探讨译者的翻译策略等问题，如张丹丹、刘泽权的《〈红楼梦〉乔利译本是一人所为否？——基于语料库的译者风格考察》（2014），侯羽、贾艳霞的《基于语料库的〈红楼梦〉人称指示视点翻译转移比较研究》（2018），刘泽权、刘超朋、朱虹的《〈红楼梦〉四个英译本的译者风格初探——基于语料库的统计与分析》（2011）等。（2）认知语言学（体认语言学）视角。认知语言学是语言学的一门新兴起分支学科，从20世纪80年代开始逐步成型，关涉人工智能、心理学、哲学、系统论、生理学、逻辑学、社会学等诸多领域。不少学者将其用于《红楼梦》英译研究，如王寅的《体认语言学视野下的汉语成语英译——基于〈红楼梦〉三个英译本的对比研究》（2019）等。

实际上，跨学科跨视角的研究并不仅限于以上几种，还包括生态翻译学、女性主义、符号学等。如刘艳明、张华的《译者的适应与选择——霍克思英译〈红楼梦〉的生态翻译学解读》（2012），岑群霞的《女性主义翻译视角下〈红楼梦〉麦克休英译本探析》（2019），程春兰的《〈红楼梦〉在英语世界中的三重符号学意义》（2014），刘婧的《〈警幻仙姑赋〉英译的社会符号学阐释》（2018）等。

总的来说，《红楼梦》翻译的研究已经成为一项非常重要的学科门类。早在1993年，李绍年先生就曾指出："建立'《红楼梦》翻译学'已刻不容缓……'《红楼梦》翻译学'，具体地说，就是专门研究有关翻译《红楼梦》的学问。其内容主要应包括《红楼梦》翻译史、《红楼梦》与文化、翻译内容、翻译理论、翻译技巧与方法、翻译理论与实践……"（李绍年，1993）经过几十年的发展，"《红楼梦》翻译学"已经逐渐成为一个独立的门类，简称"红译学"。当前，"红译学"研究者众多，论著质量不断提升，数量不断增加，研究成果颇为丰富；研究视角不断扩展，呈现出多学科融合、新兴学科融入的特点；研究主题和领域也从宏观深入微观，从传统的文化、文学、语言学发展到《红楼梦》中的方方面面，研究日趋细致全面。

酒令是《红楼梦》中常见的游戏活动，既具有文学色彩，也富于语言特点，更兼具文化内涵。但是一直以来，对于《红楼梦》中的酒文化尤其是酒令翻译进行研究的论述却并不多。2004年，刘士聪主编出版《红楼梦译评：〈红楼梦〉翻译研究论文集》，其中收录赵立柱的论文《〈红楼梦〉中的酒文化与翻译》，对一小部分酒文化翻译进行了分析评述。2014年，河北大学李丹凤的硕士毕业论文《〈红楼梦〉中的酒文化及杨霍译文对比》中有一章专门分析酒令的英译。但该论文主要从酒令类型出发，探讨不同类型酒令的特点和英译情况，篇幅有限，所例证酒令亦不多。

在较长一段时期内，酒令的翻译研究都是伴随酒文化研究而出现的。比如廖冬芳的《从推理空间等距原则看中华酒文化的翻译》，在中西文化差异的基础上探讨了中华酒文化的英译理解问题（廖冬芳，2013）。曲秀莉的《〈红楼梦〉中酒文化的翻译——以杨译本和霍译本为例》，较为详细地讨论了《红楼梦》中酒文化的翻译策略问题，并简单对比了隐含的中西文化差异（曲秀莉，2014）。这两篇文章都提到酒令翻译，但都只是从游戏介绍、参与者角色等宏观部分整体考量，并未深入研究酒令英译的难点和策略等问题。

当前，也有部分学者将目光放在酒令本体的翻译研究上，如张瑞娥、陈德用《由〈红楼梦〉中酒令的英译谈起》（2003）、李婷《文化缺项的翻译探析——〈红楼梦〉两种英译本酒令的翻译比较》（2006）、张慧之《目的论视角下的〈红楼梦〉酒令中修辞格的翻译研究》（2011）等。这些研究数量不多，而且都只选取《红楼梦》中的少部分酒令（某一种类型如文字令或不同类型的个别酒令），通过不同英译版本的对比，探讨酒令英译中遇到的问题和解决方法。然而，这些文章大多也只是枚举几例酒令，并根据酒令类型来简单分析英译，缺少系统性和创新性。

本书正是在"红译学"不断深化发展的过程中所作的一次尝试，将研究触角深入《红楼梦》整本书中的全部酒令，结合杨宪益和霍克斯两个译本，从不同的视角全方位、多维度地探讨小说中酒令的特点，以及两个译本不同的翻译策略和翻译方法。在充分建构和分析《红楼梦》酒令英译系统的基础上，为以酒令为代表的中国传统文化项目的外译和传播找到更适合的策略和方法。

第三节　研究目的和意义

《红楼梦》作为中国四大名著之首，文备众体，内涵丰富，是中国传统文化的经典代表著作之一。近年来，随着中国国力的提升，政治经济的蓬勃发展，文化的对外传播和交流也日趋频繁。作为长期以来一直受到读者和研究者青睐的经典著作，《红楼梦》成为中国文化和文学走出国门的桥梁和窗口。如前所述，当前"《红楼梦》翻译学"已经越来越成熟和全面。《红楼梦》的翻译和传播进一步促进了中国文化和文学的对外交流,让中华优秀传统文化"走出去",在世界上越来越多的地方得到越来越多的读者的喜爱,成为中国国家软实力的重要体现之一。

酒令是中国传统民俗之一,常用于酒宴助兴。酒令汇集中华民族的文化传统、文学积淀,又融入中国人民对生活的旨趣和幽默感,可谓一门包罗万象的民俗学问。《红楼梦》中的酒令在整部作品中起着重要的作用。一方面,酒令是当时社会文化中常见的民俗游戏,也是小说中的日常情节,构建故事场景,烘托人物性格。小说以贾府为中心展开描写。贾府是当时典型的世家名门,酒令是名门子弟喜好的游戏活动,各种类型的酒令在小说中俯拾皆是。在一些专门章节中,曹雪芹花费大量笔墨详细描写整个行酒令的过程和行令方式,如第五十四回的击鼓传花令、第六十三回的占花令、第四十回的牙牌令等。另一方面,《红楼梦》中的酒令,不仅仅起着组成和推进情节的作用,还可以反映人物的性格特征、当时的社会环境背景,预示人物的命运和故事的走向。由此可见,酒令丰富的内涵和在小说中的多重角色,对读者阅读和理解《红楼梦》文本有着不可替代的作用,在英译《红楼梦》时也应当特别注意。

《红楼梦》中的酒令英译,如果只注重字词对应的字面意思翻译,可能会导致酒令失去原有的多重意义,进而影响到目标语读者对整部小说内蕴的理解和接受。对酒令英译进行条分缕析式的分析,是"《红楼梦》翻译学"进一步发展的表现之一,也是对中国传统文化英译研究的深入探索。正如上一节所述,"《红楼梦》翻译学"已经开始逐步走向深入,从过去对全书英译进行整体笼统的分析,发展到了开始分层次、分类别地详细阐释小说内容的不同门类、不同细节,包括中医药、人物名称、服饰饮食的英译情况等。对酒令英译的探讨已经开始,但是现有的研究大多还只是浅尝辄止,散见于零星的论文,或者只是作为酒文化英译的一小部分来讨论。

本书将焦点聚集在《红楼梦》中的所有酒令英译,以杨宪益、戴乃迭版本和霍克斯版本为研究的英译底本,在充分对比的基础上,从不同视角深入探讨酒令英译的特点、翻译策略和方法。从传统酒令分类的视角,分析不同类型酒令各自的特点、对英译的影响,以及应当采取适当的翻译策略和方法。从语言学的视角,讨论酒令的语音、词汇、语法、修辞等特点,以及这些特点对英译的影响。在中英语言的对比之下,思考汉语英译时的缺失和遗漏,并讨论如何对这些因为语言差异带来的缺失和遗漏做出补偿，以准确再现原文的全部内涵。针对酒令的文化特点，从典故翻译的视角，讨论酒令中出现的典故在英译中怎样充分且完整地表现出来，既能兼顾典故表面的字词意义，又能将典故的文化传说或传统内蕴呈现给目标语读者。从意象的视角，区分中英文化对"意象"的不同界定，搜寻《红楼梦》的酒令里常见的各种传统意象，了解同一意象在中文和英文里的不同文化意蕴和客观象征，并分析其在英译时采取的直译和转化方法。

在致力中国文化走出去的今天，提高文化软实力是一个宏大又细致的命题。中国文化历史悠久、品类繁多，许许多多灿烂优秀的文化亟待被发掘、整理和传播。它们往往深藏在浩如烟海的中国文化长河里，与不同的文化杂糅交汇。因此，我们需要将优秀的中国传统文化分门别类，创设不同的板块和类别，有重点有针对性地进行翻译和推介。酒令便是优秀传统文化之一。随着中国酒文化的对外传播，一些酒令也得以附带传播到海外。但是，作为极具中国文化特色的酒令，其中蕴含的诗词经曲、典故传说、谐音双关等，对外国人而言是非常难以理解的。一个好的译本，是推动酒令对外传播的关键所在。《红楼梦》是中国文化中举世闻名的经典小说，英译本众多，也最为外国人所熟知。依托《红楼梦》文本研究酒令文化英译，透过酒令英译的解读反过来加深对《红楼梦》的理解，可谓相辅相成，互为成就。本书的研究既有助于中国经典文学著作的深入推广，也能加深对中国传统文化及其细节英译的策略研究，为进一步讲好中国故事、传播中国声音添砖加瓦。

第四节 研究方法和思路

本书建立在语料库创建基础上，通过定量与定性相结合的方式，检索《红楼梦》酒令的英译例句，并在宏观翻译策略的指导下对杨译和霍译两个版本进行对比研究，结合具体的微观例句分析，考察酒令英译中存在的问题和解决方法。

1. 语料库分析法

本书结合《红楼梦》中文底本，按照章节顺序，先找出各章节中的酒令，接着依托绍兴文理学院现有的《红楼梦》中英双语数据库，检索整理每一则酒令对应的中文、杨译英文和霍译英文三个版本，并初步创建《红楼梦》酒令中英小型语料库。由于原有电子数据库可能存在底本不一、录入错漏等问题，为确保语料库里数据的准确性，结合《红楼梦》中英纸本进行校勘，修订当中存在的个别错误，完善《红楼梦》酒令中英语料库建设。

2. 比较研究法

这一方法是根据一定的标准，对两个或两个以上有联系的事物进行考察，寻找其异同，探求普遍规律与特殊规律的方法。基于已经建成的语料库，我们可以得到三个比较对象：中文原文本，杨宪益、戴乃迭英译版本和霍克斯英译版本。根据三个比较对象，本书主要进行了两个层次的对比。

第一个层次，酒令中文原文与英语译文的对比。《红楼梦》里的酒令类型多样，内涵丰富，还有着独特的艺术手段。在宴席上行酒令时，不同人物的性格、身份、地位和喜好不同，做出的酒令也千差万别。一则酒令翻译成英文后，首先需要和原文本进行比较，考察是否忠实地译出原文意义，包括表层意思和深层内蕴。对于准确翻译的部分，总结翻译的策略和方法。对于翻译遗漏的部分进行甄别和分析，讨论遗漏的原因。对每一个酒令例句具体分析，在宏观的翻译策略下进行微观的细致阐释。

第二个层次，两个英语译本的对比。霍克斯是英语母语者，被认为是更为合适的中国文化英译者，其《红楼梦》英译本也在西方社会流传甚广，赞誉颇多。杨宪益是原语母语者，对中国文化知之甚深，但由于英语始终是他的第二语言，有一些学者认为其《红楼梦》英译本的价值不及霍译本。事实上，关于两个译本孰优孰劣的讨论自它们诞生开始就没有停止过。然而，这种总体式的评价并不科学也不客观。因为每个译本各有其总体的翻译策略和理念，在每一个具体的不同方面、门类，甚至每一个语言点、文化点所采取的翻译方式也并不一定完全一致。换句话说，两个译本各有千秋，如果只是笼统地评价高低并不能真正表现出两个译本各自的重要价值。本书采取比较研究法，主要以酒令为具体对象，探讨两个译本对酒令的英译情况，包括各自所采取的策略和方法、译文的语言处理、文化典故转译等，以更细致地分析两个译本各自的特点和具体的优劣。宏观与微观兼顾的比较研究有助于真正体现出译本的价值，为中国优秀文化英译提供参考。

3. 案例分析法

案例分析法是在宏观理论指导下，选取典型代表例证来进行详细分析论证的方法。所有的理论建构、实际建构，最终都要回归到《红楼梦》里的每一个酒令本身。基于语料库数据，对每一个例子的中英版本进行详细的剖析和研究，从字、词、句的表达入手分析英译情况，再进一步深入探讨酒令的文化背景和内在意蕴的译介得失。这种精确细致的案例分析，既可以帮助读者加深对《红楼梦》酒令的理解，也有助于拓展酒令英译的研究范畴。此外，充分的案例分析能够为中国传统优秀文化外译提供更多的例证，也能为相关研究提供示范和借鉴。

第二章

酒令及其文化内涵

饮酒的时候行令，是中国民间风俗之一，也是具有中国特色的酒文化表现之一。文人雅士和平民百姓在生活中都会行酒令，但是方式有较大的差别。饱读诗书的文人雅士大多使用比较复杂的、富于文化内涵的行令方式，如对诗、猜谜等；而一般的平民百姓则会用一些较为简单、不需作任何准备的行令方式。作为中国酒文化的重要因素，酒令不仅出现在民间日常生活之中，也出现在中国传统典籍之中。尤其是文人雅士的酒令，包括传花、拍七、猜谜、筹令、占花名、藏钩、射覆等，屡见于典籍当中。酒令用特殊的表现形式融合了深厚的民族文化内涵，是中国优秀文化的重要组成部分之一。

第一节　酒令的源起与发展

中国的酒文化古已有之，源远流长。

东汉许慎在《说文解字》里记载："酒，就也，所以就人性之善恶。从水，从酉，酉亦声。"酒字以水和酉为形旁，酉兼作声旁。，甲骨文字形的酒字，中间为酉，其形状看似有酒篓伸进大缸的酒坛。旁边为"水"，强调酒坛中的东西为液体，是像水一样的物质。许慎用直音法注解"酒"字，认为酒的本义是"就"，即"靠近""迁就"，酒就是靠近迁就人性中的善或者恶的一种液态饮料。由此可知，"酒"字在造字之初始就和人的主观意志和价值情感相关联。

《说文解字》又载："酒，一曰造也，吉凶所造也。古者仪狄作酒醪，禹尝之而美，遂疏仪狄。"段玉裁注："造古读如就。"对于"酒"字，另外的一种解释是，"酒"的本义是"造成""成就"，酒是造成或吉或凶之事的原因。上古时代仪狄发明了酒，大禹品尝后赞赏其味美，但之后就疏远了仪狄。汉代刘向编订的《战国策》进一步说明："昔者，帝女令仪狄作酒而美，进之禹，禹饮而甘之，遂疏仪狄，绝旨酒。日：'后世必有饮酒亡其国者。'"禹之所以疏远仪狄，是因为他发明的酒过于美味，禹预见到其所隐藏的祸患，担心后世会因为酒而有亡国之忧。而大禹料定后世必有饮酒亡其国者。由此可见，古人一开始对"酒"的态度是较为消极抵触的，虽味美但担心会遗祸后世，因此往往会对其制定诸多限制规则，使得"酒"之后遂有"令"起。

《说文解字》载："令，发号也。"即发布号令。在古代书籍中常见"令"字这一含义的使用。如《尚书·囧命》："发号施令；罔有不臧。"《淮南子·道应训》："发号施令，师未合而敌遁，此将军之威也。"唐代李白《明堂赋》："发号施令，采时顺方。"这些例句中的"令"字均使用"发号"这一基本意义。南唐文字训诂学家徐锴注释道："号令者，集而为之。"要发布号令，必须集结众人之后方可施为。因而可知饮酒之时，若众人齐聚，便可发布号令。"酒令"由此而生。

"酒令"，是融合了"酒"与"令"的特殊文化样式，也是中国酒文化的重要组成部分。酒令由来已久，最早可以追溯到周朝。《韩诗外传》记载：

> 齐桓公置酒，令诸侯大夫曰："后者饮一经程。"管仲后，当饮一经程，饮其一半，而弃其半。桓公曰："仲父当饮一经程而弃之，何也？"管仲曰："臣闻之：酒入口者，舌出，舌出者，（言失，言失者，）弃身，与其弃身，不宁弃酒乎？"桓公曰："善。"

齐桓公置"酒"，"令"众人遵循规则饮酒，这便是"酒令"最初的形态。齐桓公和管仲生于东周初，说明"酒令"这一名称早在距今逾2600年前就已经出现了。酒令最初指饮酒的规范，即为了防止饮酒过度或维持酒席上的秩序而设立。西周时兴起一种饮酒习俗——"投壶"。在酒宴上放置一壶，由宾客往壶内投箭，投进壶内的箭数多的一方获胜，较少一方则领罚喝酒。

"酒令"的产生一开始便与秩序规则密切联系，这正是源自中国古代早期对饮酒的消极态度。商纣因酗酒成性而灭国，有了前车之鉴，周朝以"礼"限制饮酒。《尚书·周书·酒诰》记载：

> 厥或诰曰："群饮。"汝勿佚。尽执拘以归于周，予其杀。又惟殷之迪，诸臣惟工乃湎于酒，勿庸杀之，姑惟教之。有斯明享，乃不用我教辞，惟我一人弗恤，弗蠲乃事，时同于杀。

如果有群聚饮酒的情况被告发，则应当全部被逮捕到京师处以极刑；如果有沉溺酣乐在酒中的百官辅臣，先教导，但要是仍然不听从教令，则一同杀之。由此可见，周朝时期对于饮酒尤其是聚众饮酒管制极其严格。

为更好地管制饮酒，在行酒令时便设置监史监督，如有违反便由监史对饮酒之人做出惩罚。《诗经·小雅·宾之初筵》："凡此饮酒，或醉或否。既立之监，或佐之史。""立之监""佐之史"所指的主酒官便是令官的源头。

春秋战国时期，随着西周宗法等级制度的"礼崩乐坏"，令官的称谓和职责开始发生改变。汉代刘向在《说苑·善说》中记载："魏文侯与大夫饮酒，使公乘不仁为觞政曰：'不釂者浮以大白。'"明代王志坚在《表异录》里指出："觞政，酒令也。""觞政"，指在宴饮中实行"觞令"。所谓觞令，就是对在宴饮中没有喝完杯中之酒的人进行某种处罚。此时的酒俗和酒礼承袭西周时期的"即席唱和""当筵歌诗"的方式，并沿用射礼投壶等游戏模式施行酒令。

汉代随着国力的强盛、经济的发展，饮酒之风盛行，酒令也流传开来。后汉贾逵撰《酒令》一卷。《后汉书·郑范陈贾张列传》记载："逵所著经传义诂及论难百余万言，又作诗、颂、诔、书、连珠、酒令凡九篇，学者宗之，后世称为通儒。"汉代承袭前代"觞政"，席间命人监酒，严格监督宴席间酒令的执行和参与者的饮酒情况。司马迁在《史记·齐悼惠王世家》中记载："高后令朱虚侯刘章为酒吏。章自请曰：'臣将种也，请得以军法行酒。'高后曰：'可。'"刘章作酒吏监酒，更提出"以军法行酒"的建议，并得到吕后同意。后又载："顷之，诸吕有一人醉，亡酒。章追，拔剑斩之，而还报曰：'有亡酒一人，臣谨行法斩之。'太后左右皆大惊。业已许其军法，无以罪也。因罢。"

因饮酒未尽、酒令未行而杀人，刘章可谓严苛执行酒令的第一人。这也正是后世"酒令大如军令"的来源。此外，从《史记》记载可以看出，汉代开始，酒令已经从西周时期以限制饮酒为主要目的，变成了以劝人饮酒甚至逼人饮酒为目的。

随着时代的发展，最初的限制饮酒、劝人饮酒变为佐酒助兴、享受饮酒乐趣。到了魏晋时期，政治的黑暗和玄学的兴起，促使大量贵族名士放浪形骸、醉生梦死，饮酒及酒令之风大盛。西晋富豪石崇在《金谷诗序》中记载：

> 余以元康六年，从太仆卿出为使，持节监青徐诸军事、征虏将军。有别庐在河南县界金谷涧中，去城十里，或高或下，有清泉、茂林、众果、竹柏、药草之属，金田十顷，羊二百口，鸡、猪、鹅、鸭之类，莫不毕备。又有水碓、鱼池、土窟，其为娱目欢心之物备矣。时征西大将

军祭酒王诩当还长安，余与众贤共送往涧中，昼夜游宴，屡迁其坐，或登高临下，或列坐水滨。时琴瑟笙筑，合载车中，道路并作，及住，令与鼓吹递奏，遂各赋诗，以叙中怀。或不能者，罚酒三斗。

石崇是西晋的巨富，有别墅在郊，正值征西大将军祭酒王诩回长安，便在别墅宴请众人为王诩送行，席间让大家赋诗作令，并明言"或不能者，罚酒三斗"。这正是以诗赋为令进行罚酒的酒令方式。这一方式在后世受到文人墨客的广泛欢迎。

由此可见，追求清逸风流的魏晋名士，已经将酒令纳入文学活动的范畴。他们在行酒令方面，可谓风流至极。其中最为脍炙人口的，当属东晋书法大家王羲之《兰亭集序》中所记载的"流觞曲水"。《兰亭集序》载："此地有崇山峻岭，茂林修竹；又有清流激湍，映带左右，引以为流觞曲水，列坐其次。"所谓"流觞曲水"，指流传在文人墨客中的一种诗酒唱酬的习俗雅事，即参与者坐在河渠两旁，在弯曲的水流上游放置酒杯，酒杯沿水流而下，流到谁的面前，谁就取杯饮酒，并借酒而赋诗行令。后人还将"流觞曲水"称为"流杯曲水""浮波流泉"，并根据此种习俗创造拈字流觞令，如"花字流觞""月字流觞"等。

自此之后，酒令在民间流行开来。隋唐时期，经济日渐繁荣，大规模酿酒兴起，酿酒技术逐步提高，酒令也逐渐发展成熟，行酒令的内涵也越来越丰富。唐代酒令盛行，行酒令已经成为酒宴不可或缺的活动。宋代蔡居厚在《蔡宽夫诗话》中记载，唐人饮酒必为令，以佐欢乐。饮酒氛围变得轻松起来，酒令成为游戏助兴的手段，是人们宴饮中的主要娱乐形式。唐代的酒令形式多样，成为后代酒令的样式和典范。其中较为盛行的当属藏钩。藏钩类似于今日的"猜有无"，玩法简单易行，一人将"钩"藏于手中或匿于手外，握成拳状让对方猜。

随着酒令内容和功能的变化，执掌酒令之人的身份也在不断改变。唐代后将令官称为"酒纠"。唐代无名氏《玉泉子》记载："命酒纠来要下筹，且吃罚爵。"又宋代陆游《老学庵笔记》卷六载："苏叔党政和中至东都，见妓称'录事'，太息语廉宣仲曰：'今世一切变古，唐以来旧语尽废，此犹存唐旧为可喜。'前辈谓妓曰'酒纠'，盖谓录事也。"明代沈德符《万历野获编·畿辅》载："惟藩镇军府例设酒纠以供宴享，名曰营妓。"古人如携妓饮酒，酒宴上对行酒令之人行罚的这一角色多由佐饮的女妓承担，但有时席上的主人或客人也可以承担。清代纪昀《阅微草堂笔记·姑妄听之一》云："一日，酒纠宣觞政，约各言所畏，无理者罚，非所独畏者亦罚。""酒纠"可宣布酒令规定，可知其为令官之传承。

值得一提的是，酒令的令制特性使得它即使在成为游戏手段后，仍然要受到规范和限制。酒令的内容不可过于随意，否则可能得罪权贵，从而招致杀身之祸。五代时徐融就因在宴饮时胡乱作酒令而丧命。据《五代史补》卷三记载：

> 初，昇既畜异志，且欲讽动僚属。雪天大会，酒酣，出一令，须借雪取古人名，仍词理通贯。时齐丘、徐融在座，昇举杯为令曰："雪下纷纷，便是白起。"齐丘曰："著屐过街，必须雍齿。"融意欲挫昇等，遽曰："明朝日出，争奈萧何。"昇大怒，是夜收融投于江，自是与谋者惟齐丘而已。

虽此时行酒令是席间游戏，但徐融并未审时度势，认清形势，导致其酒令得罪李昇，终招致杀身之祸。

宋代粮食产量大幅提升，官营酿酒业兴盛，同时随着新兴文学形式——"词"的流行，酒令更加大众化，行酒令逐渐发展为"小词""散曲"。行酒令在民间较长时间的流行发展，使得不少词牌名也随之固定，例如调笑令、水调歌等。介绍和研究酒令的书籍也大量出现，如《酒令丛钞》《酒社刍言》《醉乡律令》《嘉宾心令》《小酒令》《安雅堂酒令》《西厢酒令》《饮中八仙令》等。酒令文化蔚为大观。

唐宋酒令的盛行，在文学作品中也有所体现。唐代传奇小说中常有描绘宴饮欢聚的场景，每每写及，必然伴随酒令。如唐代牛僧孺《玄怪录》中就记载了一群女鬼在月下共聚欢饮，并以酒令助兴。宋代《大业拾遗记》中，也描写隋炀帝创造新的行酒方式，即作木人二尺许，乘船行酒。船上一人举酒杯，一人捧酒钵，船绕曲水池随岸而行，水池边坐客因而取杯饮酒并行令。① 这或为前代"流觞曲水"方式的变革。书中还提及隋炀帝在宫中宴饮时行拆字令，以酒令故事预示李渊将取隋炀帝而代之的政治局势。将酒令文化融入文学作品的风气，在后世明清时代不断发展，至《红楼梦》时发展到巅峰。一部《红楼梦》既有"滴不尽的相思血泪"，也有数不清的行酒令。

---

① 此书收录于史仲文《中国文言小说百部经典》（2000）。

明代市民文化繁荣，酒令种类进一步增多，且越发通俗化。清代社会安定，经济发达，酒令臻于高度繁荣。清代童叶庚喜好酒令游戏，常作酒令以自娱，并将自己所撰的各类文字游戏作品收录于其著作《睫巢镜影》中。在该书的《雕玉双联》一卷的小序中记载："是格原名诗钟，亦觞政也。"可见，"诗钟"和"觞政"一样，都是"酒令"的另一种说法，也侧面说明此时的酒令已经极大繁荣，从群体性游戏转变为个体的追求和兴趣。

第二节　酒令的类型

一、前人对酒令的分类

从西周产生开始，酒令的内涵和类别不断丰富，到今天已经有超过 500 种类型。但是，酒令的分类方法繁多，并未形成统一的一套标准。

清代俞敦培所著《酒令丛钞》中将酒令分为古令、雅令、通令和筹令四种，并记录具体酒令共 322 则。古令指明代之前的酒令，如投壶、骰盘令、律令和抛打令等。雅令指形式内容偏于文雅的酒令，多融入诗词，引经据典而成，如飞花令、词牌令等。通令指流行于社会各阶层的酒令，具有雅俗共赏的特点。作为覆盖范围最广的一种酒令，民间的划拳、文人的诗文接龙，以及击鼓传花、打杠子等，都属于通令。通令形式简单，便于操作，雅俗皆宜，所以流传最广，形式也最多。筹令指将筹具作为介质，并按照筹具上的刻令进行劝酒，或作诗，或作赋，或直接饮酒，凡此种种，不一而足。2018 年崇文书局出版的该书简介中评述指出，喝酒旨在得趣，不必定要喝醉，"偶得酒中趣，空杯亦常持"。若是贪杯滥饮，轻则伤身，重则不虞，节制才是关键。有了酒令，就可以"发乎情，止乎礼"；雅令可以比文才，俗令可以拼运气，文有文的章法，武有武的路数，各自得趣，皆大欢喜。这一评述比较精准地点明，《酒令丛钞》正是收录这些不同"章法"和"路数"的酒令集大成者。该书搜集的历代酒令最为丰富，是研究中国古代酒令的重要资料，其"四分法"虽然线条较为粗犷，但开创了酒令系统研究的先声。

今人何权衡于 1989 年出版《古今酒令大观》，按传统模式将酒令分为七类：

字词令、诗语令、花鸟鱼虫令、骰令、拳令、通令、筹令。刘初棠于 1993 年出版《中国古代酒令》一书，站在今人的分类视角，整理归纳古代酒令，并提出更为细致的分类方法。刘初棠将酒令分为八类：律令、文字令、筹令、口语令、博令、占卜令、歌舞令、其他的令（刘初棠，1993）。麻国钧、麻淑云于 1993 年编著《中国酒令大观》，将酒令分为六类，并统计则数：覆射猜拳类 68 种，口头文字类 348 种，骰子类 128 种，骨（牙）牌类 38 种，筹子类 78 种，杂类 56 种（麻国钧，麻淑云，1993）。据统计，此书收录古今酒令多达 726 种，为我们提供了丰厚的研究资料。

尽管上述各个分类方式皆有所依据，但划分标准不统一，根据这些标准而划分的界限也相对较为模糊。比如，清代俞敦培的"四分法"，每一种的分类标准都不一致，有以时间作为参照划分出的"古令"，有以酒令流行群体为标准划分出的"通令"，也有以酒令工具为标准划分出的"筹令"，并且在每一则具体酒令的归类上也非常混乱。

二、酒令的类型

在充分借鉴前人酒令分类标准的基础上，笔者尝试以统一标准为理念，按照内容将中国传统酒令大致划分为以下两个大类六个小类。

第一大类：文字令。文字令重"才气"，又可细分为诗词经曲类和筹令两小类。

第二大类：游戏令。游戏令重"运气"，又可细分为猜谜类、骰子类、博戏类和身份代入类四小类。

1. 文字令

文字令又称雅令，历史悠久，是历代文人喜爱的一种酒令游戏，其玩法也是多种多样。雅令是最能体现参与者的身份、学识、教养的一种酒令游戏。雅令涉及文学领域、艺术领域甚至政治文化领域，常常也会涉及一些文化艺术现象，可以说几乎所有的口头文字游戏都被应用到雅令中去了。雅令的形式非常广泛，有谜语、诗词、对联、绕口令、拆字等。总的来说，文字令需要一定的文化素养才能参与，因此这种酒令主要在文人雅士中流行。古代很多文人墨客自视较高，偏爱文字令。

唐代大诗人白居易就曾在诗中表达过对雅令的喜爱，他在《与梦得沽酒闲饮且约后期》里写道："闲征雅令穷经史，醉听清吟胜管弦。"彼时白居易和刘禹锡都在政治上遭到冷遇，被贬任闲职，于是在共聚酒宴上生出"闲饮"之落寞。但是"雅令穷经史""清吟胜管弦"这一境界，完全在于二人深厚的文学和艺术造诣，非普通人可企及。

（1）诗词经曲类。

诗词经曲类酒令流行于知识分子之间，酒令内容多为经史百家以及诗词歌赋等文学典籍。行酒令的形式包括拆字、回文、顶针、人名、首尾同字等。这一类游戏门槛较高，对参与者的文学功底、才智水平有较高要求，同时还要求参与者有较强的记忆力和随机应变能力。因此，这类酒令更多流传在士绅阶层，较为呆板严肃，缺乏生活气息，涉猎范围有限。

自从隋唐实行科举取士开始，"四书""五经"等儒家经典开始频繁出现在这类酒令中。到了清代，小说杂剧中的曲文、诗文也多与"四书""五经"融汇，同时出现在酒令之中。

历代关于此类酒令的描写数不胜数。例如清代陈森在小说《品花宝鉴》第十四回中描写一群名门公子宴饮行令。参加的名门公子将另一位京师纨绔子弟的姓氏"奚"字用来作令，规定要从"四书"里找带"奚"字的句子，从第一个字到第十一个字，说差了照字数罚酒。可见当时对士子们熟练掌握"四书"的要求。

由于诗词经曲类所依靠的诗词经典资料数量极为庞大，可以入令的对象可谓取之不竭，因此酒令内容实则可包纳世间万物，且不需要任何辅助工具便可施行。

（2）筹令。

筹，也称算筹，是古代一种计算用具。在饮酒中最早使用算筹，主要用来计数，以此数据行酒，后来才演变成酒令。筹令，正是因为从筒中掣筹行令而得名。酒筹作为筹令行令必需的工具，其制作材料和工艺都非常考究。制作酒筹的材料众多，包括兽骨、竹、木等，有些富商贵族还会用到象牙、金、银、玉等名贵材质。在宋代，酒筹出现了一种新兴的材料——纸，当时称之为"叶子"。酒筹一般制成签状的长条形。制作者在酒筹上刻上酒令的具体内容要求，规定饮酒对象、劝酒对象、敬酒对象、饮酒数量、历史典故等。所刻文字涉及经史子集、时令花卉等各个方面，包罗万象，雅俗共赏，如独看松上雪纷纷（须白者饮）、玉颜不及寒鸦色（面黑者饮）、赵宣子假寐待旦（闭目者饮）等。筹令在行令时，参加宴席的人们按照顺序依次摇筒掣筹，然后根据筹子上所刻文字规定的令约、酒约来行令饮酒。

筹令从唐代开始出现，到明清时期盛行于民间。筹令的种类也较为多样，其中最典型的如"觥筹交错令"。徐海荣主编的《中国酒事大典》记载，觥筹交错令是筹子类酒令，此令收入清代俞敦培《酒令丛钞》卷四，署"晋砖唅馆订"（徐海荣，2002）。筹计48枚，其首为凸和凹状两类。凸者涂红色，凹者涂绿色，各24枚。筹分凹凸红绿是为了区分，避免抽筹过程中混淆搞错。红筹由令官抽，每抽一枚，决定向谁酌酒以及酌酒杯数。绿筹由酌酒者抽，以决定具体饮法，即由谁饮，如何饮（是分饮还是代饮）。如：令官抽红筹得"酌肥者一杯"，即举座公认最胖的一位抽绿筹，再根据绿筹所刻写的饮法来饮酒。行此令时酒杯和酒筹往来交错，笑语迭生，因此称之为"觥筹交错令"（徐海荣，2002）。

2. 游戏令

（1）猜谜类。

谜语是古代文人学士以文字进行娱乐的一种游戏，主要用来在宴席、饭后茶余助兴，以显示文人学士清朗淡雅的风度。谜语也成为古代宴会上炫技的一种手段。猜谜类酒令猜测的对象范围很广，包括物品、诗词等。如若没有猜中便会被罚酒。猜谜类酒令老少皆宜，流行范围广。

猜谜类酒令有一种典型的表现形式，被称为射覆类酒令，即把物体遮住让人猜。清代俞敦培在《酒令丛钞·古令》里描述说明了射覆酒令游戏的玩法和原理，同时指出："然今酒座所谓射覆，又名射雕覆者，殊不类此。法以上一字为雕，下一字为覆，设注意'酒'字，则言'春'字、'浆'字，使人射之，盖春酒、酒浆也，射者言某字，彼此会意。"

（2）骰子类。

关于"骰"字的定义，《新华字典》给出的解释为："骰，骰子，骨制的赌具，正方形，用手抛，看落下后最上面的点数。俗称'色（shǎi）子'"（中国社会科学院语言研究所，2020）。骰子是六大博戏游戏之一的工具，也是中国传统的娱乐博具。中国传统博戏的活动方式，基本都是通过掷骰来进行的。

山东青州战国齐墓出土的骰子，证明骰子早在春秋战国时期已经出现。彼时的骰子一般有14或18面，上面刻着文字而非点数，和今天的骰子仍有一定区别。秦汉以后，随着外来文化的传入，有了点数的概念，继而才出现了今天所见的骰子。明清时期，随着商品经济的蓬勃发展，市民阶层扩大，掷骰博戏在全国大面积流行，以骰作为工具的娱乐形式也花样百出。清代流行的掷骰戏之一是"赶老羊"。"赶老羊"又叫"掷老羊"，用六枚骰子，每人可掷若干次，直至出现其中三枚点数相同，然后计算其余三子点数之和的大小以决胜负。

骰子类酒令是酒令中常见的一类，在多部关于酒令的著作中都曾提及。如清代学者石成金在其著作《传家宝》中，就记录了以比点数为主的掷骰子游戏。骰子类酒令，即以投掷骰子的方式来行令饮酒。这类酒令方式简单，生活气息浓厚，通行于社会各阶层。骰子通常以正方体的形态铸造，共六面，每面点数不同，分别为一到六个点。

骰子类酒令的规则并不唯一，而是呈现出多样性的特点。有的以投掷后的点数大小来论输赢，输者被罚饮酒；有的依座次掷骰子，骰子掷到几点就由第几个人饮酒；有的通过盖碗挡住骰子，然后由参加者猜点数，然后决定如何行酒令。

其中一类被后人称为占卜类酒令，是较为文雅的一种骰子类酒令。占卜类酒令，以占花名为主，也被称为花签令。参与游戏者轮流抽签，在进行游戏时，先掷骰子，依据掷出的点数点人，点到谁谁就得抽一支签，每支签上都有一个花名，还有一段命令，抽到签的人要根据签上的指示完成相应的要求，如此循环下去。

总的来说，骰令具有简便易行的特点，是一种可雅可俗的行酒令方式。然而，后来人们渐渐将其简化为仅仅以点数决定胜负，成为纯粹劝酒的工具，渐渐为文人雅士所唾弃。

骰子还有投子、明琼、浮图、浑花、穴骼等其他别称。宋代出现一种"叶子格戏"，相传也是骰子戏的一种。宋代欧阳修在《归田录》卷二中记载："叶子格者，自唐中世以后有之。说者云：因人有姓叶号叶子青（一作清或作晋）者撰此格，因以为名。此说非也。唐人藏书，皆作卷轴，其后有叶子，其制似今策子。凡文字有备检用者，卷轴难数卷舒，故以叶子写之，如吴彩鸾《唐韵》、李郃《彩选》之类是也。骰子格，本备检用，故亦以叶子写之，因以为名尔。唐世士人宴聚，盛行叶子格，五代、国初犹然，后渐废不传。"欧阳修不但阐释了"叶子格"得名由来，亦说明自唐代起，"叶子格"便在酒宴上流行。

然而，骰子类酒令和中国传统的博戏颇有相似之处，甚至可以认为是酒宴上的一种典型的博戏样式。由于博戏的特殊性质，历代以来，人们对博戏的态度都褒贬不一。三国时期史学家韦昭在《博弈论》中提道："今世之人，多不务经术，好玩博弈。废事弃业，忘寝与食，穷日尽明，继以脂烛。"韦昭不喜博戏，认为博戏会致人不务正业、不知节制，从而对博戏抱有消极态度。当然，也有一部分人认为博戏可以使人欢愉，有存在的必要性。如清代学者石成金在《传家宝·快乐酒令》里所描述的那样："施者易，而爱者亦易，即行者不难，而止者亦不难，无论酒量之大小，皆得共享快乐之趣。"

（3）博戏类。

博戏类酒令，指通过某种游戏竞技方式，赌输赢决胜负以饮宴行令。这些游戏竞技方式，和其他酒令不同，一般具有某种偶然性和巧合性，具有一定的赌博色彩。

中国酒令游戏众多，作为继唐代"手势令"后的新型玩法，划拳类酒令逐渐成为一种传统的酒令类型。划拳又可称为猜拳、豁拳、拇战等。划拳，是民间最为流行的通令之一。酒宴之上，一群人兴奋聒噪，高声呐喊，比谁脑子反应快，优胜者得意扬扬，失败者痛饮美酒，气氛热烈，深受普通百姓的喜爱。明代李日华在其编撰的《六研斋笔记》中详述了划拳的方法："俗饮，以手指屈伸相搏，谓之豁拳，又名豁指头。盖以目遥觇人为己伸缩之数，隐机斗捷，余颇厌其呶号。"中国古代小说中，常常有酒宴划拳的场景描写，如《红楼梦》《水浒传》等。猜拳行令因简单易学、方便快捷，广为各阶层人士所喜爱，也成为古代小说的重要内容。当然，也有一部分文人雅士认为划拳类酒令过于低俗聒噪，不愿意使用。

（4）身份代入类。

中国古代丰富多彩的小说、戏曲文化，为酒令提供了大量的灵感源泉。人们将历史、小说中的典型人物身份代入酒令，通过沉浸式体验，为酒宴增加趣味性。身份代入类酒令一般需要借助工具，如酒牌和酒筹等，通过工具确定何人以何种身分行何令。

身份代入类酒令较为常见的一种是秦灭六国（六国伐秦）令。该酒令需要一副酒筹，筹上文字内容与六国伐秦相关。在酒筹中设置七根国君筹，宴席上派七人作国君，分别代表秦、楚、齐、赵、韩、魏、燕七国，擎谁是谁，六国并力伐秦。另外，设置小筹数十根，均代表七国的人物，擎着哪一国的就归属于哪一国。人物身份确定后，酒令方正式开始。六国中人共同伐秦，即代表七国人物身份的参与者都需要出战参加。清代陈森在《品花宝鉴》中记载："起手以击鼓传花，花到谁国，即谁国先出。国君不出战，遣将出战。如三胜秦，秦王领君臣纳降，跪献酒三樽，与某国君臣贺。如某国为秦所败，亦君臣跪献秦国三樽，余皆仿此。一国如有三人，三人出马后无论胜败，即退让他国出战。七国群臣，各有故事可按，但系随手掔来，前后不同。"各国派遣将领出场顺序可以掷骰决定。出场对敌时，可化用所代表的人物的历史典故决定饮酒规则和要求。

相较于其他酒令类型，身份代入类酒令在规则之外，融入了角色扮演、历史典故等内涵，使得参与者更有身临其境的参与感和体验感，也广受人们喜爱。

事实上，酒令的类型远不止这些，这里只是从统一分类标准的视角梳理了最常见的几大类别。种类繁多的酒令在不同时代、不同地域都有不同的表现形式，无法一一列述。比如游戏类酒令中，除上述四种外，还有击鼓传花令、牙牌令等诸多方式。这些酒令实质上都有着很多融合和演变关系，凝结了中国劳动人民的智慧结晶。

第三节 酒令的文化内涵

中国是酒之故乡，有盛产善酿之称，中国酒文化源远流长。作为酒文化的重要组成部分，有着佐饮作用的酒令，类型丰富，千变万化，深受人们的喜爱。酒令不仅能活跃宴席气氛，酒令中还蕴含着丰富的文化内涵。自产生伊始，酒令就不断地汲取中国传统文化的各种因素，并用特殊的形式和方法将这些因素融入饮酒行令的过程中，形成了自身独特的特点。

一、酒令与文物资料

唐朝国力昌盛，经济发达，人民安居乐业，饮酒成为消遣娱乐的重要方式，伴随而来的酒令文化也得到了极大的发展和完善。1982 年，在江苏省丹徒丁卯桥唐代银器窖藏，出土了一件唐龟负论语玉烛龟形酒筹鎏金银筒。这是唐代饮酒行令时重要的辅助工具，显示出唐代酒令文化的繁荣，也成为后人研究唐代酒令文化的重要文物资料。

这件文物现藏于镇江博物馆，且常年展出。该文物是银制的，分上下两部分。上半部分是一个圆形的筹筒，仿佛一只巨大的蜡烛；下半部分是一只栩栩如生的乌龟。《尔雅·释天》："四时和谓之玉烛。""玉烛"的造型寓意着古人对

"四时相和"的太平盛世的追求。龟是中国古代四灵之一，寓意长寿安定，是祥瑞之物。龟负玉烛在背，正是体现了当时人们对太平盛世和长治久安的赞颂和追求。筹筒里面有 50 根酒筹，用于席间饮酒行令。这 50 根酒筹上面所写语句，全部来自《论语》，故名为"论语玉烛"。每根酒筹上面还有酒约，共有四种：自饮、劝饮、处（受罚）、放（不罚）。《论语》是儒家的元典之一，记载了儒家创始人孔子的思想，以《论语》中语句入酒令，反映了儒家思想在统治阶级和普通百姓中都已经深入人心。

由此可见，古人在宴饮之时颇多雅兴，酒令工具别具一格，制作精良，酒令内容符合当时主流思想和规范。一个简单的酒令工具酒筹，可以反映出无数的文化因素，足见酒令研究和翻译的重要性。

二、酒令与中国文学

酒令自产生开始，就和中国文学紧密相关，蕴含着丰富的文学元素和色彩。不同类型的酒令，其所体现的文学内容和方式有所不同。其中，尤以文字令与中国文学联系最为紧密。

文字令，亦称雅令，行令时要求参与者必须引经据典，分韵联吟。行令内容需要源自诗词歌赋，酒令中包含大量的诗词、典故、意象、俗语等文学元素，更能体现出中国文学传统中的人文气息以及行令之人的知识积淀与才智谋略。文字令是酒令中最能体现参与者文采才华和应变才能的项目，对行令之人的文学素养要求很高。如果行酒令之人不具备相应的文学造诣，就会在饮宴中出丑，遭人耻笑。

明代周晖在笔记杂著《金陵琐事》中详述明初以来南京掌故，其中记载了一则轶事。万历时，有名王文卿者，其父为贡士，其叔是举人。可惜父早死，他便失学了。古诗有云"月移花影上栏干"，文卿对这句诗半懂不懂。有次偶尔参加一位姓邢的太史举办的宴会，行酒令时，要求说一物，包含在一句诗中。王文卿竟念道"腌鱼花影上栏干"，引起举座大笑。席上有客人说：此令太难，无法相接，罚酒为宜。邢太史却胸有成竹地说：我看不难。便端起酒杯说：鹦哥竹院逢僧话。这里，邢太史把古诗"因过竹院逢僧话"中的"因过"，改成"鹦哥"，不仅谐音，还与"腌鱼"对仗，确实是一位"削足适履"的高手。

其他类型的酒令也和文学有着天然的联系，酒令的文句也多与文学因素相关。如手势令中，有一类较为文雅的"三国拳令"，就包括了文学经典《三国演义》中的众多典故，如：单刀赴会、二嫂过关、三请诸葛、四辞徐庶、五关斩将、六出祁山、七擒孟获、八卦阵图、九发中原、十面埋伏等。又如筹令，需借筹具行令，而筹具上所铭刻的也多为词曲诗文或经书词句。清代俞敦培的《酒令丛钞》中收录了众多唐诗酒筹令，选取唐人七言诗句，每句自为一筹，共有 80 筹。如："人面不知何处去——须多者饮""千呼万唤始出来——后至者三杯""无人不道看花回——妻美者饮"等，凡此 80 句，皆出自唐诗名句。由此观之，便知筹令之行，亦必须与诗词经书辞令相关。

酒令需依赖文学作品而存在，反之，文学作品也多描写刻画酒令及其行令场景。酒令逐渐成为文学作品中反复出现的元素，或为散文中的记述，或为诗词中的意境场景，或为小说中的故事情节。先秦时期的《左传·昭公十二年》记载："晋侯以齐侯宴，中行穆子相。投壶，晋侯先。"西晋稽含撰《南方草木状》记载："越王竹，根生石上，若细荻，高尺余，南海有之。南人爱其青色，用为酒筹。"南朝刘宋时期范晔所编著的《后汉书》载："对酒设乐，必雅歌投壶。"宋代欧阳修在《醉翁亭记》写道："宴酣之乐，非丝非竹，射者中，弈者胜，觥筹交错，起座而喧哗者，众宾欢也。"清代沈复的《浮生六记》卷四《浪游记快》记载："始则折桂催花，继则每人一令，二鼓始罢。"卷一《闺房记乐》记载："筵中以猜枚赢吟输饮为令。"这些笔记散文中，或多或少都记述了不同时代酒令的不同形式，包括投壶、筹令、猜枚、击鼓传花等，凡此种种，不胜枚举。

唐代诗人王建在七言律诗《书赠旧浑二曹长》中有句："替饮觥筹知户小，助成书屋见家贫。"唐代白居易在《同李十一醉忆元九》诗中有句："花时同醉破春愁，醉折花枝作酒筹。"元代姚文奂《竹枝词》云："剥将莲肉猜拳子，玉手双开各赌空。"这些诗词中融入酒令元素，写就了酒令所烘托的席间热闹友好的气氛。也有将酒令工具入诗者。唐代白居易《就花枝》诗云："醉翻衫袖抛小令，笑掷骰盘呼大采。"唐代温庭筠《新添声杨柳枝词》诗亦有云："玲珑骰子安红豆，入骨相思知不知。"以酒令中常见的骰具入诗词，以其特点抒发情感，不可谓不精妙。

在中国古典小说中，酒令更是不可或缺的存在。元末施耐庵著《水浒全传》，书中随处可见各式酒令描写。如第一百零一回写道："宋江吴用等感激三位知己，或论朝事，或诉衷曲，觥筹交错，灯烛辉煌，直饮至夜半方散。"第一百零九回写云："猜拳豁指头，大碗价吃酒。"

宋代邢居实撰《拊掌录》中也记载酒令故事：

王荆公尝与客饮，喜摘经书中语，作禽言令。燕云："知之为知之，不知为不知，是知也。"久之，无酬者。刘贡父忽曰："吾摘句取字可乎？"因作鹁鸪令曰："沽不沽，沽。"坐客皆笑。

王安石和刘贡父选摘经书中字句，模拟禽鸟的声音来作令，巧妙利用汉字的语音相近相谐而作的游戏，颇有雅趣。

明清以后，酒令更是在小说中随处可见。明代冯梦龙所著的《广笑府》、《古今谭概》、"三言"中充斥着各式各样的酒令故事。明代无名氏的《笑海千金》、明代潘埙的《楮记室内》、清代蒲松龄的《聊斋志异》等小说中，也有各种趣味纷呈、雅俗共赏的酒令故事。

在众多描写酒令的古典典籍中，《红楼梦》无疑是其中的佼佼者，小说提及的酒令故事多样，涉及的酒令类型繁多，因行令者身份不同，酒令的内容也各有不同。

三、酒令与社会生活

酒令既是一种饮宴娱乐活动，也是人们思想的承载表达工具。透过各式各样的酒令，可以了解行酒令之人对文化的继承和发展，也可以了解不同时代、不同地域人们的观念和意识，还可以进一步了解不同时代社会生活的面貌。

首先，酒令有其特殊的方式，可以被视作折射中国古代封建社会面貌的一面镜子。从不同的酒令中，我们可以窥见封建时代官场百态，既有人们对当朝贪官污吏腐败的讥讽，也有或对恪尽职守的清官好官的赞美。例如：明代郎瑛撰写的《七修类稿》，以笔记体的形式，详细记述了明代及前朝的史实掌故、社会风俗琐闻、艺文及学术考辨等。书中记载郎瑛与群士会饮行酒令事：

予尝同群士会饮。有行令欲以犯盗事为对者。遂曰："'发家'可对'窝家'。"继者曰："'白昼抢夺'对'昏夜私奔'。"众曰："私奔非盗也。继者争以此虽名目不伦，原情得非盗而何？一人曰：'打地洞'可对'开天窗'。"众又曰："开天窗决非盗事矣。对者笑而解曰：今之敛人财而为首者克减其物，谚谓'开天窗'，岂非盗乎？"众哄而笑。又一人曰："尤有好者，如'三橹船'正好对'四人轿'。"众方默想，彼则曰："三橹船固载强盗，而四轿所抬，非大盗乎？"众益哄焉。

这一酒令以犯盗事为对，但后面提及"开天窗"和"四人桥"并不是一般所认为的"盗窃"之事，但对酒令之人却一针见血地指出，那些敛人钱财、私自克扣财物、坐在"四人轿"里的官员，其所作所为无异于盗贼，甚至是比一般的盗贼更为恶劣的"大盗"。行酒令之人以诙谐幽默的方式，表达了对朝中头戴乌纱帽却不干实事、身兼重任却监守自盗的官员的强烈嘲讽和不满，甚而表达出对有这些蠹虫的国家前途的担忧。

酒令虽为席间游戏，但并非仅供娱乐。贴近生活的特性，使得酒令成了客观现实的展现窗口，也成了百姓宣泄内心情绪的重要途径。因此，通过对酒令的研究，可以对中国封建社会有更为深刻的认识，也可以了解当时人们对国家和社会的思考。

其次，透过酒令，我们可以与封建时代下人们的思想情感产生某种跨时代的沟通和共鸣，了解他们的所思所感所想，从历时的角度去审视民族思想的变迁。

酒令中常常蕴含着行酒令之人对自身仕途的感慨。相传明朝大学士陈询，为人爽直，善于饮酒，每每饮至酒酣耳热时便会将胸中不平之事一吐为快，更毫不避讳指出他人的过错。这种过于刚直的性格在当时的社会中极易得罪权贵。正统年间，太监王振擅权，陈询因不依附阉党，被贬谪至安陆。同僚为他设宴饯别，席间饮酒行令。行令为拆字法，要求各用两个字分合，以韵相谐，以诗书一句作结。陈询先行令说："轰字三个车，余斗字成斜。车车车，远上寒山石径斜。"同席高榖说："品字三个口，水酉字成酒。口口口，劝君更尽一杯酒。"陈询又说："蟲字三个虫，黑出字成黜。虫虫虫，焉往而不三黜。"

这场酒令真实地再现了陈询和其同僚的思想情感。陈询先以拆字酒令点出"三个车"，并用杜牧的诗句"远上寒山石径斜"表明即将远行。其同僚高榖则以"三个口"指出陈询被贬乃是祸从口出，并用王维的诗句"劝君更尽一杯酒"劝解陈询借杯中之酒遣怀，聊慰别情。这一来一和的酒令，反映了两人深厚的文化积淀和聪明才智，也展现了二人惺惺相惜的朋友之情。而陈询最后以"三个虫"表达此次贬黜确实因自己过于刚直，故虽有志而不得施展。但同时又借由《论语》中柳下惠三次被贬黜，却言"直道而事人，焉往而不三黜"的典故，指斥当时使他遭贬黜的黑暗的宦官专权，也表明自己坚持端正行事、绝不攀炎附势的态度。

从这个故事里我们可以看出，仅仅是一句佐饮的酒令，却可以反映出史实典故、世情百态，也能展现人与人之间真挚的情感，表达行酒之人的文化素养和内心所想。

四、酒令与文娱艺术

在饮宴之上，除了行酒令，还有许多文娱艺术活动。最常见的是歌舞类表演。酒令与娱艺相结合，进一步活跃饮宴的气氛，并放大了酒令的佐饮之功效。歌舞佐饮文化，也可称为早期较为高雅文艺的"陪酒文化"，其与行酒令密不可分。饮酒行令之时伴以歌舞类活动，既可以烘托气氛，也可以增加情致。探究歌舞佐饮与酒令的关系，也是对乐妓娱酒、歌舞侑酒这一系列行酒令文化的补充，从中可以追溯酒文化中歌舞佐饮的发展历史，具有重要的学术意义。

根据史料记载，最早的歌舞佐饮现象出现于夏商时期。时至先秦，歌舞佐酒已经成了宫廷宴饮制度的一项固定内容。唐朝时期，古代官宦文人的酒宴上十分流行歌舞佐饮活动。唐朝的歌舞吸收了其他民族众多的乐舞形式，将民间曲调融入酒令，形成特有的酒令种类——抛打令。唐代皇甫松在《抛球乐》中写道："红拨一声飘，轻裘坠越绡。带翻金孔雀，香满绣蜂腰。少少抛分数，花枝正索饶。"诗中所描写的正是抛打令的行令场景。抛打令在乐曲伴奏下，通过传递香球、杯盏等方式，被击中者必须饮酒领罚。此时的酒令已经成为特有的劝酒游戏，正如刘禹锡《抛球乐》中所说，"幸有抛球乐，一杯君莫辞"。抛打令也成为唐宋曲子词的重要源头。与此同时，有不少武官开始蓄养家妓以供娱乐。

五代十国时期，蓄养家妓的风气继续延续。除了武官有家妓，文人也开始蓄有家妓。《宋史·南唐李氏世家》记载："熙载善为文，江东士人、道释载金帛以求铭志碑记者不绝，又累获赏赐。由是畜妓姜四十余人，多善音乐，不加防闲，恣其出入外斋，与宾客生徒杂处。"韩熙载是南唐名臣，也是当时一位杰出的文学家，在文学上颇有造诣。但他喜好蓄养家妓，最多时达四十余人。南唐画家顾闳中所绘制的《韩熙载夜宴图》，生动再现了韩熙载府中夜宴的情景，席间多名乐妓奏乐歌舞以佐饮，呈现出当时纸醉金迷的行乐之风。

宋代，蓄养家妓之风日益蔓延。宋代吕本中所写的文言谐谑小说集《轩渠录》中记载：苏东坡家里有歌舞伎数人，每当宴请宾客，便会让这些歌舞伎出面招待，还戏称她们为"搽粉虞候"。大文豪苏东坡蓄养歌舞家妓，以天下之忧为先的范仲淹亦如是。南宋吴曾所撰《能改斋漫录》记载：

范文正公守番阳郡，创庆朔堂。而妓籍中有小鬟妓，尚幼，公颇属意。既去，而以诗寄魏介曰："庆朔堂前花自栽，便移官去未曾开。年年长有别离恨，已托东风干当来。"介因鬻以惠公。今州治有石刻。

范仲淹在任职番阳郡时看中了一位雏妓，因年幼不便买回，离任后仍念念不忘，遂去信继任者魏介，后由魏介买下赠予范仲淹。

明清以后，文人士大夫蓄养家妓之风已极为普遍。

这些记载表明，在中国封建时代，私家蓄养歌舞妓已经成为盛行的风气。家妓的归属、活动地点、服务对象等虽然和官妓有所不同，但是他们和官妓一样，都需要在官宦士子、文人墨客的宴饮、娱乐、交往活动中，表演歌舞以佐酒助兴，以曲词行令等方式娱宾。

值得注意的是，歌舞妓的表演曲目多样，且通常会因为时代不同而发生改变。三国之前，歌舞妓表演多以中原正统汉族歌舞为主。东晋之后，随着少数民族和汉族交往的增多，少数民族乐舞开始在席间流行起来。到了唐朝，胡乐胡舞大兴其势，如胡旋舞、拓枝舞等。表演胡乐胡舞的胡人女子大多十分美艳，能歌善舞、技艺无双，被称为"胡姬"。

为培养佐饮助兴的歌舞妓，唐代还开设了一系列专门的培训机构。宋代高承编撰的类书《事物纪原》记载：

> 唐明皇开元二年，于蓬莱宫侧，始立教坊，以隶散乐倡优、曼衍之戏。因其谐谑，以金帛、章绶赏之。因置使以教习之。

玄宗在蓬莱宫侧设立教坊，教习乐曲歌舞，以官学的方式确立了歌舞妓的身份和地位。

唐代崔令钦撰写《教坊记》一书，记载：

> 西京右教坊在光宅坊，左教坊在延政坊。右多善歌，左多工舞，盖相因习。东京两教坊，俱在明义坊中。右在南，左在北也。坊南四门外，即苑之东也，其间有顷余水泊，俗谓之"月陂"。形似偃月，故以名之。

由此可知，唐代的教坊已经有了非常详细的分工，各司不同的教授内容，也从侧面展现了当时歌舞妓能力的多样性。

《教坊记》中记载，教坊中歌舞妓所学习的曲目很多都在酒筵中用作酒令。如"三台曲"，包括三支曲子，分别为"怨陵三台""三台""空厩三台"。清朝陈廷敬著《钦定词谱》在第一卷、第三十九卷各载有"三台"，第一卷是小令，第三十九卷是长调。《钦定词谱》解其题名：

> 唐教坊曲名。宋李济翁《资暇录》：三台，今之啐酒三十拍促曲。啐，送酒声也。宋张表臣《珊瑚钩诗话》：乐部中有促拍催酒，谓之三台。

"三台曲"，一般为单调24字、四句两平韵，或单调24字、四句三平韵。

除歌舞乐曲融入酒令之外，乐妓本人也在后世酒令活动中扮演着重要的角色。随着酒令内容的娱乐化以及在民间的普及化，酒监一职不再限制由德高望重之人担当，而具有了更多世俗化的特点。歌舞妓除了唱曲跳舞，也开始承担酒监类的职责。行酒令过程中，参与之人必须严格按照规则范式进行，严禁违背规则，否则将受到惩罚。为了有效监控整个过程，活动开始前会先请一位技艺出众的艺妓担任"律录事"，仲裁行酒令过程中各方的行为。同时，负责仲裁的艺妓亦担任主持酒令一职，以愉悦众人，烘托酒宴气氛。唐代皇甫松的《醉乡日月》记载，要担任"律录事"，也即"酒监"，需要有三大才能：第一为"善令"，意思是谙熟酒令，而且口才很好，能给予酒令合理巧妙的解释；第二为"知音"，是指能歌善舞；第三为"大户"，指酒量出众。换言之，律录事必须由熟悉酒令、能言善辩、多才多艺、酒量较大的人来出任。歌舞妓恰好符合这些特质，在唐以后成了酒席上最受欢迎的酒监。

唐代名妓薛涛就是酒监中的佼佼者。宋人景焕的笔记小说《牧竖闲谈》中曾提到薛涛：

> 元和中，成都乐籍薛涛者，善篇章，足辞辩，虽无风讽教化之旨，亦有题花咏月之才，当时营妓之中尤物也。

薛涛文采横溢，多才多艺，又能言善辩，正是律录事的不二之选。唐代王谠所撰《唐语林》记载：

> 西蜀官妓曰薛涛者，辩慧知诗。尝有黎州刺史作《千字文令》，带禽鱼鸟兽，乃曰："有虞陶唐。"坐客忍笑不罚。至薛涛云："佐时阿衡。"其人谓语中无鱼鸟，请罚。薛笑曰："'衡'字尚有小鱼子；使君'有虞陶唐'，都无一鱼。"宾客大笑，刺史初不知觉。

酒令以《千字文》为底本行令，且必须带有鸟兽禽鱼的字。黎州刺史行令时用"有虞陶唐"一句，其中并无鸟兽禽鱼字，显然违令，但忌讳其身份，参与之人不敢嘲笑惩罚。轮到薛涛时，她故意用"佐时阿衡"一句，引大家追问，并伺机指出，"衡"字里还有小"鱼"字，而刺史的"有虞陶唐"连小鱼都没有。最终引宾客大笑，刺史也不得不认罚。作为一名乐妓，薛涛地位非常低下，却能在席间用她的聪明才智，巧妙且幽默地打破阶级差距，维护了酒令的规则，其所行所为堪为酒令监酒之表率。薛涛等艺妓被称为"簪花录事"，以其特殊的身份和才情，成为酒令中不可替代的一员。晚唐诗人黄滔在《断酒》一诗中就曾提道："未老先为百病仍，醉杯无计接宾朋。免遭拽盏郎君谑，还被簪花录事憎。"自此"簪花录事"逐渐成为唐代特有酒令文化的标志之一。

第四节　《红楼梦》中的酒令

酒令作为中国传统饮宴中非常重要的娱乐活动，在官方和民间都受到极大的推崇和欢迎。尤其是唐代以后，酒已经成为宴席中必不可少的助兴环节。在文学作品中，也出现了大量饮酒行令的场景和故事。《红楼梦》是中国近代文学"四大名著"之一，是章回体小说的巅峰之作。其中既包含了宏深的思想内容，也涵盖了众多高超的语言技巧，是一本兼具思想性和艺术性的传统文学典籍，素有"中国传统文化的百科全书"的美誉。《红楼梦》内容博大精深，囊括了中国传统文化中的"八雅"，即琴、棋、书、画、诗、酒、花、茶。其中的酒令文化非常突出，也引来无数红学家的研究兴趣。

《红楼梦》中有大量对酒令及其文化内涵的细腻描写，品类繁多，意蕴丰厚。《红楼梦》中详尽描写酒令的章节不在少数。从大类划分，文字令和游戏令比比皆是，其中文字令占大多数。从小类划分，《红楼梦》中出现过的常见酒令大致有11种，分别为：占花名、藏钩、汤匙令、牙牌令、传花、拍七、猜谜、说笑话、筹令、射覆、女儿令。

酒令的形式和内容，往往要依据饮宴参加者不同的身份地位、文化水平和场合氛围来确定。《红楼梦》中所涉人物众多，大量酒令的描写，既可以作为文学刻画的方式，也可以映射表现出不同人物的性格特征和身份命运。小说中细致描写酒令的章回有十几处，比较集中的章回包括第二十二回、第二十八回、第四十回、第六十二回、第六十三回、第七十五回、第一百零八回、第一百一十七回等。这些章回，都涉及行酒令的场景，行酒令的人物活动以及酒令的内容。这些章回中的酒令描写，并非随意为之，而是精心为之。一方面，它们生动再现了贾府中各类大小饮宴的热闹氛围，另一方面又深刻描摹出了饮酒行令之时参与酒令的不同人物的言谈举止和学识地位。《红楼梦》中人物的性格、喜好、身份地位、文化水平皆不同，这些不同的人物道出的酒令语言也就截然不同，给每个人物配上适宜的酒令，能充分体现其人物性格特征，也使小说情节更加饱满。曹雪芹著《红楼梦》时，将酒令文化巧妙融入，通过这种独树一帜的艺术手段，实现了塑造那个时代典型人物形象的目的。

先举谜语类酒令为例。在第二十二回，贾政作了一句谜语类酒令："身自端方，体自坚硬。虽不能言，有言必应。"这是一个描述性质的谜语，谜语的答案是砚台。这当中，取"必"字谐音为"笔"，巧用同音通义的关系将二者联系起来。这个谜语酒令是贾政所作。"政"者，"正"也。曹雪芹笔下的贾政，深受儒家思想熏陶，一生人品端方，风声清肃，可惜失之迂腐，追求至孝至忠，却形同泥塑，遭人蒙骗，最后以悲剧结尾。此酒令中"身自端方"，恰合书中第二回冷子兴对贾政的评价"为人端方正直"。"体自坚硬"既可以指原则性强，但也预示着贾政过于执着于儒家传统，思想固化，不知变通。贾政为文官，用"砚台"自比，张口便是"诗云子曰"，可惜这一套并不被儿子接纳，其文学素养甚至不及"不成器"的宝玉，可算是"口不能言"。然而贾政恪守"君为臣纲"之训，只要圣上"有言"，则"必应"无疑。

再举女儿令为例。在第二十八回，锦香院妓女云儿在席间为几位公子哥儿行令助兴。行女儿令为："女儿悲，将来终身指靠谁？女儿愁，妈妈打骂何时休！女儿喜，情郎不舍还家里。女儿乐，住了箫管弄弦索。"这则酒令虽为席间戏作，却与作令者身世命运密切相连。首句"女儿悲，将来终身指靠谁"，寓指云儿出身欢场，吃的是青春饭，过的是风尘生涯，身若浮萍，今朝有酒今朝醉，未来难期，午夜梦回，形单只影，自然悲从中来。"女儿愁，妈妈打骂何时休"寓意云儿身份卑微，为老鸨所逼迫虐打却无处申诉。"女儿喜，情郎不舍还家里"，风尘女子所盼，便是有情郎对她痴心一片，流连青楼不归家。"女儿乐，住了箫管弄弦索",歌妓生涯的唯一向往,便是能得遇良人,为其赎身,成为不弄"箫管"而弄"弦索"、织布纺纱、自食其力的良家妇女。一则酒令,将行酒令之人的身份、境遇、期待都展现无遗。

第三章

从语言学视角看《红楼梦》酒令的英译

第一节　概述

长期以来，文化因素一直是翻译中的一大难点。语言具有多样性，所反映的文化也同样具有多样性。王佐良曾提出，翻译的最大困难是在于两种文化之间的差异，一种文化中不言而喻的东西必须在另一种文化中仔细解释（王佐良，1989）。在翻译实践中，许多问题和错误都源于文化差异。不同国家和民族之间历史传统文化的巨大差异，为翻译制造了多种多样的障碍，其中文化空缺就是最棘手的障碍之一。作为酒文化译介的一个组成部分，酒令具有酒文化的普遍性特征，也有独特的语言文化内涵。对酒令的翻译，既关系到对酒令本身的深刻理解，也关系到语言文化之间的转换，具有很大的研究价值。

酒令在内容上和其他酒文化一样具有丰富的中华民族文化底蕴，在语言及结构上也呈现出鲜明的民族特色。因此，要将酒令准确地翻译成英文，必须对汉语和英语两种语言的特点都有准确的了解，能够熟练地使用两种语言。翻译作为一种语言活动，在诸多理论中，从语言学的视角对翻译进行审视是最直观、有效的方法。对于一种语言到另一种语言的翻译，语言学理论可以从不同角度提供对应的积极解释策略。

如前一章所述，《红楼梦》中的酒令可以划分为以下两个大类：文字令和游戏令。文字令包括诗词经曲类和筹令两小类。游戏令分为猜谜类、骰子类、博戏类和身份代入类四小类。每一种酒令都有其独特的语言表现形式，并且有着丰富的文化内涵。其中，尤以文字令最为突出，因为它包含了诗词、对联、汉字等直接与语言文化密切相关的因素。

要想找到适用的翻译策略、翻译方法，对英语语言的全方位把握十分重要。经过整理《红楼梦》杨译和霍译两个版本中的酒令，可以看出酒令英译在语言上具有以下特点和难点。

1. 选词审慎

酒令中往往蕴含丰富的中国传统文化要素，极具文学色彩，尤其体现在某些承载中国文化内容的文化词语上。这类文化负载词在不同版本中的英译各不相同。在《红楼梦》酒令英译中，适用于目标读者的词汇选择是一门大学问。译者应该如何处理涉及固有文化的特色词汇，使用归化策略还是异化策略，是需要认真探讨的一大难题。

酒令中有时会引用一些人名，中文人名与其用字意义密切相关，但翻译成英文后则以音素文字形式呈现，使得对同一人名的翻译也不尽相同。《红楼梦》酒令里偶尔还会出现带有意指含义或文化意义的人名，在英译过程中采用音译或者意译都可能使译文丧失原中文版本一语双关的修辞内涵。

同时，《红楼梦》中酒令制令者的身世、性格、命运等因素对酒令本体翻译语言词汇的选择也有一定的指导意义。译者需要根据全书的故事线索、人物背景个性等来确定选词的褒贬情感色彩和内涵意义。汉语作为典型的孤立语，缺少词形变化，但现代英语仍然保留一定的形态特点，因此词汇的英译有时还会涉及英译单词单复数的抉择。

2. 注重音韵美，强调节奏感

酒令不仅流行于文人士大夫阶层，还在市井民众中广泛传播。酒令流行范围之广与其行使方式及语言内容密不可分。不少酒令娱乐性强，朗朗上口。在酒令的英译中，译者应尽量保留这一特征，通过尾韵或头韵的方式实现语言的对等转换。此外，酒令中涉及的部分人名，本身就具有音韵节奏性，在英译时也应尽量保持语音特征，保留原文本的韵律。同时，抑扬格、长短句结合的分译方式、叠词的使用、对仗的文本形式等也需要在译文中纳入考量。

3. 语法结构转换频繁

在酒令的英译中，译者考虑到读者的文化背景以及相关的语言熟悉模式，将酒令在语法层面上作了一系列调整，如句式结构的转换、时态的增加、语态的选择、句型的调整、副词的使用等。

实际上，除了上述特点和难点，在处理酒令英译时，还需要在语言转换上注意更多的问题，进行更多的考量。比如，是否应该为了突显节奏感，将一段酒令以长短句结合的方式分译？押头韵和押尾韵的同时是否会影响原文文化内容的表达？语法结构的转变与文化适应的调配度应当如何斟酌把握？反问句、设问句的使用是否符合目标读者的文化背景？中文在表达时态时多增加具体的表示时间的名词状语，在英译时应该如何变换动词时态以适应目标读者的语言特征？主被动语态、语序的改变、特定句型的使用是否也应当积极符合受众语言文化需求？

本章在《红楼梦》酒令中英小型语料库基础上，以酒令中文版、杨宪益和戴乃迭夫妇英译版、大卫·霍克斯英译版为研究对象，从语言学视角进行分析比较，分别讨论酒令翻译中适用的语言翻译方法，以及由此生发的文化翻译和传播交流等问题。

本章从语言学的角度来分析《红楼梦》中酒令英译的策略，包括音韵、词汇和语法三个方面，以审视翻译中的对等和识解问题，并对翻译批评提出参考建议。本章将主要以系统功能语言学、认知语言学和认知翻译学为指导理论展开分析研究，以期较为全面地总结出《红楼梦》中酒令英译的翻译策略和翻译方法，并回答以上问题。

系统功能语言学由英国语言学家韩礼德（M. A. K. Halliday）在 20 世纪 50 年代末创立。和传统语言学相比，韩礼德更重视语言的社会学层面，承认语言的交际作用。他认为，系统功能语言学的意义在于从社会角度来解释语言的功能和意义。使用者对语言的具体功能具有决定权，受使用者对语言的选择所影响。在系统功能语言学视角下，语言具有纯理功能，即元功能。纯理功能包括三个方面：概念功能、人际功能和语篇功能。概念功能是指语言可以反映主客观世界的过程和事物；人际功能是指语言可以反映人与人之间的关系或者说话人和听话人之间的亲疏关系和社会地位；语篇功能是指语言具有组句成篇，并根据交际语境组织信息并传递信息的功能。

韩礼德认为语言具有普遍性和变异性的特征。语言变异又分为两类：方言和语域。其中语域是指不同的情景会引起语言变异，形成具有独特特征的语言变体，体现在词汇、句法、结构、修辞等几个方面。语域受语场、语旨和语式三大变量影响，且这三个变量相互联系。语场是言语活动发生的背景，涉及交际活动中的话题和题材，对交际的内容和性质具有决定权，对词汇、语言结构的使用有重大影响。语旨即交谈者的关系，如社会地位、角色身份和性格特征，对句型、语气的选择有重大影响。语式是指人们进行交际的方式和或介质。只有语式对等才能达到意义转换的最终目的（唐纳德，2006）。

认知语言学是 20 世纪 80 年代后期至 90 年代由乔治·莱考夫（George Lakoff）、马克·约翰逊（Mark Johnson）、朗奴·兰盖克（Ronald Langacker）三人创立，90 年代后期至 21 世纪初由伦纳德·泰尔米（Leonard Talmy）发展成熟的全新语法理论。认知语言学认为语法不是任意性的、自主的形式系统，而是概念化的现实的符号表达，强调社会文化规约对语言的制约作用（胡壮麟，朱永生，张德禄，等，2005）。认知语言学有两个定义性的共识：概括性共识和认知共识。概括性共识是描述能够解释人类语言方方面面的普遍原则的共识，认知共识是使语言的描述与我们对大脑和心智的普遍认识相一致的共识（李福印，2008）。

国内知名语言学专家王寅在认知语言学方面也颇有建树，他在 2011 年编著的《什么是认知语言学》一书中，对认知语言学这一学科进行了深入、细致的阐述。认知语言学指出，语言的创建、学习及运用，基本上都必须能够透过人类的认知而加以解释，因为认知能力是人类知识的根本（王寅，2011）。

在认知语言学视角下，翻译也属于认知活动。本书将主要从识解这一人类认知的基本方式来分析探究酒令英译，以把握翻译过程中的识解运作过程。人们用不同方法识别同一场景的能力即识解，它也是人类认知的主要渠道。识解理论包含五要素：辖域、背景、视角、突显、详略度（王寅，2011）。辖域和背景强调人们在叙述事物时头脑中自动激活的固有认知内容，包括背景、百科知识和级阶。背景是指个人在识解事物时已有的知识储备；百科知识指人们对客观事物形成的有效认知体系；级阶指主体在识解客体时所涉及的辖域大小，级阶的不同主要体现在衔接系统的运用和信息系统的变换上。翻译时，辖域和背景是指认知过程中所牵涉的已有知识储备和级阶。从翻译学上来看，视角是指译者在翻译客体时所采用的角度。视角不同是主体认识理解事物存在差异的体现，可以体现在词汇使用、表达方式选择、音韵表达上。突显是指人们在识解某一场景时注意力的投放程度以及焦点所在，是关注度的体现。在同一场景中，译者会根据自身考量呈现不同的突显程度，读者可以以此判断事物的重要性。主体差异还会体现在语言的表达意义的差异性上。详略度指人们描述客体时的详略程度，详略度不同，词汇、句子结构的选择也会有所不同。译者在翻译中的认知过程可以通过识解的五大要素进行分析。

文旭、肖开容认为，翻译是一项复杂、多维的人类认知活动。他将翻译作为语言学的研究对象，基于认知语言学的哲学观、语言观和表征方法来探讨认知翻译学的问题，解释某些翻译现象的原因（文旭，肖开容，2019）。

根据认知翻译学的观点，翻译活动涉及范畴的转换、概念隐喻的翻译策略、概念转喻翻译策略、词汇多义的翻译等方面。本书将结合认知翻译学中的适切理论对酒令翻译中的相关内容展开分析研究，以全面探讨汉语酒令英译的翻译策略、翻译方法，以及在相关语境下的适切性。

第二节　从音韵视角看酒令英译

鲁迅在《汉文学史纲要》里的第一篇《自文字至文章》中提出中国文学创作的"三美"理论，即"意美以感心，一也；音美以感耳，二也；形美以感目，三也"（鲁迅，2005）。在中国，人们在创作酒令时会考虑押韵和节奏；同样，在西方，音韵也是语言和文字传达时要考虑的重要因素。中国著名翻译家许渊冲将"三美原则"应用在诗歌翻译领域，提倡在翻译中注重"音美、意美、形美"。其中，"音美"指译诗要和原诗保持同样悦耳的韵律，要有节调、押韵、顺口，译者可选择和原文相似的韵脚，还可借助双声、叠韵、重复、对仗等方法来表达（许渊冲，1983）。诗歌注重音律，酒令亦如此。酒令是席间唱和之作，天然地与声音韵律有着密切联系。各类酒令尤其是文字令，大多由短句组成，字数对应，声音相和，意义相称，与诗歌特征颇为相同。在酒令汉英翻译中，不仅要翻译出酒令的意义内涵，也需同时译出音韵格律之美。然而，汉语和英语在音系结构上的巨大差异，大大增加了酒令音韵格律翻译的难度。杨宪益、戴乃迭和霍克斯在翻译《红楼梦》酒令时，着意灵活运用头韵、尾韵等艺术技巧，用不同的方式将原文的叠韵、拟声等音律效果巧妙地呈现出来。

下面将根据杨译和霍译《红楼梦》中的酒令英译语料，枚举相关酒令，从语言学的视角探讨酒令英译的声音韵律特征，深入阐释分析，了解酒令英译在音韵上的翻译策略。

例 3.1

例句：能使妖魔胆尽摧，身如束帛气如雷。一声震得人方恐，回首相看已化灰。（第二十二回）

杨译：Monsters I can affright and put to flight;

A roll of silk my form; my thunderous crash.

Strikes dread into the hearts of all,

Yet when they look around I've turned to ash.

霍译：At my coming the devils turn pallid with wonder.

My body's all folds and my voice is like thunder.

When, alarmed by the sound of my thunderous crash,

You look round, I have already turned into ash.

这句酒令属于猜谜类诗歌。整个酒令富于汉语特有的节奏感，每句七个字，一二四句句末押韵。这些音韵都需要在英译中以别的形式体现。两个译文都在这方面下了功夫，尽量通过设计英语韵脚的形式还原原文本的节奏和格律。杨宪益、戴乃迭的译文基本上和原文本一致，偏向异化译法，并且着意注重韵律感。在首句用 affright 与 flight 押韵，后两句用 crash 和 ash 押韵。霍克斯的译文在内容上则采用了意译法，没有按照原酒令的内容呈现顺序和方式，但基本一致地用自己的描述还原原文本的意义。他在译文中也注重音韵的和谐，选词 wonder 与 thunder 押韵，crash 与 ash 押韵。两个译本都在一定程度上保留了原诗的音韵美，做到了"音美"，但使用了不同的表现方法。霍译的韵脚为 aabb，一、二句押韵，三、四句押韵；杨译则是首句押句内韵，再二、四句押韵。霍译和杨译都采用尾韵体的形式，以尽量保持原文本的韵律，达到"音美"。在酒令英译中使用尾韵体的现象绝不是一种巧合，而是基于原文本节奏而做出的慎重选择。

认知语言学的辖域和背景是指在我们认知某事物时，总是需要另外的一个或几个表达作为基础或背景，才能认知所谈及的事物。例如，我们要认识房间，就必须知道房子的概念，以此为基础来认知房间的意义。本例中，两个译本都在诗歌韵律的认知背景之下来思考如何在译文中尽量保持原文本的韵律，就这一点而言，二者的思考角度相同。但是，由于两位译者的文化背景、生活经历等方面的不同，他们在翻译时具体的用韵方法又各不相同，采用了不同的押韵方式。杨译首句 affright 与 flight 押韵；霍译第一句的 wonder 与第二句的 thunder 押韵，第三句末的 crash 与第四句末的 ash 押韵，皆与原文本的韵律保持一致，从而达到"音美"效果。

例 3.2

例句：两个冤家，都难丢下，想着你来又记挂着他。两个人形容俊
　　　俏，都难描画。想昨宵幽期私订在荼蘼架，一个偷情，一个
　　　寻拿，拿住了三曹对案，我也无回话。（第二十八回）

杨译：Two lovers have I,

　　　From both I'm loath to part,

　　　For while I think of one,

　　　The other's in my heart.

　　　Both have so many charms,

　　　They're hard to list;

　　　Last night by the rose trellis,

　　　Was our tryst.

　　　One came to make love, one to spy;

　　　Caught in the act was I,

　　　And, challenged by the two of them,

　　　Could think of no reply!

霍译：Two lovely boys

　　　Are both in love with me

　　　And I can't get either from my mind.

　　　Both are so beautiful

　　　So wonderful

　　　So marvelous

　　　To give up either one would be unkind.

　　　Last night I promised I would go

　　　To meet one of them in the garden where the roses grow;

　　　The other came to see what he could find.

　　　And now that we three are all

　　　Here in this tribunal,

　　　There are no words that come into my mind.

该酒令出自小说第二十八回，饮宴之中，薛蟠酒醉，要求陪席妓女云儿唱一
个新样儿的曲子。云儿便以琵琶伴奏，唱了这首小曲。从一个女子的视角，讲述

女子同时喜欢上两个"形容俊俏"的男子，与其中一人在夜里私会于荼蘼架，被另一人发现拿住。"三曹对案"，原是指审判诉讼案件时，原告、被告和证人三方面到场对质。这里指情爱之中的三方会面，而引发争端。云儿所唱小曲内容活泼大胆，曲调唱词结构分明，句子参差不齐，间隔搭配，极富韵律，节奏强烈而可感。

杨译在对句子韵律和节奏感的把握上更加倾向于原文本再现，如"I, part"和"one, heart"，"charms, list"和"trellis, tryst"，"spy, I"和"them, reply"，每一句的末尾词汇均与下文或上文词汇形成押韵。霍译对"两个人形容俊俏"用了三个相同的句型进行翻译——Both are so beautiful/ So wonderful/ So marvelous，对"都难丢下"翻译了两次——And I can't get either from my mind 和 To give up either one would be unkind，但对"想着你来又记挂着他"这一句却未进行翻译，译文的节奏感在"两个人形容俊俏"的翻译上体现最明显。杨译用尾韵 /s/、/t/ 和 /y/ 再现原诗中沉闷紧张的韵律，再现了原诗的全部情境；霍译则用 beautiful/ wonderful/ marvelous 这样的押韵形式强调两个"形容俊俏"的男人。两者各有侧重，但都生动形象地刻画出原酒令的内容，在保持"音美"的条件下尽量做到"意美"。

相较而言，杨译在自身识解事物时所需的知识储备方面略胜一筹，将原文本中的音韵最大程度反映在译文上，注重句子长短搭配，富有韵律感，且每一句的末尾词汇均与下文或上文词汇形成押韵。霍译则稍弱，未将原文本朗朗上口的韵律感译出。但在韵律上霍译仍然进行了一些处理，比如使用相同的三个句型，用排比的方式一一呈现，表现出不同的节奏。

从视角这一要素来看，他们二者都按照原文本的视角，从说话者的视角来描述爱情。杨译在翻译该酒令时更多考虑到了原语言文字的特色，注重保持原文本的韵律和节奏感。对未接触过中国文化的外国读者来说，在译文中保持原文本特色有助于他们了解原语言的特征，加深对原文本的理解。在这一点上，霍译则站在目标语读者的视角，更多地考虑目标群体语言的特征，翻译时多采用长句的形式，方便目标语读者对内容意义的理解。但这种译法却也忽略了原文本的本来语言特征，使译文失去了酒令的部分韵味。

从级阶这一要素来看，霍译在认知理解短句翻译时所涉及的辖域相对较小。以知识储备和背景而言，霍克斯是英语母语人士，对译入语的句子结构、语言背景等信息掌握更多，但对原文本句子结构储备稍少，因而对长短句结合的结果欠考虑，基本都将句子翻译为长句，使得译文和原文本有所偏差。杨译在这一领域略胜一筹，译文以长短句结合为主，体现了信息系统的变换。从突显这一要素来说，杨译更加强调末尾词汇与下文或上文词汇形成的押韵，重点分布较为平均，注意力和焦点并不都集中在首句上。霍译在翻译该酒令时突出了对第二句 "两个人形容俊俏" 的描述，注意力和焦点较为集中。从详略度来看，在杨译本中，每一小句皆有涉及押韵的手法，刻画较为平均；而霍译本中第二小句的音韵还原程度较高。

例 3.3

例句：滴不尽相思血泪抛红豆，开不完春柳春花满画楼，睡不稳纱窗风雨黄昏后，忘不了新愁与旧愁，咽不下玉粒金莼噎满喉，照不见菱花镜里形容瘦。展不开的眉头，捱不明的更漏。呀！恰便似遮不住的青山隐隐，流不断的绿水悠悠。

（第二十八回）

杨译：Like drops of blood fall endless tears of longing,

By painted pavilion grow willows and flowers untold;

Sleepless at night when wind and rain lash gauze windows,

She cannot forget her sorrows new and old;

Choking on rice like jade and wine like gold,

She turns from her wan reflection in the glass;

Nothing can smooth away her frown,

It seems that the long night will never pass.

Like the shadow of peaks, her grief is never gone;

Like the green stream it flows for ever on.

霍译：Still weeping tears of blood about our separation:

Little red love-beans of my desolation.

Still blooming flowers I see outside my window growing.

Still awake in the dark I hear the wind a-blowing.

Still oh still I can't forget those old hopes and fears.

Still can't swallow food and drink, 'cos I'm choked with tears.

Mirror, mirror on the wall, tell me it's not true:

Do I look so thin and pale, do I look so blue?

Mirror, mirror, this long night bow shall I get through?

Oh—oh—oh!

Blue as the mist upon the distant mountains,

Blue as the water in the ever-flowing fountains.

这一酒令属于女儿令。《红豆曲》以"红豆相思"为眼，着力描写了多情儿女深受相思之苦，在雨后黄昏的纱窗之下，新旧之愁源源不绝，以致茶饭不思，容颜憔悴。全曲体现出悲愁的情感，夹杂着无奈、忧愁。曲令连用数个排比句，道出了饱受相思煎熬的多情儿女，茶饭不思，无心梳洗，一天天消瘦、憔悴的容颜，将深受情爱之苦的青年男女的愁思体现得淋漓尽致。最后一句用"青山""绿水"，寓意情愁绵长不断。这是一首爱情的颂歌。首句"滴不尽相思血泪抛红豆"，点出全曲的爱情主题，其后用一连串排比句表现热恋中的青年为爱情而苦恼的情景。

在韵律形式上，虽然两个译本都未保留原酒令一韵到底的美感，但从整体上看仍然用韵和谐。杨译遵从原文本结构，用词准确、表达贴切，把诗歌的"音美""意美""形美"较好地传达到了目标语中，如 old 和 gold、glass 和 pass 两两相押，用繁复的声韵强调突出此时此刻的相思心情。而霍译更加注重译文的连贯，用五个 still 将译文连缀成一个系统整体，使用形式上的排比和音韵上的两两押韵来表现原酒令的意蕴。虽然霍译在形式上不完全忠实于原文本，但在意象和语言风格上则达到了视觉上的美感。霍译以排比以及叠词的方式，如 Mirror, mirror 和 Oh—oh—oh，造成回环往复的音韵效果，将绵长隽永的相思之情体现在语言表达之中。同时，霍译中采用典故，把西方文化中关于镜子的典故 Mirror, mirror on the wall, tell me it's not true（引典自西方著名的童话《白雪公主》），用在此处的翻译中，似乎暗含了爱情就像魔法似的，能让人如痴如狂，如癫似疯。

系统功能语言学中的语篇功能通过三种方式得到体现：主位结构、信息结构和衔接。前面两种方式不太适宜分析诗歌语言，因此，此处我们从衔接的角度来分析两个译本的特点。衔接主要指语篇中语言成分之间的语义联系，可以通过词汇手段实现，也可以通过语法手段实现。

首先以酒令前两句诗为例。原文"滴不尽相思血泪抛红豆，开不完春柳春花满画楼"，从语法的角度看，这两个小节的逻辑主语不同，前一节的逻辑主语是说话人，后一节的逻辑主语是春柳春花。这种句子在汉语中毫无问题，也被认为是语法正确的句式。然而，英语强调句与句之间的显性逻辑，如果完全依从汉语的句式翻译为英语，势必无法构造语法正确的英语句式。显然，两位译者在这里都考虑到了英汉语言的句式差异，为了保持语篇的连贯性，分别采用了不同的衔接手段。杨译通过两个连接词 like 和 by 将这两个小节的地位降低成为修饰性成分，转译为第三个小节的状语，使得译文符合英语的连贯方式。霍译则采用了不同的方法，保持原诗句的句子地位。在第一个诗节中用分词结构 weeping 隐含其逻辑主语说话人，与原文本保持一致。在第二个诗节中则通过添加一个主谓结构 I see，与前一个诗节的主语保持一致，也译出了原文本的隐含视角，从人的视角看到 "春柳春花开不完、满画楼" 之景。从句子在语篇中地位的角度而言，霍译更加贴近原文本。但是从衔接角度而言，二者都同样再现了原文本的连贯性。

从整体酒令而言，原文本有 "滴不尽相思血泪抛红豆，开不完春柳春花满画楼，睡不稳纱窗风雨黄昏后，忘不了新愁与旧愁，咽不下玉粒金莼噎满喉" 五个排比句。霍译版本中连用五个 still 把译文串成统一的整体，主语都是说话人 I，保持了主语的一致，更加接近原文本的表达风格。杨译中有好几个不同的主语——she、nothing、it，出现了不同主语的转换，带来叙事视角的变化，减弱了译文的连贯性。因此，从衔接角度而言，霍译比杨译略胜一筹。

例 3.4

例句：一个蚊子哼哼哼。两个苍蝇嗡嗡嗡。（第二十八回）

杨译：A mosquito buzzes, hum-hum.

Two flies drone, buzz-buzz.

霍译：One little gnat went hum hum hum,

Two little flies went bum bum bum.

该酒令是薛蟠在酒宴上所行的酒令。薛蟠自称此令为 "新鲜曲儿，叫做哼哼韵"。这两句酒令属于唱词，"一个蚊子哼哼哼"，蚊子指的是薛蟠的第二任夫人李纹。李纹嫁给薛蟠后，只能嫁鸡随鸡嫁狗随狗，不断调整自己，以适应薛蟠的蠢、俗、狠，因此几年之后李纹的端庄、贤雅已经荡然无存，因此用 "哼" 字形容她是极妙的。"两个苍蝇嗡嗡嗡"，是形容薛蟠两个不成器的儿子，每日追腥逐臭。这两句酒令短小精悍，哼嗡有声，独创一种 "哼哼嗡嗡体"，通俗易懂，反映了薛蟠低俗的审美和粗鄙的性格。

从系统功能语言学语域视角分析此酒令中语式。薛蟠，人称 "金陵一霸"，是薛姨妈的儿子，薛宝钗的哥哥。他是纨绔世家公子，生活奢侈，言语傲慢，经常仗势欺人。虽然他也上过学，但是大字不识几个，整日赌钱宿娼，斗鸡走马，不务正业。这句酒令从语式上来看，尽管是一首唱词，但是由于是薛蟠临场而作，而且他本就胸无点墨，因此用词十分口语化，意象低俗。霍译在对哼哼韵的处理上，充分考虑到了薛蟠的身份和性格特点，因此选择与他身份相称的语言表达来体现他所处的大的语域背景。霍译选取了 One little gnat went hum hum hum，Two little flies went bum bum bum 这样单一的句式和简单的词汇来表达，再现了原文本中薛蟠所作的毫无诗意的干瘪诗句的语言特征，也符合薛蟠这个"呆霸王"的人物形象。杨译则采用不同的处理方式，用词更加书面化，如 mosquito、drone、buzz，将薛蟠的形象刻画得少了几分呆蛮霸气，多了几分中规中矩的色彩甚至是文气，与原文本的人物刻画有所背离。总体来说，霍译本在语式上更能体现与原文本的对等，在刻画人物方面实现了更好的转换。

在音韵结构上，霍译将"蚊子"与"苍蝇"译为了 little gnat 与 little flies，使句子变得更为生动形象。霍译的前后句每句都为七个词语，使得两个连续句型结构一致，内容和形式对称。杨译则采用了直译法，译文前后结构一致，都为四个词，同时也注重了押韵，用叠词 hum-hum 与 buzz-buzz 相对应，使整句充满节奏感，朗朗上口。杨译将"一个蚊子哼哼哼"译为 A mosquito buzzes，hum-hum，"两个苍蝇嗡嗡嗡"译为 Two fires drone，buzz-buzz，使用 buzz 和 drone 两个动词，表现蚊子和苍蝇的动作，然后再用 hum-hum 和 buzz-buzz 叠音模仿蚊子和苍蝇的叫声，十分生动形象。这种译法既便于目标读者理解，又充分表达出了原文本的意义内涵。同时，译文还迎合了原文本中唱词的特色，在翻译时注意了结构的整齐和韵律的和谐。叠词的翻译让诗文独具语音美，也生动渲染了一派恶臭衰败的气氛，对铺垫整句酒令的基调有着极好的作用。

从认知翻译学的角度来看，转喻翻译策略在本酒令的翻译中得到了很好的体现。文旭、肖开容认为，转喻不仅仅是语言现象，也是一种概念现象和认知机制，深植于人类的认知活动中（文旭，肖开容，2019）。王寅认为，翻译是一种认知活动，是以现实体验为背景的认知主体所参与的多重互动作用为认知基础的（王寅，2005）。译者首先理解原语文本，在此基础上形成概念和意义，并搜寻头脑中已有的百科知识，然后在译语中寻找合适的表达方式。玛丽亚·提莫志克（Maria Tymoczko）指出，翻译永远是部分翻译，译文只是原作的一部分或某一方面，译文不可能将原文本的全部意义都传达出来。因此，译者翻译时必须做出选择，选取文本的某些方面来翻译，这体现了"部分代整体"或"一方面代另一方面" 的转喻思维 （提莫志克，2004）。

原文本用了表示蚊子和蜜蜂的拟声词 "哼哼哼" "嗡嗡嗡"，杨译用 hum-hum 与 buzz-buzz 与之相对应，既模拟了声音，又转译为发出声音的动作 buzz 和 drone，使得译文节奏鲜明，贴切生动。霍译将 "蚊子" 与 "苍蝇" 译为 little gnat 与 little flies，充分体现了汉语译介为英语的转喻特征，把具体的 "蚊子" 抽象化为小昆虫，以类化的形象代替原文本的具象，更符合原文本的内涵意义。

从认知突显这一要素来说，杨译在强调蚊子和苍蝇的动作的同时对它们所发出的叫声进行了描写，使得描写的意象更为立体生动，注意力和焦点比较平均。而霍译在翻译该酒令时并未对蚊子和苍蝇的动作进行叙述，仅仅描写它们所发出的叫声，重点分布不太一致。从详略度来看，在杨译本中，关于蚊子和苍蝇的动作还原程度较高，渲染程度较为详细；而霍译本中，仅仅描写它们所发出的叫声，动作方面的刻画只用了一般动词，并未着意译出。

例 3.5

例句：龙斗阵云销。野岸回孤棹（第五十回）

杨译：Dragons fight, the cloud-wrack billows to and fro.

A lone boat puts back to the lonely shore...

A whip points at the bridge, the poet must go.

霍译：As dragons brawl, the cloud-wrack liquefies.

A lone boat from the lonely shore puts out—

While from the bridge a horseman waves good-byes.

该酒令的作者是史湘云。红楼众人在芦雪庵赏新雪时即兴作诗，宝钗让宝琴继续作答，这时湘云突然站起来说，龙在天空中咆哮把云都吹散了，水中的小船孤零零地停靠在岸边。

杨译着意译出押韵韵脚，比如 billows to and fro，to the lonely shore。fro 和 go 不仅在词义上呼应，而且与原语 "销"（xiao）和 "棹"（zhao）的韵母相近，让目标语读者能够直观地体会到中国传统文学的音韵之美，实现译文和原文本的语音切换，符合许渊冲的 "三美原则"，实现了意美、音美和形美。

认知语言学中的视角指叙事者的立场，即从什么角度来观察某一场景。两个译本都没有改变原文本的叙事视角，仍然站在旁观者的角度来对景物展开描述，力争还原原文本的场景：天上乌云滚滚，惊雷阵阵，地上孤寂的河边漂浮着一叶扁舟。杨宪益、戴乃迭在翻译该酒令时切身站在目标语读者的视角来叙述，努力将原文本的音韵相应地带入目标语文本中，将原文本中押韵的两个词"销"（xiao）和"棹"（zhao）在译本中以 fro 和 go 表现，在形式上保留了原文本的押韵。在这一点上，霍克斯也适当地站在目标语读者的视角，切身考虑读者需求，采用不同的韵脚，将韵落在 liquefies 和 good-byes 上，也是尽最大努力还原了原文本的押韵。他们都较好地还原了原文本的场景。

例 3.6

例句：黛玉又忙道：无风仍脉脉。（第五十回）

杨译：*Daiyu*：

They hang in the air although there is no wind...

霍译：DAI-YU：

The wind has dropped, but snow still wetly falls—

这一酒令的创作背景与上例相同，也是在芦雪庵赏新雪时即兴作诗，此句为黛玉作答。该酒令是在咏雪。杨译和霍译都采用了抑扬格，与原语的格律基本一致，富有节奏感。霍译拆分成前后两个分句，声韵对称，再现了原诗的美妙雪景，符合许渊冲先生的"三美原则"。相比之下，杨译则将内容处理为主句和分句，转换了前后意义，将要表达的主要意义前置，条件句放在后面，较为直接地译出原文内容。

此处两个译本都采用了增词法，把原文本隐含的意思在译文中明确，增强了译文的连贯性。杨译站在目标语读者的视角来叙述，用 although 将 they 和 there 开头的两个句子连接，符合英文读者的语言习惯。霍译则将原诗解读为两个小句，分别加以阐释。从视角的角度看，杨译基本保持了原文本的视角，并未特别突显主语，而是用泛化的 they 和存在句 there 来表现。霍译与原文本稍有不同，原文本是从客观观察的第三者的视角出发，而译文虽然仍是第三人称，但是视角分别转到了"风"和"雪"上面。两位译者都考虑到英汉两种语言衔接手段的不同，把汉语中的隐性连接在英语中显性化，从而减轻目标语读者在阅读时的认知负担。

从突显这一要素来说，霍译更加强调"无风"与"脉脉"，使用动词 drop 和 fall 加以强调，注意力和焦点分布平均。杨译注重代词的押韵，在每句句首选 they 和 there 这两个词，以头韵相押的方式实现声韵和谐。

例 3.7

例句：月本无今古，情缘自浅深。（第五十二回）

杨译：To the moon, past and present are one;

　　　Men's passions, inconstant, are no counterpart.

霍译：Our pasts and presents to the moon are one;

　　　Our lives and loves beyond our reckoning.

此酒令据薛宝琴口述，为真真国女儿所作的一首文字令。原诗是一首五言律诗，此两句为颈联，写出物是人非、月同但时不同情不同的感慨。

在音韵上，杨译采取了分译的方法，译文用长短句穿插的方式，使用 A be B 的相同句式进行翻译，使得句子的韵律感和节奏感增强，读起来更加朗朗上口，符合许渊冲先生三美原则中音美这一原则。同时，这与苏联语言学派代表人物费道罗夫在《翻译理论概要》中提出的 "翻译等值理论"（translation equivalence）也相互契合。费道罗夫指出，翻译就是用一种语言把另外一种语言在内容和形式不可分割的统一中所有已表达出来的东西准确而完全地表达出来（费道罗夫，1955）。而霍译则按照原文本的格式采用直译的方法，译文基本保留原语的句式特点，表意直接清楚，但节奏感稍弱。值得一提的是，霍译本中两个句子都是以 our 开头，通过句首同词相押的方式实现了译文的韵律。

两个译本不同的音韵方式，还在一定程度上体现了译者对原语情感的理解。杨译使用 A be B 的形式，强调一直都是同一轮圆月，反倒是人的情谊有深浅不同，表达出作者内心的沉闷。霍译则以 our 开头，强调以人为中心的视角，关注人的情感。两者各有侧重，但都表达出了原作者此时内心的悲凉和怨愤，这和原文薛宝琴所描述的异国女子的境遇相合。

就视角而言，原文本着重客观描述，以旁观者的视角来呈现，而两个译文则采用了不同的视角来进行翻译处理。杨译保留了第三人称的客观描述视角，贴近原文本。但霍译则将第三人称改为第一人称，让叙述者深度参与叙事，使得自己成为叙事的一部分，给读者更深的代入感。从注意力来看，杨译将读者的关注点聚焦在 "月亮" 上，将 to the moon 前置，位于更加突显的位置，从而吸引读者更多的注意。霍译将读者注意力聚焦在 "今古" 这一文化内涵词语上，采用正常的语序，更着意刻画的是人作为主体的思想情感。

例 3.8

例句：湘云忙联道：霞城隐赤标。（第五十回）

杨译：*Xiangyun*：

Cloud ramparts hide the crimson glow...

霍译：XIANG-YUN：

And red flags flutter against sunset skies.

这一酒令也是在芦雪庵赏新雪时即兴作诗而得，此句为史湘云作答。

霍译采用了头韵的方法，通过头韵 /f/（flags/flutter）和 /s/（sunset/skies），强调此时此刻晚霞的颜色和红旗的颜色融为一体的美妙景色。同时，整句采用抑扬格，富有节奏感和韵律美。译者将原文本中的韵律通过转换带入目标语文本，使得目标语读者产生同样的认知识解。在霍译中，用头韵 /f/ 和 /s/ 再现原诗中欢快悠扬的音律，用音韵唤起原诗的所有情境，言语中带有一气呵成的意味。霍译用头韵体的形式达到了强调所指的目的。同时，该译法也增加了译文的可读性和流畅性，在音韵方面做到尽可能优美完善。

从级阶来看，霍译在一定程度上将原酒令的音韵进行改译，可以体现该译者信息系统的变换过程。杨译则保持原文本音韵不变，未做任何改动，更为直接地还原本来的音韵结构。从突显这一要素来说，霍译更加强调对"晚霞"和"红旗"的状态描写，用 flags 和 flutter，sunset 和 skies 韵脚相押的形式突显两种红色交融的妙景。同时，译者采用了视角转换的方式，把主位的"霞城"换到了译文中介词宾语的位置，而把原文中非突显的"赤标"换到了突显的主位位置，从而转换了译文的注意力和焦点。杨译在处理该酒令时则将原文本进行直译，重点分布较为平均。

第三节　从词汇视角看酒令英译

《红楼梦》的众多酒令，与原书整体行文一致，蕴含较为深厚的文化积淀，用词也十分考究。杨宪益夫妇和霍克斯在翻译酒令时都不约而同地关注到了原文本中特殊词汇的使用，并在译文中有所体现。本节对《红楼梦》酒令中关于词性转换、文化负载词、叠词、同音异义字（通假字）、词性褒贬、副词的英译进行研究分析。

例 3.9

例句：加絮念征徭。坳垤审夷险（第五十回）

杨译：Cotton-padded clothes to conscripts in the snow.

Hard the going through gullies and hills...

霍译：And wives to distant dear ones send supplies.

On still untrodden ways masked pitfalls threaten—

这一酒令是在芦雪庵赏新雪时进行的即兴作诗之句，制令者是史湘云。诗句承接上联，描写制衣之人因同情戍边服兵役者饱受酷寒，便在征衣中多加棉絮。大雪掩盖了洼坑高地，行走时需要加倍谨慎细察路面的高低不平。

曹雪芹用"加絮念征徭"五个字即描绘出了天气的寒冷以及战士们衣襟的单薄，所以制衣的人怜恤将士寒冷而在征衣中多加棉絮。原文本中"加絮念征徭"与"坳垤审夷险"相互对应，"加絮"和"坳垤"两个词语更是突显出戍边将士的不易。两位译者采用了不同的方法进行翻译。杨译采用词性转换法，将原句中的动词译为形容词 cotton-padded 和 hard，词性转化的同时，还前置于句首，突出了原语所强调的战士们衣襟的单薄和行军路上的艰难。这一译文体现了词性转换在酒令翻译中的重要作用，形式对应的同时重点突出。霍译则进行了较大的改译，采用具体情景抽象化的方法将原文中制作棉衣的具体事件，转换成为边疆战士输送物资的抽象事件，不见了原文中对棉絮的着重描写，将具体化的词汇转换为抽象化的词汇。

从认知翻译学的角度来看，两位译者都采用了转喻翻译法。杨译中将"加絮"这一动作，转换成了这一动作的成品 cotton-padded clothes（棉衣），是结果代动作的转喻操作过程。霍译则体现了具体到抽象、抽象到具体的转喻操作过程。将"加絮"译为 supplies，把具体的"加棉絮"的动作转喻翻译为了抽象的"物资供给"，是具体到抽象的转喻操作。将"征徭"译为 distant dear ones，将抽象泛指的"制衣者"和"征兵"，转喻翻译为具体指向的"做棉衣的妻子"和"在外服徭役的丈夫"，是抽象到具体的转喻操作。

例 3.10

例句：蜡烛辉琼宴。（第七十六回）

杨译：Wax candles set the sumptuous feast aglow

霍译：A blaze of candles gilds the radiant feasters

这句酒令出自第七十六回中秋夜宴，林黛玉和史湘云中秋联句，妙玉续诗。本例的这一句是黛玉作联而得。原诗句描写中秋盛宴之上，张灯结彩，烛光辉映，熠熠生辉。

杨译采用异化法和直译法进行翻译，将形容词"辉"转为弱势动词 set aglow，一方面忠实于原句的形容词作使动动词的内涵意义，另一方面也更加符合目标语读者的语言习惯。霍译虽未改变词性，但仍然使用转换法，将原文中的"宴"即"宴席"转译为参加宴席的人 feaster，强调人的中心地位，贴合目标语读者群体，符合英语世界重视人的价值的文化思维模式。

系统功能语言学把语言的纯理功能分为概念元功能、人际元功能和语篇元功能。概念元功能又细分为经验功能和逻辑功能。此处原文本体现了经验功能的物质过程："蜡烛"（动作者），"辉"（过程），"琼宴"（目标）。两位译者在翻译时都保留了这一物质过程，只是采用的词汇不同。杨译用了弱势动词 set aglow 来翻译"辉"，将重点更多地放在了这一行为上，"照耀"的对象则一笔带过。相比之下，霍译则基本还原了原文本的物质过程，用 gilds 表达原文的"辉"。

从认知语言学的视角看，杨译和霍译在翻译过程中所激活的固有认知内容里，与"宴"相关的背景知识是不一致的。杨译中的"宴"是指"宴席"，而霍译中的"宴"是指"参与宴席的宾客"，由此向目标语读者所传递的含义也不同。从视角这一要素来说，杨译严格按照原文本进行叙述，并未采取任何变动；而霍译则采取转喻翻译法，将原文中"宴席"这一名词转喻为"参与宴席的宾客"。从级阶来看，杨译和霍译在认知理解"宴"的含义时所涉及的辖域不同。杨译的 feast 和霍译的 feasters，是两位译者的不同信息系统的体现。从突显这一要素来说，杨译的注意力和焦点更多放在"宴会"上，关注"宴会"本身的熠熠生辉；而霍译的焦点则放在"宾客"身上，强调"参加宴席的宾客"所洋溢出的喜悦之情。霍译更多突显人这一主体，符合目标语读者的文化认知背景。

例 3.11

例句：黛玉也笑道：没帚山僧扫。（第五十回）

杨译：With a giggle Daiyu continued：

　　　　Daiyu：

Snow covers the broom of the monk up on the hill...

霍译：Dai-yu began to giggle too：

DAI-YU：

The Zen recluse with non-broom sweeps the ground—

　　这一酒令是林黛玉所作，原文本中用到具有明显文化意味的词语"山僧"。僧者，是佛家的概念，但这里的"僧"有泛指和特指两种理解。泛指的"僧"指向所有皈依佛门之人，特指的"僧"则指向原书中极为重要的人物僧人甄士隐。甄士隐是《红楼梦》里第一个正式出场的人物，在小说中起到重要的引子作用，由他来引出贾雨村，再引出一段段故事。他的名字也极具文化内蕴，姓甄，名费，字士隐，就是将真事隐去的意思，与小说的主旨有千丝万缕的联系。

　　杨译和霍译对"僧"的处理不一样。杨译将"僧"译为 monk，而霍译则译为 the Zen recluse。从全文来看，霍译更符合原文本的语境，对"僧"进行了增译处理，更能体现前后的连贯性，也更能体现原语主旨，方便目标语读者理解上下文。由此可见，在翻译文化负载词的时候，应当充分考虑原语言读者和目的语读者的文化背景，再适当地采用增译、加注等方式，才能让译文更好地传达原文本意义，贴近严复所提倡的"信、达、雅"的翻译理念。

　　从认知语言学的辖域和背景视角来看，杨译所激活的固有认知内容里与"僧"相关的背景知识过于拘泥于原文的"山僧"的字面意思，未能把其隐含意义确切地表达出来，不利于目标语受众很好地理解整个故事。霍译则充分考虑受众的认知，结合上下文，将"僧"的深层含义直接表达出来。杨译没有考虑到目标语读者在阅读全书中所需要提取的要素，没有将此处的"僧"的真实意义译出，使得读者无法了解此处的 monk 在前文出现过的情况。在这一点上，霍译站在目标语读者的视角，切身考虑读者需求，对原文本进行适当增译，有效地实现了译解。从视角这一要素来说，两个译本采用了不同的视角。杨译以"雪"为主题，从"雪"的视角展开描述；霍译则从"僧"的视角出发来审视整个过程。视角不同带给人的感受不同。从级阶来看，杨译在认知理解"僧"的含义时所涉及的辖域过小，仅仅从字面意思理解，过于拘泥原文，把"僧"简单对应为 monk，未能结合上下文背景，无法传达出此处的"僧"实非 monk 一词所能表达。据《山堂肆考》记载："今制禅僧衣褐，讲僧衣红，瑜伽僧衣葱白。瑜伽僧，今应赴僧也。"当时的"僧"与禅宗息息相关，禅宗是最大的一个佛门宗派。从百科知识和背景而言，杨宪益作为中国本土人士，本应知道禅宗是中国特色的本土佛教，"僧"多是指代禅宗隐士，但其译文却没有体现出这一点。相反，尽管霍克斯不是中文母语者，但其翻译却更加贴合原文本的文化内蕴，用 the Zen recluse 转译"僧"，这说明霍克斯对此处"僧"的背景理解得更为透彻。从突显这一要素来说，杨译没有关注到"僧"的特殊含义，注意力和焦点没有聚焦在文化负载词的内涵意义上。霍译对"僧"的意思进行了补充说明，明显有突出之意。从详略度来看，杨在描述"僧"这一客体时仅用一个词语 monk 带过，属于略写；霍译则增加了 recluse 一词，点明此人的隐士身份，采取增译的方法，使译文更加详细而准确。

例 3.12

例句：李纨笑道："观音未有世家传——打'四书'一句。"（第五十回）

杨译："Guanyin（Goddess of Mercy）lacks a chronicle，" said Li Wan. The answer should be a line from the Four Books."

霍译："Guan-yin lacks a biography，' said Li Wan. 'The answer is a phrase from the Four Books."

这一酒令中提到佛教的文化概念"观音"和中国儒家的经典书籍"四书"。杨译对"观音"进行了增译和译注，用加括号注释的方式，用 Goddess of Mercy 表明中国传统文化中的观音菩萨是有慈悲之心、以普度众生为目的的神祇。杨译用增译的方式补充了文化负载词的必要背景信息，并且使用目标语语言文化中存在的近义词 goddess 呈现，便于读者理解和接受。霍译则没有做特殊处理，只是直译其名称。而对于儒家经典"四书"，杨译和霍译都直译为 the Four books。这种译法尽管译出了原文本的基本意义，但是没办法使得非母语文化圈的人理解"四书"的实质性内容。

实际上，对这一类文化负载词，可以考虑采取增译或加注的方式来补出因文化差异而导致的翻译缺失。比如可以将"四书"译为 the Four Books of Confucianism（*The Great Learning*，*The Doctrine of the Mean*，*The Analects of Confucius*，and *The Book of Mencius*）。这种增译的方式也符合汉斯·J. 弗米尔（Hans J. Vermeer）的"目的论"原则。目的论认为，通常情况下，"目的"是指译文的交际目的。翻译过程的发起者（initiator）决定译文的交际目的，但当发起者因专业知识不足或其他原因对译文目的不甚明了的时候，译者可以与发起者协商，从特殊的翻译情况中得出译文目的。目的性原则要求译者在整个翻译过程中的参照系不应是对等翻译理论所强调的原文和功能，而应是译文在译语文化环境中所要达到的一种或几种交际功能，即应以实现译文在译语文化中的预期功能为首要原则（Katharina Reiss，Hans J. Vermeer，2014）。

从认知语言学的识解角度来看，霍译所激活的固有认知内容里与"观音"相关的背景知识明显不足，只将其直译为 Guan-yin，未译出其文化内涵。"观音"是中国佛教四大菩萨之一。佛教认为观世音菩萨是大慈大悲的菩萨，能够拯救世人。霍译没有将"观音"隐藏的文化内涵传递给目标语读者，造成翻译内容的明显缺失。杨译则明显更好地识解了"观音"一词，让读者对"观音"的了解更多。在目标语读者的文化背景中没有相对应的表达用语的情况下，可以考虑采用适当增译的方式。在这一点上，杨译则能够站在目标语读者的视角，切身考虑读者的需求，对原文本进行适当解释，通过增译方便读者理解。同时，杨译还考虑到了目标语读者的文化背景。在西方，人们普遍信仰上帝，即 God。而"观音"则是中国佛教教徒普遍信仰的对象，再加上其法相多为女性的模样，杨译便将其译为 Goddess，既保留了原语的文化特征，又能符合西方读者的认知范畴。

"四书"也是一个富含复杂内蕴的文化负载词，但是杨译和霍译在翻译"四书"时均采取了直译的手段，这一点值得探讨。从辖域和背景来看，杨译和霍译并未激活固有认知内容里与"四书"相关的背景知识，都只是直译书名。在中国的传统文化中，"四书"指的是《大学》《中庸》《论语》《孟子》四本儒家经典。"四书"是历代儒家士子必须学习的核心著作。南宋时期，大儒朱熹从众多儒学经典中挑选出这四篇合编成为《四书章句集注》，此后，"四书"就一直占据着非常重要的位置。在朱熹与其弟子问答的语录汇编《朱子语类》里记载："先读《大学》，以定其规模；次读《论语》，以定其根本；次读《孟子》，以观其发越；次读《中庸》，以求古人之微妙处。"由此可见，作为蕴含中国优秀传统文化的书籍，"四书"在中国历史上源远流长，影响深远。作为一个蕴含着丰富文化内涵的客体，对"四书"进行必要的补充解释是翻译中不可缺少的一步。因此，对此类文化负载词的翻译，完全可以采用详细注解的方式来补充该词条的背景信息。

例 3.13

例句：李绮道：凭诗祝舜尧。（第五十回）

杨译：*Li Qi*：

And praise on this sagacious reign bestow.

霍译：LI QI：

And a wise Emperor loyally eulogize.

这一酒令中的"舜尧"是中国特有的文化人物，在西方世界中并没有对应的客体存在，因此，就出现了一个文化概念空缺的问题。

杨译和霍译对于"舜尧"的翻译处理有所不同。杨译为 sagacious reign（睿智的统治）。这一译法用"统治政权"代替"统治者"，是一种转喻翻译。"尧舜"在中国文化中是英明的君主形象，但同时也代表着中国历史上有名的治世时代，为世人所称颂。中国从秦朝开始就是封建中央集权制国家，逐渐奉行以儒家学说为主的治国理念。它以"仁"为核心，要求君主仁义理性地治国。原文所说的"祝舜尧"，字面意义上虽为明君，内在意义却是期待清明盛世的降临。杨译的处理方法能够较为准确地翻译出其隐藏的内涵意义。霍译也没有用直译其名称的方式，而是用模糊化的方式将其译为 a wise Emperor 来表示像"舜尧"一样的清明君主。

杨译和霍译所激活的固有认知内容里与"舜尧"相关的文化背景知识与原文本里的"舜尧"相吻合。两个译本都领会到了"舜尧"的具体所指。虽然霍译未将其含义进行升华转换后再面向目标语读者进行表达，但实际上在中国封建时代，对"清明君主"的期待和对"清明盛世"的期待是一致的。另外，对于这一例中英译时选词的单复数情况也需要注意。"舜尧"是两位君王的合称，但霍译却只译为一位君主，说明这里的翻译并不是直译，而是类化翻译，意指像"舜尧"一样的明君。而杨译结合自身已获取的知识储备，进一步深入对"舜尧"的理解，并翻译了其深层含义，即 sagacious reign。霍译所使用的类化翻译方法，一定程度上缓解了直译可能带给目标语读者的困惑。二者都能考虑到目标语读者的认知特点及文化背景，从而采取适当的翻译方法处理原文本，相较而言都有可取之处。从百科知识和背景而言，杨宪益作为原语母语者，更加了解"舜尧"在中国文化中的深层文化内蕴，其翻译更佳。从突显这一要素来说，霍译突出了"舜尧"的指代意义，译出其类化的特点，注意力和焦点都有所停留；但杨译则在这一基础上更进一步，在翻译时对"舜尧"的含义进行了转化，突出这两位君主的政权统治本身。

例 3.14

例句：桃未芳菲杏未红，冲寒先已笑东风。（第五十回）

杨译：Braving the cold it blossoms for the east wind

Ere peach trees bloom or apricots turn red；

霍译：So brave, so gay they bloom in winter's cold,

Before the fragrant peach and almond red；

这一句酒令出自邢岫烟的《咏红梅花得"红"字》，此为首联。书中描写众人在芦雪庵行令作诗，贾宝玉写诗落第被罚折红梅花，人们又唤初来乍到的邢岫烟、李纹、薛宝琴三人各作一首七言律诗，依次用"红""梅""花"三字作韵。这种分韵字行令作诗的方法，是酒令中常见的限韵技巧，也是由来已久的一种唱和形式。作者在这里刻意着墨，通过描写三人之令，突出初出场人物的性格特点。邢岫烟虽家贫命苦，但却如王熙凤所说，是一个极温厚可疼之人。她的诗歌描写红梅迎风开放，与春花争艳，虽处冰霜之中却颜色非常，表现出自身端雅稳重、不卑不亢的性格气度。

这句诗令中有词"东风"，字面意思是东方刮来的风，但在中国传统文化中却有更丰厚的隐藏意义。霍译运用转喻的方法，将"东风"译成了 winter's cold，进行了范畴之间的转化，将 east（东）转化成了 winter（冬）。在汉语中，"东"和"冬"是同音异义词，有时也用于互相通假。霍译巧妙地利用了原语的音义关系，做了专门的替换转化，融合语境体现了晚冬寒风的凛冽，赞颂了在凛冽寒风中不畏严寒傲雪盛开的红梅花，实现了对原文本的文化翻译。

从认知语言学的识解角度来看，杨译在识解过程中所激活的固有认知内容里与"东风"相关的背景知识与原文里的"东风"一致。他认为，"东风"是指"东边吹来的风"，并未向目标语读者表达任何其他含义。霍译则扩大了识解事物时所需的知识储备，考虑到目标语读者不同的文化背景以及对诗词理解的不同，将"东风"进行了适当的拓展，翻译为"冬天的风"，以突显"凛冽的寒风"之意。在对文化负载词进行翻译时，适当的拓展十分必要。在这一点上，霍译站在目标语读者的立场，切身考虑读者需求，对原文本进行适当修改，具有较好的文化传递效果。杨译在认知理解"东风"的含义时所涉及的辖域相对霍译来说偏小，只是对原词进行了字面直译，并未进行扩充解释。霍译采取转喻扩展翻译方法，说明霍对原文本的理解更为深刻和全面。从突显这一要素来说，杨译并未强调"东风"出现的背景，注意力和焦点仅仅放在该名词本身上；而霍译对"东风"一词更多的是关注其特点，有突显"寒冷"之意。从详略度来看，杨译在描述"东风"这一客体时进行直译，没有表达出其隐含意义，因而较为粗略；而霍译对该词语则采取了意译的方法，补充翻译其隐含意义，更加详细。

例 3.15

例句：白梅懒赋赋红梅，逞艳先迎醉眼开。（第五十回）

杨译：What loveliness assails my drunken eyes?

This not the white I sing, but the red plum.

霍译：What richness blooms before my drunken eyes?

It is not the white I sing, but the red plum.

这一酒令和上一例饮宴背景相同，是李纹所作《咏红梅花得"梅"字》的首联。初次登场的李纹，是李纨的堂妹，李婶娘的女儿。书中描写她的性格就像梅花一般，美丽高冷却又超脱坚韧。这首诗令便是她的写照。

曹雪芹用"逞艳先迎醉眼开"七个字描绘出春未到，红梅逞艳，先迎着醉眼开放的情景。原文本中的"艳"是形容词，修饰红梅的妖艳。"逞艳"一词本义为争艳，炫耀色彩艳丽。杨译和霍译都将"艳"转换为了名词，但做了不同的解读处理。杨译为 loveliness assails，霍译为 richness blooms。对"艳"这个词语，杨译处理为 loveliness，而霍译处理为 richness。前者注重白梅的惹人怜爱，后者侧重白梅富有意蕴，都有可取之处。两个译文都使用了反问句，通过反问句的形式强调红梅的妖艳，结合译文词语进一步表现出其艳丽程度之高。这是认知翻译中的转喻操作，将原文的动词转喻翻译为名词，使译文符合目标语的表达习惯。

翻译过程是意义的转换再现过程，而谈到意义，就不能避免提及识解。识解和意义不可分离，一种意义就是一种识解方式。要正确识解意义，离不开文本产生的背景。只有正确识解了意义，才能选择正确的目标语进行翻译。因交际参与者之间的角色关系及社会地位的不同，他们会使用不同的句型和语气。此诗是李纹所写，她是李纨寡婶的女儿，李纨的堂妹。书中写她有超脱、淡然之美。她的性格就像梅花，美丽高冷却又不失坚韧，和堂姐胞妹李纨和李绮的柔弱寡断形成鲜明的对比。她刚到贾府，和姐妹们联句作诗不应该喧宾夺主，所以芦雪庵联句除了薛宝钗作令数量较多，另一位多产者是史湘云。众人要再赋一首红梅诗，作者补笔，借这个机会，对李纹的身份再做补充。因此，对"逞艳"的理解应该偏向中性化，不做褒贬解释，杨译本显然不符合李纹在此处的人物形象。杨译的 assails 是攻击之意，偏贬义，以其译"逗"不太恰当，不符合当事人的身份与地位，说明译者未能正确识解原文本，出现了语义偏差，不能充分实现意义转换。相较而言，霍译的 blooms 偏中性，以此译"逗"说明译者正确识解了原文本，既表现梅花开得正好，又能较好地传达人物性格和原书作者的思想情感。

例 3.16

例句：冷露无声湿桂花。（第一百十七回）

杨译：Silently the cold dew wets the oleander.

霍译：A cold dew silently soaks the Cassia flowers.

这一酒令是宁国府玄孙贾蔷所作，是拈字流觞飞花令的其中一句。夜深了，清冷的秋露悄悄地打湿庭中的桂花，让人不禁联想到冷气袭人、桂花怡人的情景。原作者选取的"无声"二字，形象地表现出冷露的轻盈无痕，又渲染了桂花的浸润之态。

认知语言学家认为，语言使用者把他们对世界的感知方式和过程以句法形式体现，称之为"线性顺序"。句法成分的排列顺序直接反映所表达对象的状态或事件发生的先后顺序，即顺序象似性。原诗句的句子排列顺序是：主语—状语—谓语—宾语。两位译者的译句采用了不同的语序。杨译将原文本中修饰动词的副词"无声"提到译文的句首，改变了译文的顺序象似性，提升了 silently 一词的级别，即从谓语动词的状语提升为修饰整句的状语，从而突显出一种整体一致性的氛围。霍译遵从原文本的顺序象似性，直接用 silently 修饰动词 soaks，将焦点始终聚集在动词上，突出整首诗的动态美感。无论遵从何种顺序象似性，两位译者都意识到了本诗中副词"无声"的重要性，"无声"既描绘了夜深人静时只有秋露在悄悄地浸湿庭中的桂花的场景，又与本诗中的"冷"字共同营造出清冷寂寥的氛围。

例 3.17

例句：鸳鸯笑道："左边四四是个人。"刘姥姥听了，想了半日，说道："是个庄家人罢。"鸳鸯道："中间'三四'绿配红。"刘姥姥道："大火烧了毛毛虫。"（第四十回）

杨译：Smiling, Yuanyang announced, "On the left, ' four and four' make a man. "

Granny Liu thought this over, then suggested, "A farmer?"

Yuanyang continued, "'Three and four', green and red, in the centre."

"A big fire burns the hairy caterpillar."

霍译：Faithful began to lay.

"A pair of fours on the left, the Man."

Grannie Liu was a good long while puzzling over this. Finally she said.

'Is it a farmer?'

'Green three, red four, contrasting colours,' called Faithful.

'The fire burns up the caterpillars,' said Grannie Liu.

　　这段酒令出自刘姥姥所作牙牌令。贾府众人在一起行牙牌，鸳鸯为令官，刘姥姥行令。刘姥姥出身农家，并不常作此酒令，用词也较为朴实直白，贴近农家日常生活。原文本主要通过描写刘姥姥思考的动作和酒令内容来表现这一点，两个译本则采用了不同的方式来表现。

　　从系统功能语言学视角来看，在交际过程中，考虑到参与者之间的角色关系及社会地位不同，参与者会选择使用不同的句型和语气，这一点应当在翻译时体现。为实现这一目的，霍译本中，第二句对刘姥姥"想了半日"做了强调翻译，即 Grannie Liu was a good long while puzzling over this，突出了刘姥姥的文化不高，不能立即答出酒令，只能冥思苦想接令的状况。同时，霍译还将"是个庄家人罢"一句译为了反问句，增添了活泼的语气，使得行令更加生动有趣，符合原语人物的特点。刘姥姥生动诙谐的语言既突出了其接地气的人物形象，也促进了人物对情节的推动作用。在霍译本中，译文和原文本实现了对等，因而较为充分地实现了这段语篇翻译的意义转换。第三句霍译增译了 contrasting colours，以更为明显的表述强化突出了"红色"与"绿色"是强对比色这一特征。"大火烧了毛毛虫"指牙牌令的牌面点数，上面三点绿斜行，像一条"毛毛虫"，下面四点红，像"大火"。霍译将毛毛虫译为 hairy caterpillar，是词语字面意思的直译。但是，英语中的词语 caterpillar 是一个来源于拉丁语的单词，较为书面和专业，不符合原文本中行令者刘姥姥平日里的谈吐用词，未能很好地实现这段语篇的意义转换。杨译在整个酒令部分都使用了直译法，基本上按照其字面意思进行翻译。

其中第二句和霍译一样，也处理为疑问句，增添了趣味性。第三句杨译将"三四""红绿"放在前面，"中间"放在后面，使句式更加工整和对称。第四句杨译也和霍译一样，将"毛毛虫"译作 hairy caterpillar，不符合原语人物的角色特点，没有实现原文本所刻画的淳朴实在的人物形象的再现，进而没有很好地达到交际目的和效果。

从认知语言学的识解角度来看，杨译和霍译在翻译过程中所激活的固有认知内容里与"毛毛虫"相关的背景知识与原文本的"毛毛虫"略有偏差。"毛毛虫"一般指鳞翅目（蛾类和蝶类）昆虫的幼虫，农村人叫它洋辣子。之所以会有这样的名字，主要是因为它确实很厉害，要是不小心被蜇到了，那种疼痛是难以忍受的，并且会持续较长时间。刘姥姥作为一个粗俗朴实的农村老妇，对"毛毛虫"的了解应当来源于生活经验和常识，而不是源自书本。译文使用拉丁语词caterpillar，明显超出了刘姥姥这位行令者的认知范畴。杨译和霍译皆未注意到说话人的身份，没有根据说话身份选择恰当的词汇，使得译文中的用词不符合说话人的认知水平和社会地位。

第四节　从语法视角看酒令英译

汉语是孤立语，不需借助词形变化表达时态体态，而英语保留了屈折语的特征，动作的时态体态需要在动词形式上予以体现。这种英汉语言的明显差异，必会影响其表达方式。酒令是一种独特的汉语表达形式，要完整地以另一种语言表达酒令内容，并且在形音义等方面尽量做到对等是很困难的。因此，有必要从语法的角度研究《红楼梦》酒令的两个英译本，以了解两位译者处理原文本语法表达的方法。

本节将从感官动词、虚拟语气、时态、主被动语态、副词、句型结构等语法层面对《红楼梦》中酒令的英译进行探讨。

例 3.18

例句：女儿悲，青春已大守空闺。女儿愁，悔教夫婿觅封侯。女儿喜，对镜晨妆颜色美。女儿乐，秋千架上春衫薄。（第二十八回）

杨译：The girl's sorrow：Youth is passing but she remains single.

The girl's worry：Her husband leaves home to make his fortune.

The girl's joy：Her good looks in the mirror in the morning.

The girl's delight：Swinging in a light spring gown.

霍译：The girl's upset：

The years pass by，but no one's claimed her yet.

The girl looks glum：

Her true-love's gone to follow ambition's drum.

The girl feels blest：

The mirror shows her looks are at their best.

The girl's content：

Long summer days in pleasant pastimes spent.

　　这是一首典型的女儿令，作者是贾宝玉。"女儿悲，青春已大守空闺。女儿愁，悔教夫婿觅封侯"：少妇在大好春光里后悔叫丈夫到外面去追求功名，以致自己独守空闺。这一句酒令道出了那个时代所有女人的命运。悲，是因为已大却还未嫁；愁，是因为夫婿封侯，古人有"一入侯门深似海"的说法；喜，为对镜梳妆发现自己依旧美丽；乐，出自李清照"秋千架上春衫薄"，形容在春景中嬉戏的快乐。贾宝玉所作酒令，将他与薛宝钗的命运联系在一起：女儿悲愁是预言宝玉中举出家，宝钗后悔要宝玉追求仕途功名；女儿喜乐这两句虽言喜实则悲，宝钗青春貌美却要心如枯槁在雕梁画栋中孤苦终老。

　　杨译采用直译法，遵循原文本的顺序象似性，基本按照原诗令句子结构顺序翻译出原文本意义。尤其是"女儿悲""女儿愁""女儿喜""女儿乐"这部分的翻译，具有格式统一的特点。杨译在每句开头使用了相同的句式，即 the girl's sorrow，the girl's worry，the girl's joy，the girl's delight，保持与原文本的格式一致，讲究句子与句子之间的对称，做到了韵律一致。霍译则采用意译法，使用 look 和 feel 这类偏于主观感受的感官动词，强调对个体感知的描述，注重了目标语的语法结构和语言特点。霍译在首句还使用 claimed 一词，站在男性为尊的视角俯视女性，着重表现了中国古代男女地位的不平等。霍译本中，"秋千架上春衫薄"这句没有像杨译那样按照字对字的顺序进行直译，而是译为 Long summer days in pleasant pastimes spent，直接将句子的内涵意思翻译出来，使目标语读者更加容易理解。在这句话的翻译上，霍译做到了文化内涵的转化和诠释，体现出了原诗的潜在预言内蕴，暗指宝钗空有美好年华却只能孤苦终老的结局。

从认知语言学的识解角度来看，霍译所激活的固有认知与英语语法系统相关的背景知识与原文本的语法意义相吻合。霍译扩大了自身识解事物时所需的知识储备，对中英文语法均有深入认识，并将这种认识用在了翻译过程中。霍译使用 look 和 feel 这样的感官动词，遵循英语的系表结构语法特点，符合英语句式习惯。从视角这一要素来说，霍译保持原文本的叙事视角，运用了符合目标语读者的语法结构，同时也将原文本的信息尽数表达。杨译的直译法更多遵从了原语言的语法结构，在韵律上做到了和原语言保持一致，但在语法层面则有所欠缺。霍译在一定程度上对原文本中酒令的语法结构进行了拆解重构，用目标语的语法规则重新建句，以贴合目标群体的语法认知，可以体现该译者信息系统的变换过程。从突显这一要素来说，霍译更加强调 "女儿悲" "女儿愁" "女儿喜" "女儿乐" 这部分在句式结构上的一种递进关系。他的注意力和焦点放在感官动词 "愁" 和 "喜" 上，将其转变为由感官动词 look 和 feel 引导的句型。杨译则采用同一种句式结构，将原文本的主谓结构变为了译文中的 "名词＋所有格" 的结构形式，用相同句式的排比直接展示出人物的心理状态。

例 3.19

例句：众人因要诗看时，只见作道：非银非水映窗寒，试看晴空护玉盘。（第四十八回）

杨译：They asked to see the verse, which read：

Neither silver nor liquid this chill light on the window；

A jade disc hangs above in the limpid sky；

霍译：The others asked if they might have a look. This is what they read：

Silver or water on the casement cold？

See its round source in yon clear midnight sky.

这句酒令出自香菱的《咏月诗其二》，是这首诗令的首联。首句从月色写起，非银非水却映出寒凉之意。对句化用李白《古朗月行》中 "小时不识月，呼作白玉盘" 一句，以 "晴空护玉盘" 歌咏月亮。

针对首句 "众人因要诗看时"，杨译使用了过去时态 asked，而霍译则使用了 if 引导的虚拟语气从句，言辞更加礼貌，符合动作发出者当时当地的身份。"只见作道"一句，从"众人看诗"自然过渡到对"月色照耀窗户，遥看晴空护月"这一场景的生动刻画。杨译在此处用 which 指代该诗，霍译则使用 what 指代。which 相较于 what，对后面的内容更为确定，这与前面杨译使用过去时态，霍译使用虚拟语气相对应。诗歌首句，杨译用 neither... nor... 这一英语否定结构来翻译"非……非……"。霍译没有直接翻译"非"的含义，而是把否定句变为选择疑问句，使用 or 并列连接两个选项——"银"与"水"，用贴合英语句式规则的方法来表达原句的内涵意义。第二句杨译使用动词 hang 将月亮译为玉盘悬挂在高空，霍译则尽量按照原句顺序，以动词 see 来引领全句，表明了观察视角。"玉盘"原句中指代月亮，杨译直译为 jade disc，霍译则抓住原文暗喻的相似性，用 round source 突出其特征。

在系统功能语言学视角下来分析这句酒令中语篇功能的体现情况，两位译者都按照译入语特点，增加了适当的连接词，以增强译文的衔接。衔接是一个语义概念，指语篇中语言成分之间的语义联系。原诗句为一个小节，但是两位译者采用的衔接方式既有相同又有不同。相同之处是都采用了连接词，把前后衔接起来，尽管各自采用的连接词不同。杨译采用 neither... nor... 表达原文的两个"非"，霍译则采用 or 连接前后两个选项。在诗句的两个小句的连接上二者表现出完全不同的理解和翻译方式。杨译用陈述句加分号的连接方式，以示本句与后面一句既紧密联系又有所不同；霍译则增译问号，将前一句处理为一个疑问句，表示原制令者不确定的状态，同时也形象地描述了月亮的形状。

从认知语言学的识解角度来看，杨译和霍译所激活的固有认知内容里与英文中语法系统相关的背景知识与原文本的语法意义相吻合。两位译者皆扩大了自身识解事物时所需的知识储备，对中英文的语法规则有所了解并运用在了各自的译文中。霍译本中使用了由 if 引导的虚拟语气，言辞更加温和，充分运用英语语法结构中以时态体现礼貌程度的语言特点；同时套用定语从句，用 what 指代诗句。两位译者都采用了与原诗一致的叙事视角，霍译和杨译都站在目标语读者的视角来叙述，切身考虑读者需求，运用了符合目标语读者语言习惯的语法结构。两位译者都在一定程度上对原文本中酒令的语法结构进行了改变，以贴合目标群体的语法认知，可以体现该译者信息系统的变换过程。从突显这一要素来说，杨译更加强调"只见作道"该句的语法结构，用 which 指代该诗，注意力和焦点放在确定的这首诗令的内容上。同时杨译还突显了"非银非水映窗寒"，运用目标受众语法结构中常见的句式进行翻译。霍译的突显性主要体现在第一句虚拟语气的使用上，较好地还原了原文本中这一酒令出现的氛围和场景。从详略度来看，在杨译本中，第三小句的语法结构变换较大，相对有更多详细的描述；而霍译本中，第一小句的刻画较为生动翔实。

例 3.20

例句：湘云道：煮酒叶难烧。（第五十回）

杨译：*Xiangyun*：

The leaves to warm the wine will hardly glow.

霍译：XIANG-YUN：

The fuel being damp, they greatly tantalize.

这句酒令是在芦雪庵赏新雪即兴作诗时所得，制令者是史湘云。在大雪天煮酒，风大且冷，所以煮酒的叶子燃烧得非常缓慢。

杨译直译其句型和内容，霍译则进行了转换分译。霍译采用分译的结构，较为直接地突显出句式内容的主次性，做到重点鲜明，符合英文的行文逻辑结构。在语态上杨译采用主动语态，以"叶子"为描写对象，霍译主句采用主动语态，分句采用独立主格的原因状语结构，把原文本隐含的意思明晰化，减轻目标语读者的认知负担。

从认知语言学的识解角度出发，霍译根据上下文的语境，识解出"叶难烧"的潜在原因是下雪导致燃料潮湿。为了让目标语读者能轻松地理解这一层含义，他把原文本隐藏的原因显性化，采用 being damp 这样的分词结构直接增译出原文潜在的内涵意义。霍译切身考虑读者需求，采用归化的翻译策略，运用符合目标语读者的语法结构，同时也将原文本的信息尽数表达，有利于读者的理解和接受。杨译采取直译的方法，只按照原文本的字面意思进行翻译，没有把隐藏的原因增译出来。杨译主要站在原文本受众群体的角度，采用异化的翻译策略，让译文的语态与原文本保持一致，而未注重转换语态以适应目标受众的语言习惯，对目标语读者来说不如霍译友好。霍译对原文本中酒令的语法结构进行了转换，以贴合目标群体的语法认知，可以体现该译者信息系统的变换过程。从突显这一要素来说，霍译更加强调"树叶潮湿状态"这部分的语法结构，注意力和焦点放在"潮湿"上，使用被动语态引导的分句状语，突出原因要素。杨译的结构和韵律与原文本保持一致，没有特别突出某个元素。

例 3. 21

例句：海棠何事忽摧？今日繁花为底开？应是北堂增寿考，一阳旋
　　　复占先梅。（第九十四回）

杨译：What made the crab-apple wither away?

　　　And today why have fresh blossoms come?

　　　To foretell a long life for our Old Ancestress

　　　It is flowering anew, ahead of the plum.

霍译：I asked the crab-tree why at blossom-time it failed,

　　　Yet now profusely bloomed so long before the spring?

　　　The tree replied: ' Midwinter marks the birth of light.

　　　Glad tidings to the Mistress of this House I bring. '

这一酒令为《赏海棠花妖诗》其中一首，为贾宝玉所作。它出现在后 40 回中，非曹雪芹所作，乃是高鹗补著。在 80 回前，晴雯身死时海棠花枯萎，到第九十四回时海棠花突然又在冬日盛开，贾赦、贾政疑心为花妖作祟，贾母却认为是喜兆，于是开设酒宴赏花行令，这才有了贾宝玉的这首诗令。贾宝玉作令的目的是让贾母高兴，于是诗中讲到海棠花复苏盛开的原因是为祖母增高寿，以此预示贾府也将会由衰而复兴。这寄托了续书者高鹗对维护封建传统制度和大家族兴旺的主观愿景，也是对前 80 回故事的颠覆。

杨译使用异化翻译策略，采用直译法，按照诗句的顺序逐字翻译。霍译使用增译法，首句添加主语 I，明确增译出问题的发出者，利于读者理解。同时还添加关联词 yet，加强前后两句的逻辑联系，将汉语的隐性逻辑变为英语的显性逻辑，更符合目标语的语法结构关系。答句对应增译出回答问题的主体，与前文的问题构成明晰的逻辑问答模式联系，便于目标语读者理解原文诗句的内在含义。最末句"一阳旋复占先梅"，指冬至阴极而阳，海棠花比梅花早占先机，更快开放。杨译本中，调整这一句的句子结构，将"占先梅"译为状语形式 ahead of the plum，以强调花开时节先于梅的事实。霍译则采取意译法，不直接翻译"海棠花早开"这一事实，而是翻译出背后的文化意义，即"花开"是为女主人贾母增高寿。意译法虽然不符合原诗，但有利于目标语读者理解整个故事。

从系统功能语言学的语篇功能来看，两个译本都为了实现更好的语篇衔接而适当增加了一些衔接词。语篇功能体现人们在使用语言时串联消息的行为，反映出信息之间的关系。在句与句之间的信息串联上，两个译本都增译了关联

词，以增强信息的逻辑关系。但是，霍译增译关联词为 yet，与前句形成对比转折的关系；而杨译使用 and 这一表顺承的衔接连词，与前句构成承接关系。不同的增译，代表两位译者对句子之间关系的理解并不完全相同。然而在译文中增译关系连词的做法都符合语篇功能的信息串联行为，有利于目标语读者理解文本。

从认知语言学视角分析，杨译将"占先梅"分译，以转喻的翻译方法操作，将原文本的动宾结构转喻译为时间状语 ahead of the plum，改变了突显的信息焦点，同时也强调了花开时节先于梅的事实。霍译则更加关注句子间衔接词的使用，以向读者传达原文本中的意义。从视角这一要素来说，霍译和杨译在本令的翻译中采用了不同的视角处理。杨译保持原诗的第三人称局外人视角，没有对视角进行改变；而霍译则把原诗的第三人视角改为第一人称视角，增强了读者的参与性，拉近了读者与文本的关系。

例 3.22

例句：犹步萦纡沼，还登寂历原。（第七十六回）

杨译：Strolling again beside the winding lake,
Climbing once more the solitary hill.

霍译：Better the winding lakeside path to follow,
Or lonely hilltop to perambulate.

这一酒令出自第七十六回贾府中秋节饮宴的联诗，作者是妙玉。她承接史湘云和林黛玉吟咏月色的联诗，作了一段较为佶屈聱牙也有不少生僻字的联诗，其目的是扭转前面二人诗中的"颓败凄楚"之感。可惜事与愿违，她的续诗在"鳌妇悲泣，清猿哀啼，露浓苔滑，霜重竹冷"这些意象中，为全诗蒙上了一层更为凄凉的颜色。妙玉的诗句更为清楚地将贾府不可挽回的衰败命运呈现出来。这两句酒令是妙玉所续诗歌的中间两联，意为"走过回旋曲折之沼，最终到达寂寞凄清之原"。

从认知语言学的角度来看，两个译本在顺序象似性的处理上有所不同。杨译基本保持了原诗的顺序象似性，且在两句句首分别使用 strolling 和 climbing，构成句首头韵相押，使得译文韵脚连贯，朗朗上口。霍译则改变了原诗的顺序象似性，使用转换法进行翻译，将副词 better 和 lonely 前置到句首，起到奠定全句感情基调的作用，用开篇突显重点的方式，使译文符合目标语的表达习惯，也使目标语读者更加容易掌握原文本的感情色彩。

霍克斯在认知理解语法结构的转换技巧时，在一定程度上对原文本中酒令的语法结构进行了升华，以贴合目标群体的语法认知，可以体现该译者信息系统的变换过程。两个英译本中译者都采用了不同的语法结构来翻译，但内容都向原文本靠拢。从突显这一要素来说，霍译更加强调"犹"和"寂"这两个词在句中奠定的感情基调，使用副词放在句首的句型进行翻译；而杨译让译文的结构和韵律与原文本保持一致，重点分布较为平均。

小结

酒令是中华文化一个重要组成部分，具有浓厚的中国特色，以非常浓缩的形式，表达极为丰富的内容。酒令有雅有俗，既有供文人雅士佐酒之令，也有为贩夫走卒下酒之令，可谓雅俗共赏。许多酒令本身就引经据典，内涵丰富，形式多样，前后对仗，韵脚整齐。《红楼梦》中的酒令尤其丰富。杨宪益夫妇和霍克斯的《红楼梦》译本堪称经典，已为广大西方读者所接受。本章从语言学的视角对两个译本的酒令翻译展开对比研究，揭示二者的翻译异同，以期为后来的译者在翻译同类译本时提供一定的借鉴。

系统功能语言学视角下，我们从概念功能和语篇功能两个方面进行了分析，发现杨译更多采用异化翻译策略，基本再现了原文本结构和物质过程，在语篇方面为了更好地衔接，也会通过增加适当的连接词，以实现目标语的自然衔接。而霍译则有更大的调整，多采用归化的翻译策略，以使译本更加符合目标语读者的认知。

在认知语言学理论指导下，我们从顺序象似性、转喻翻译方法等角度进行了分析。从上述例证可以看出，杨译基本保持原文本的顺序象似性，没有对译文的语序进行大幅调整，译文更加靠近原语；而霍译则经常调整原文本顺序，使译文更加靠近目标语。两个译本都会恰当地采用转喻翻译方法，将原文本中某一范畴的内容转换到另一范畴进行翻译。同时，两个译本都根据原文本内容和特点采用词性转换法、增词法、减词法、加注法等翻译方法，使译文更加符合目标语习惯。

翻译的终极目的是交流，只有好的翻译才能实现有效交流。译无定法，贵在得法。因此，翻译时译者要准确理解原文本，最大程度还原原文本内容、思想、风格，做到忠实却不拘泥，流畅却又不跳脱。翻译方法可不拘泥于某一类或某一种，而应因材取法，以保证译文的传意性和可接受性。

第四章

从类型的视角看《红楼梦》中
的酒令英译

第一节 《红楼梦》中的酒令类型

一、概述

酒令从诞生开始就和文学发生了天然的联系。酒令的形式和内容都深受文学的影响，文学作品也常常描写酒令的故事和场景。作为近代最为杰出的古典小说之一，《红楼梦》对酒令及其文化内涵的描写着墨甚多。

根据统计，《红楼梦》中的酒令接近 100 条，类型繁多，且与小说中的社会背景、人物身份、社会关系等密切相关，是中国酒令文化的浓缩集锦，也是中国优秀传统文化的重要表现形式之一。《红楼梦》中的酒令约占整本书所有诗词总数的 1/5，其重要性不言而喻。酒令形式的多样性、内涵的丰富性，也增加了对酒令理解和体认的难度。酒令文化成为《红楼梦》这部文学巨著阅读的难点，进一步也成为《红楼梦》英译中的难点。一部优秀的《红楼梦》英译版本，首先必须准确而全面地了解每一则酒令的字面含义、文化背景、人物身份、性格等因素，其次才是找到准确的目标语词句来进行恰如其分的对译。这两个步骤秩序井然，缺一不可，任何一个步骤出现问题，都会影响到酒令的英译质量。在《红楼梦》英译和对外传播的过程中，酒令的翻译质量，某种程度上来说，又直接影响到目标语读者对整部小说的理解和接受程度。

在第二章中，按照酒令的内容，将中国传统酒令分成文字令和游戏令两大类，每一大类中又再根据工具、形式等细分为多个小类。在《红楼梦》中，文字令和游戏令均有出现，其中文字令所占比重更大，这大概与小说深厚的文学底蕴、小说主角贾府作为贵族的身份地位、小说中各色人物的文化阶层等密不可分。前人将《红楼梦》中酒令分为 11 个小类，包括占花名、藏钩、汤匙令、牙牌令、传花、拍七、猜谜、说笑话、筹令、射覆、女儿令。本章从英译的视角，根据不同形式酒令在英译中翻译的相似性和相异性，将这些酒令在文字令和游戏令两分的基础上，再进一步分成四类，分别为：猜谜类酒令、博戏类酒令、占花类酒令和诗词经曲令。

二、猜谜类酒令

谜语是古代文人学士以文字进行娱乐的一种文字游戏，主要用来在宴席、饭后茶余助兴，以显示文人学士学识广博、清朗睿智的风度。谜语成为古代宴会上炫技的一种手段。在酒令中引入谜语，古已有之。早在南北朝时期就已经出现了大量的猜谜类酒令，北魏孝文帝、北齐萧道成都是行猜谜类酒令的佼佼者。唐宋时期，猜谜类酒令盛行，并且已经成为独树一帜的酒令类型，至明清时期在民间广为普及流行。这种酒令方式颇有雅趣，能体现行令者的才智，直到今天仍然在各种酒宴上被人们所沿用。

刘勰《文心雕龙》记载："谜也者，回互其辞，使昏迷也。或体目文字，或图象品物；纤巧以弄思，浅察以炫辞；义欲婉而正，辞欲隐而显。"刘勰生动描绘了谜语的独特特征，指出了谜语的谜面与谜底之间的关系："义婉而正"，"辞隐而显"。"婉"和"隐"是手段，"正"和"显"才是目的，两者既对立又统一，共同构成了谜语不可或缺的必备条件。

猜谜类酒令将谜语融入酒令中，由谜面和谜底两个部分组成。谜语酒令的行令方法很多。第一种，在酒宴中设立令官，由令官出谜面，请酒宴行令者猜谜，猜对者获胜，猜不对者罚酒。假如行令者无人猜中谜语，则所有行令者每人罚饮一杯。第二种，无固定令官，由行令者轮流出谜面，在座参与者猜谜底，猜不中者罚酒，若猜谜底者猜中，则出谜面者自行罚酒。第三种，无固定令官，按一定次序设定谜语。如先由第一个人出谜面，让第二个人猜谜底，第二个人猜中后，由第二个人出谜面，再由第三个人猜谜底，依次序行猜谜令，猜不中者罚酒。

猜谜类酒令谜面的构成方式多样，由此又可以进一步将猜谜类酒令细分成猜枚令、灯谜令等。

猜枚令，又称"猜拳""博拳""藏阄"，主要的游戏规则是，把小件物品如瓜子、莲子或黑白棋子等握在手心里，让他人猜测物品名称、颜色、数量、单双等。猜中者胜，猜不中者则需自罚饮酒。这个活动在唐代就已经盛行。《红楼梦》第二十三回记载："且说宝玉自进花园以来，心满意足，再无别项可生贪求之心。每日只和姊妹丫头们一处，或读书，或写字，或弹琴下棋，作画吟诗，以至描鸾刺凤，斗草簪花，低吟悄唱，拆字猜枚，无所不至，倒也十分快乐。"此章提到"拆字猜枚"，便是行猜枚令。

灯谜令，主要以花灯为载体，在上面写上有隐含意义的诗词歌赋，让大家来猜谜。灯谜令在《红楼梦》中主要出现在第二十二回、第五十回和第五十一回，共计27条，基本都在描摹贾府众人猜制灯谜的场景。这些灯谜令大多根据出谜者的身份性格来制作，显示了曹雪芹高超的制谜技巧。其中很多灯谜令，不仅仅增加了情节的趣味性，更是将故事及人物的事后发展甚至结局暗含其中。整部《红楼梦》里的灯谜，都含有深意，暗示了封建时代官绅家族的衰败以及身处其中之人的悲惨命运，和小说最后的悲剧结局相呼应。这种精心设计使得书中的灯谜令字字珠玑，也使得人们对其中隐含的谶语回味无穷。这些灯谜令内涵丰富且与情节呼应贴合，翻译时不仅仅要翻出其字面意思，更要翻译出其隐藏含义，这给英译造成了很大的困难。

三、博戏类酒令

博戏类酒令，指通过某种游戏竞技方式，赌输赢决胜负以饮宴行令。这些游戏竞技方式，和其他酒令不同，一般具有某种偶然性和巧合性，具有一定的赌博色彩。《红楼梦》中的博戏类酒令也比较常见，其种类大致可分为手势酒令、射覆令、击鼓传花令、牙牌令等。

手势酒令盛行于唐朝。在当时又称为招手令，后世也称划拳、豁拳、拇战等。不同的地方对这种酒令的类型有不同的称呼。一般的游戏规则是，由行令的二人相对同时出手，各自猜两个人所伸出手指的合计数，猜对者为胜，猜不对者罚酒。在划拳的时候，需要说一些配合的语言。和文字类酒令不同，这些语言大多为俗语、谚语或吉庆语言，较少拆字、联诗等文学元素。《红楼梦》里第七十五回，贾珍在中秋之夜和自己的妻妾饮酒之时，便行此手势酒令。

射覆令，是很古老的酒令娱乐项目。《说文解字》载："射，弓弩发于身而中于远也。""覆，覂也，一曰盖也。"射覆令，基本的游戏规则是用碗盖住东西让人们猜，其本质是一种以物为目标的猜谜活动。到了唐代，射覆方式偏于繁复，不再局限于猜物，而是演变成以语言文字作谜面的字谜或物谜。一般方式是，由出题者准备好一物品或一写好字的纸条，将其藏在倒扣的碗碟中，口头念出或写出一段谜面隐语，让人猜射，猜不中者罚酒。这种射覆类酒令在唐代已经普遍盛行。在《红楼梦》中，射覆令则进一步完善，变得更为复杂和文艺。书中，参与射覆的人轮流掷骰子，投掷点数相同的人进行射覆，为了限制范围，通常射覆的对象会限制在一个房间内。猜出后游戏还没有结束，还不能直接揭晓谜底，得需说出所覆的字相关的另一典故的另一个字。如果猜不准，或者答语不恰当，就要罚酒。射覆令由于涉及大量的语言文字谜面，和谜底需要两相呼应，就成为英译中的难点之一。

击鼓传花令，相传始于唐代，于宋代开始盛行。其规则是，酒宴众人依次围绕就座，由一人击鼓，其他人随着鼓声开始按照座次顺序传递花束，鼓声停下后，花束在谁手中，谁就得接受惩罚。击鼓传花类酒令游戏，通常场面热闹、喜庆，是活跃场面的上佳酒令类型。《红楼梦》中出现的击鼓传花令大致有三处，分别在第五十四回、第六十三回和第七十五回。其中，第五十四回元宵夜宴行"喜上眉梢令"和第七十五回中秋佳节赏月之时传桂花的击鼓传花令，惩罚方式结合了诗词曲文，巧妙地将笑话融入酒令之中。这些酒令笑话体现了故事中人物的不同性格特征和相互之间的微妙关系，也为后面的情节发展做了铺垫，其丰富的内涵，在英译中应当特别留意。

牙牌令，是一种需要借助工具才能施行的酒令类型。牙牌，又称骨牌、牌九，多由象牙、兽骨等制作而成，一般有 32 张，是一种古老的中国民间娱乐工具。每张牙牌分为上下两部分，上面刻有两色点数，不同的点数和颜色组成不同的图案，赋予了每一张牙牌不同的意蕴，被文人墨客给予不同名称。行令之时，宣令官根据牙牌命题先说一张，参与者依次轮流作答，答令者回答时可以根据点数用各种诗词歌赋、成语俗话来表示，但必须要和上一句押韵，合乎音韵要求。牙牌令一般都是文人雅士作乐的游戏，玩法多，难度也大。《红楼梦》中有对牙牌令的详细记载。第四十回，描写贾母在大观园宴请刘姥姥和各位姊妹时行牙牌令。参与者所行的牙牌令，因身份性格不同而各异，对个人和整个家族的未来命运都有所描摹。为突显牙牌令的特殊之处，曹雪芹甚至在这一章中用大量笔墨详细描绘了这场牙牌令游戏的过程。由于牙牌令根据点数可以有完全不同的描述方式，英译的难度很大。

四、占花类酒令

占花类酒令是筹令的一种。它巧妙地将花鸟虫草刻入酒筹之中，行令时按照顺序摇筒掣筹，再按照每一支筹子规定的要求行令饮酒。在占花类酒令中，这些特制的有花名的酒筹被称为花签。

占花令以花喻美人，与《红楼梦》里众多女性角色正是相合。《红楼梦》对占花类酒令的描写独树一帜，生动有趣。第六十三回，曹雪芹详细描写了占花令的行令场景。书中的花签和大部分筹具类似，制作若干根竹签放在签筒里，但花签筹子的每根签上画有一种花草，有一个花名，写着一句旧诗，并附有一定的规则。行令时，先掷骰子确定参与者排序，根据排序依次抽签，抽到签的人根据花签上的指示完成相应要求，如此循环下去。《红楼梦》中的占花令，既传承了中国文化中"香花美人"的传统，又结合书中女性人物众多的特点，借花比人，各色的花签及签语，昭示着不同女性的命运。如薛宝钗抽到花签为"牡丹"，签语"艳冠群芳任是无情也动人"，寓意她富贵端庄、国色天香，看似无情实则世事洞明、克己复礼，是一位性格多面而复杂的女性。

五、诗词经曲令

诗词经曲令是雅令中最为突出的一种，不需要借助其他工具，而以口头吟诗作对、唱曲赋词等方式来行令。此类酒令历史悠久，是历代文人喜爱的一种酒令游戏，其玩法多种多样，涉及内容也颇为广泛。就玩法形式而言，此类酒令可以有谜语、诗词、对联、绕口令、拆字等。就内容范围而言，此类酒令涉及文学、美学、艺术、文化等各个领域，可以说几乎所有的口头文字游戏都被引入诗词经曲令之中了。

因为涉及诗词经曲，范围颇广，此类酒令需要具备一定的文化素养才能参与，相应来说这种酒令也比较难行。古代文人墨客皆偏爱诗词经曲令，白居易曾在诗中写道："闲征雅令穷经史，醉听清吟胜管弦。"虽提及"雅令"，然实则"穷经史"，正是对诗词经曲令的描写。尽管其他类型的酒令有的也会涉及诗词歌赋等，但诗词经曲令却是最为直接、最大范围地使用诗词歌赋的一种方式，也是最能体现参与者的身份、学识、教养的一种游戏。

《红楼梦》中对诗词经曲令的描写很多。一方面，这符合《红楼梦》的故事背景。贾府是一个贵族世家，家中有朝廷重臣，有得宠皇妃，姻亲关系盘根错节，家族的社会地位颇高。家族中的公子小姐甚至丫鬟，都有一定的文学素养和才情。在饮宴中用高雅的诗词经曲令，可以突显贾府的门第，表现出贾府作为名门望族的身份和地位。另一方面，繁复的诗词歌赋体现了《红楼梦》作者曹雪芹高超的文学素养和文字功底。曹雪芹本人也出生于一个贵族世家，尽管后来他的家族衰败，但依然没有埋没他的文学才华和文化素养。

《红楼梦》第二十八回，贾宝玉在酒局中发令，"要说悲、愁、喜、乐四字，都要说出女儿来，还要注明这四字的原故。说完了，饮门杯，酒面要唱一个新鲜时样的曲子；酒底要席上生风一样东西，或古诗旧对、四书五经、成语。"席间四人，以"女儿悲""女儿愁""女儿喜""女儿乐"，各自作诗词合令。这就是典型的诗词经曲令，直接用吟诗作赋的方式来对令。行令过程中，不用任何器具，但需要参与行令者都有高超的逻辑思维、丰富的文学知识、高雅的艺术才情。

六、不同类型酒令的英译特点

《红楼梦》是一部描写世家贵族贾府兴衰荣辱的文学巨著。贾府是封建时代典型的名门世家，其日常活动、宴饮往来必然会伴随着酒令游戏。作为中国传统的酒筵娱乐项目，酒令游戏不仅仅是为人助兴、烘托气氛，还承载着中国传统文化文学的元素。这一点在《红楼梦》中表现得尤为突出。《红楼梦》中不同类型的酒令，都有着深刻的内涵和预示，能反映出作者的独具匠心。通过酒令，可以看出小说中人物的性格特征，展示当时的政治背景和社会环境，暗示故事情节的走向等。《红楼梦》中的酒令，不仅增强了小说本身的可读性和趣味性，还起着重要的联系作用。这些酒令常常伴随着隐喻、暗示，令读者读到小说的多层次性。

文学作品的翻译，是文学阅读接受的更进一步。《红楼梦》酒令在意义上的多层次性，不但增加了阅读的难度，也增加了翻译的难度。作为酒文化译介的其中一个组成部分，酒令具有酒文化的普遍性特征，也具有独特的文化内涵。根据翻译的需要，《红楼梦》中的酒令可分为不同类型。不同的酒令有不同的特点和作用，译者既要对酒令本身有着深入透彻的理解，要知道酒令具体表达的意思，还要了解酒令出现在文中的作用和内涵。在英译的时候，不能只是简单地字对字翻译，而应当在清楚翻译出原酒令的字面意思的同时，注重原酒令的结构、韵律、形式以及内在含义等。两种语言因为文化的差异，往往存在着诸多不可译性，这就给酒令的英译带来了更大的挑战。

因此，在分析酒令的英译时，应该针对不同类型的酒令，把握翻译的目标和准确性，具体问题具体分析。

1. 猜谜类酒令的英译

猜谜类酒令，是谜语与酒令的结合。谜语以不同的形式将谜面呈现出来，并通过意义、形式、语音等不同方法，直接或间接地指向谜底。英译时不仅要翻译出谜面的意义，还要根据每一类谜语的不同特点，翻译出指向谜底的重要元素，包括但不限于句式、韵律、音调、格式、文字字形、文化背景等。这些元素的翻译成功与否，某种程度上来说，决定了猜谜类酒令英译的准确性、贴切性和可理解性。

2. 博戏类酒令的英译

博戏类酒令，是一种以巧合性、偶然性为特征的竞技游戏与酒令相结合的产物。这一类酒令较为简单易懂，适合大部分饮宴之人参与，是通令的一种。其内容并不复杂，容易理解和翻译，但是其用语、结构、节奏感、语言风格、气氛背景是博戏类酒令更为重要的元素，也是英译中最难以解决的问题。英译博戏类酒令时，需要表现出此类酒令所烘托的轻松幽默的宴饮氛围，在选词用句上需要体现出原酒令形式内容的简洁通俗、节奏韵律的欢快等。

3. 占花类酒令的英译

占花类酒令是依靠筹具来开展的酒令游戏。与其他的筹戏不同的是，占花令的筹具上一般刻有花名，再辅以相关的诗词，花名与诗句两相呼应，共同反映出特有的内涵和文化意义。《红楼梦》中不同的花签反映出行令者的身份地位、性格特点，并预示了其未来的人生命运。由于中英文化背景的巨大差异，同一种花在两种文化中的意蕴可能是不同甚至截然相反的。比如荷花在中国象征着"出淤泥而不染"的清正廉洁，而 lotus 在英语世界受古希腊神话的影响，象征着沉浸于懒散梦幻中的贪图享受、不问世事（施瓦布，2016）。要是在英译中直接把荷花对译为 lotus，虽表面意义成立，但其所蕴含的文化指示意义和在小说中对人物的评判和命运的预示则会出现偏误。因此，在英译的过程中，除了需要准确翻译出花名和诗词意义，更为重要的是要在目标语中找到适合的对应词句来翻译出花的文化意蕴、诗词的潜在指示意义等。

4. 诗词经曲令的英译

诗词经曲令，实质上是口头文字令最重要的表现形式，里面包含了大量中国古代诗词歌赋。文字令是最能突显参与者文学素养的一类酒令，其内容意味深厚，结构严谨规范，用词典雅，并包含拆字、隐喻等中国传统艺术手法。同时，诗词经曲除了形式内容，在音韵上亦讲究平仄相谐、韵脚相押等，以体现诗词的音乐感。英译此类酒令时，需要兼顾酒令的内容、形式、音韵等各方面翻译的准确和贴切，以实现对整个诗词经曲令的再现。

第二节　猜谜类酒令的英译

《红楼梦》中的猜谜酒令并不仅用作消遣、调笑，也不是曹雪芹为了显摆他的文学技艺，而是以谜揭示谜外的玄机，使得小说的思想得到升华和凝练。猜谜本身趣味性就极强，对英译的要求更高。

因此在处理猜谜酒令的翻译时，应该考虑以下几点。

第一，在意思表达上，应该做到谜面与谜底的紧扣。谜语的魅力在于突出"隐显呼应"，即谜底既要隐藏在谜面之中，又需要通过整个谜语巧妙地展示出来。中英语言和文化的差异，容易导致谜面在字面表达上和原文本相差甚远，造成谜面和谜底的脱节。

第二，猜谜类酒令在表达形式上，注重句式工整统一，符合中国传统文学表达样式。中文谜语一般为四句式，每句多为五言或七言。从猜谜的角度来看，谜语的形式和内容具有同等重要的意义。在翻译猜谜类酒令时，也需要尽可能地注重译文的形式，使译文与原文本相一致，实现字面形式的谜面作用及美感。

第三，猜谜类酒令的谜面和诗句格式相仿，注重音韵和谐、音调连承婉转，节奏鲜明轻快。这些特点为传统谜语增加了可读性和趣味性，在翻译时也需要最大限度地译出其特色，以确保谜语译文的贴合性。

《红楼梦》中最能代表猜谜类酒令的一种是灯谜令。以下将选择第二十二回的众多灯谜令例句，通过分析原文本和英译，探究杨宪益夫妇和霍克斯在翻译猜谜类酒令时采用的方法及各自的翻译风格，以了解此类酒令的英译难点和相应的翻译方法。

例 4.1

例句：大哥有角只八个，二哥有角只两根。

　　　　大哥只在床上坐，二哥爱在房上蹲。（第二十二回）

杨译：First Brother has eight corners,

Second Brother two horns instead；

Second Brother likes to squat on the roof，

First Brother just sits on the bed.

霍译：Big brother with eight sits all day on the bed；

Little brother with two sits on the roof's head.

这个酒令是猜谜类酒令里的灯谜。《红楼梦》第二十二回，贾元春制作了灯谜让大家猜，命大家也作灯谜。贾环没有猜到贾元春的谜，他便制作了这个灯谜令。但是这个灯谜并未被贾元春猜中，被太监带回，说是"三爷所作这个不通，娘娘也没猜，叫我带回问三爷是什么"。这时候贾环才揭示谜底是"枕头"和"兽头"。

古人枕头两端是方形的，共有八个角，且置于床头，故"大哥"便是指"枕头"。古代房檐角上会雕刻吻兽，兽头一般是两角，故"二哥"便是指"兽头"。贾环的灯谜中，将枕头和兽头放在一起，合称作"大哥""二哥"；且直言它们在床上和房檐上，破坏了谜面的含蓄性，凡此种种，都透露出这个灯谜令"不通"。这个灯谜用字粗鄙，内容直白，表现了贾环粗俗肤浅的形象。在《红楼梦》中，贾环经常作为贾宝玉形象的衬托。"枕头"寓意草包，"兽头"寓意龙生九子却不成龙。这个酒令用隐喻的方式，寓意贾环之流都是一些不学无术的草包，世家贵族后继无人。

杨译采用直译法，将"大哥"和"二哥"译为 First Brother 和 Second Brother，将"坐"和"蹲"分别译为 squat 和 sit。杨译根据"枕头"和"兽头"的特点将"角"分别译为 corner 和 horn。同时遵从原文结构形式，以四句译文对应四句原文。

霍译则较为偏于归化法，将"大哥"和"二哥"译为 big brother 和 little brother，不再区分"蹲"和"坐"的细微差别，统一译为 sit。霍译用词简洁明了，并重复使用 brother、with、sit、the 等简单词。在形式结构和音韵节奏上，霍译将原文句子进行重组拆分，化为两行，合辙押韵，朗朗上口。

从字面意义上看，杨译更为准确贴切，能直接表现出灯谜令的谜面意义。但是霍译用词更为简单，并且有多处重复，与原文"不通"的酒令内容更为契合，也更符合行令者贾环愚笨和粗俗的形象。在结构和音韵上，杨译符合句式排列方式，句式数量也相同，但是霍译句式兼顾了译文的结构对称。霍译前后两句都由十个词组成，且结构都是 ...with... on the，对称押韵，符合原文本令词的要求。

综合考量各种因素，霍译对灯谜令的再现更为精妙，既保留了原文本的意思，又能在风格、内容、形式和音韵上与原文本保持一致。

例 4.2

例句：猴子身轻站树梢。（第二十二回）

杨译：The monkey, being light of limb, stands on the topmost branch.

霍译：The monkey's tail reaches from tree-top to ground.

这一酒令是猜谜类酒令里的灯谜令，为贾母所制。"站树梢"也就是"立枝"，"立"与"荔"谐音，故谜底为荔枝。该灯谜看似诙谐有趣，但却暗示着贾府没落的结局，故"荔枝"又与"离枝"谐音。

杨译采用直译法，完整地反映了原文内容，being 在这里表状态，他将"身轻"译为 light of limb，即"四肢轻盈"，符合原文所表达的字面意思。但是，由于语言的差异，杨译的英文完全失去了谜面与谜底之间的谐音关系，目标语读者根本无法根据英文的谜面猜出谜底，甚至如果不加注释，则无法知道这是一个谜语令。霍译则采用意译法，对原文进行了转变。他将"身轻站树梢"译为 tail reaches from tree-top to ground，即"猴子的尾巴从树梢直达地面"。这一翻译将较为抽象的意义具象化，更容易令英语读者理解。

然而，无论杨译还是霍译，都没有体现出这个灯谜令作为谜语的内涵，无法使读者把谜面和谜底联系起来，遗漏了灯谜令最重要也是最精华的部分。这正是翻译中文化的不可译性的典型体现。要解决这个问题，建议用加注释的方式进行说明。

例 4.3

例句：身自端方，体自坚硬。虽不能言，有言必应。（第二十二回）

杨译：Its body is square,

    Its substance firm and hard;

    Though it cannot speak,

    It will assuredly[3] record anything said.

    （Note）3. assuredly（bi）is a homophone for writing-brush.

霍译：My body's square,

    Iron hard am I.

I speak no word,

But words supply.

这一则为灯谜令，制令者是贾政，谜底是砚台。这个谜面用隐喻的方式暗指贾政的身份性格。"身自端方"，与第二回中冷子兴说贾政"为人端方"相合。但贾政表面"端方"，实则一本正经，道貌岸然。"体自坚硬"，指贾政为人过于顽固不化，头脑死板。虽为文官，张口就是"诗云子曰"，但是其诗词却被自己的儿子批驳，即"口不能言"。然而贾政自恃忠君，每当圣上"有言"，则"必应"无疑。"必"也是"笔"的谐音。

杨译采用直译加注的方法。相较于汉语意合的特点，英语更为注重语言形式的完整性，因此杨译补充了主语 it、its，增加了译文的可读性和可接受性。为了让读者猜出谜语的意义，他还用了加注释的方式，解决了"必"的谐音通义的问题。霍译则偏向于意译法。在补充主语时，他用了第一人称的 my、I，增加了谜面的亲切性和趣味性。但霍译缺少注释，失去了原文双关的表达效果，减少了原文谜面的内容。

在音韵节奏上，杨译的风格是散体译文，注重忠实表达原文意义，句式参差不一，hard 和 said 句尾押韵。霍译更为注重声韵和谐，句式整齐对称，尽量与汉语四字词保持一致，I 和 supply 押韵。

从意义上看，杨译的加注法能够更好地保留原文谜语的谜面含义，霍译虽然在内容上有所缺失，但是在结构音韵上更多地保留了原文四字词诗句的特色。

例 4.4

例句：能使妖魔胆尽摧，身如束帛气如雷。一声震得人方恐，回首相看已化灰。（第二十二回）

杨译：Monsters I can affright and put to flight;

A roll of silk my form; my thunderous crash.

Strikes dread into the hearts of all,

Yet when they look around I've turned to ash.

霍译：At my coming the devils turn pallid with wonder.

My body's all folds and my voice is like thunder.

When, alarmed by the sound of my thunderous crash,

You look round, I have already turned into ash.

这一酒令为灯谜令，制作者是贾元春，谜底是爆竹。相传爆竹能驱鬼辟邪，是故"能使妖魔胆尽催"。爆竹其形像一束卷起来的绢帛，但点燃后声音震天，是故"身如束帛气如雷"。元春是贵妃，身材窈窕，权势显赫，其言必定如爆竹一般掷地有声。然而"回首相看"，过尽千帆后回头看，一切却已化为灰烬，预示着贵妃的荣华显赫终究不会长久，即将转瞬即逝的命运。作为突显人物身份命运的灯谜令，一响而散的爆竹正是制令者贾元春盛极而衰的人生写照。

杨译注重用词的考究，选用 affright、flight、strike、dread 等书面语词，同时增加了第一人称的主语，使整个谜面兼具典雅性和趣味性。霍译更为忠实原文的字面意义和表达方式，按照句式排列顺序依次翻译。由于这一灯谜令谜面以意本身来传递谜底信息，所以两个翻译方法都能较好地译出谜面内涵，也最大限度地保留了原文的文化意义。读者可以从中猜出爆竹的谜底，也能根据上下文语境了解该灯谜令所预示的人物命运。

在形式音韵上，两个译本亦都尽量保持原文的节奏韵律和韵脚相押。杨译为第二和第四行尾韵相押，同时也注意句子内部的音韵和谐，如第一行中的 affright 与 flight 押韵。霍译的韵脚为 aabb 模式，第一行和第二行尾韵相押，第三行和第四行尾韵相押。两种译法都重现了原灯谜令典雅和谐的诗词规范结构。

例 4.5

例句：天运人功理不穷，有功无运也难逢。因何镇日纷纷乱，只为
　　　阴阳数不同。（第二十二回）

杨译：No end to the labours of men, to heaven's decrees,

　　　But labour unblessed by Heaven will fruitless be.

　　　What causes this constant, frenzied activity?

　　　The uncertainty of mortal destiny.

霍译：Man's works and heaven's laws I execute.

　　　Without heaven's laws, my workings bear no fruit.

　　　Why am I agitated all day long?

　　　For fear my calculations may be wrong.

这一酒令为灯谜令，制令者是贾迎春，谜底是算盘。"天运"两句，意指算盘上的算珠要靠人手拨动，故而强调"人功"。算珠或聚合在一起，或剥离分开，在没有计算出结果前，难以确定离还是合，因此要由"天运"决定。"天

运"可定结果，但"天运"却难以推演，"理不穷"。"天运"既定，非人力可以改变，如果"天运"注定算珠要分离，任人怎么拨算也无法相逢。后两句谐音相关。"镇"谐音"整"；"阴阳"指奇、偶数。算珠拨弄纷乱变化，因为数字繁多，有不同的组合方式。

这一灯谜令用算盘上的算珠作比，暗示了制令者贾迎春的人生命运。她虽为贾府千金，但软弱怕事，后更嫁到中山狼孙绍祖家，受尽欺凌。贾府对孙家不薄，迎春亦老实忠厚，称得上"有功"，但"天运"难违，阴阳命数不可违抗，终难以逃脱悲惨的结局。

杨译着重从谜面的谶语内涵入手，采用意译法，没有直接翻译原酒令算术的字面含义，而是突出暗含的预示意义和文化内涵。虽然在和小说内容结合上杨译非常精准，但这个谜面却难以和谜底联系起来。

霍译则巧妙地使用了 calculation 一词，突出原文的字面意义，展示了谜底算盘的计算特性，使目标语读者能够了解原谜面的本来意思，为推测谜底提供了依据。但最后一句"阴阳"这种极富中国传统思想色彩的文化负载词，霍译也没有译出，缺失了谜面里较为精华的一部分。

在音韵结构上，因为原文谜面的字数较长，意义阔深，所以两个译本都没有兼顾字数结构的对称，只是关注到了押韵的部分。杨译在第二行、第三行和第四行尾韵相押，霍译则是第三行和第四行尾韵相押。

例 4.6

例句：阶下儿童仰面时，清明妆点最堪宜。游丝一断浑无力，莫向东风怨别离。（第二十二回）

杨译：The children by the steps look up:
Spring surely has no fitter decoration.
But when the silk cord breaks it drifts away,
Blame not the east wind for this separation.

霍译：In spring the little boys look up and stare,
To see me ride so proudly in the air.
My strength all goes when once the bond is parted,
And on the wind I drift off broken-hearted.

　　这个猜谜类酒令是灯谜令，作者是贾探春，谜底是风筝。"儿童仰面"，抬头看风筝，"清明妆点最堪宜"，指清明时节多持续定向的东风，是最适宜放风筝的季节。"游丝"指风筝的线。当风筝断线，就失去掌控，随风远去。该灯谜以风筝断线，暗示制令者贾探春离家远嫁不归的结局。

　　杨译和霍译略有区别，但都基本译出了灯谜令的字面含义。"清明"在两个译本中都译为 spring，表明了时间。但"清明"在这里并非单纯的节气名称，还寓含了探春出嫁的时节，别离的悲伤意蕴，结合探春身世背景，有着更为复杂深厚的内涵意义。"东风"杨译为 east wind，霍译为 wind，都译出了字面意义。在中国传统文化中，"东风"还表示天长路远，难以与亲人相见，生人做死别，因此酒令中的"东风"不只是将风筝吹走的任意一阵风，更有特定的文化含义。正如《红楼梦》中对探春的判词"千里东风一梦遥"，里面的"东风"正是此解。但无论是霍译的 wind，还是杨译的 east wind，在英语文化中都缺失了原文酒令的文化意义，无法将完整的酒令意义传递给目标语读者。

　　在形式音韵上，两个译文都做到了合辙押韵。杨译第二行和第四行尾韵相押，霍译第一行和第二行，第三行和第四行分别尾韵相押。两个译文都做到声韵和谐，朗朗上口，节奏感十足。

　　例 4.7

　　例句：朝罢谁携两袖烟，琴边衾里总无缘。晓筹不用鸡人报，五夜无烦侍女添。焦首朝朝还暮暮，煎心日日复年年。光阴荏苒须当惜，风雨阴晴任变迁。（第二十二回）

　　杨译：Who leaves the levée with smoke-scented sleeves?

　　　　　Not destined by the lute or quilt to sit,

　　　　　It needs no watchman to announce the dawn,

　　　　　No maid at the fifth watch to replenish it.

　　　　　Burned with anxiety both day and night,

　　　　　Consumed with anguish as time slips away,

　　　　　As life speeds past we learn to hold it dear—

　　　　　What cares it whether foul or fair the day?

　　霍译：At court levée my smoke is in your sleeve：

　　　　　Music and beds to other sorts I leave.

　　　　　With me, at dawn you need no watchman's cry,

At night no maid to bring a fresh supply.

My head burns through the night and through the day,

And year by year my heart consumes away.

The precious moments I would have you spare:

But come fair, foul, or fine, I do not care.

这一猜谜类酒令为灯谜令，制令者是薛宝钗，谜底是更香。"朝罢谁携两袖烟"指早朝回来衣袖上尚有宫中的炉香味，此句隐藏了"香"，设问"谁携"，隐喻荣华过后一无所得。"琴边衾里"指夫妻关系。"晓筹不用鸡人报"一联，正面点出更香的特点。"晓筹"指早晨的时刻，"筹"是古代计时报时用的竹筹，"五夜"即五更。炉香需续，更香则无需添加，点燃即可。"焦首"指香是从头上点燃的，所以说焦首，喻人的苦恼。"煎心"，棒香有心，盘香由外往内烧，所以说煎心，比喻人的内心饱受煎熬。"光阴荏苒须当惜，风雨阴晴任变迁"，意思是更香同风雨阴晴的环境变化无关，却随着时间的消逝，不断消耗着自己。该灯谜借更香暗示制令者薛宝钗的身世命运，虽出身贵族世家，但在丈夫出家为僧后，孤苦一人，孀居独居，仇恨终老。

杨译和霍译基本都按照字面意思逐句翻译谜面，但方式略有不同。杨译增加第三人称主语，霍译则使用第一人称主语，后者更具有具象性和亲切性，较为贴近谜面。但是，两个译文都没有将谜面里的一些文化负载词译出，如"光阴荏苒""风雨阴晴"，这些词有强烈的传统文化内涵，但是在译文中都有所缺失。

在形式和音韵上，霍译做到每两句句尾相押，先后由 sleeve/leave，cry/supply，day/away，spare/care 押韵，译文具有节奏性，音韵和谐。但是，原酒令文本中"朝朝还暮暮""日日复年年"等叠词，在两个译本中都没有做到再现，因此译本无法表现其结构美与音乐美。

小结

透过以上灯谜令英译的分析，读者可以更加深刻地体会到曹雪芹将它们安排在小说中的特殊作用。这些猜谜类酒令的出现，既增加了小说的趣味性，又巧妙地把暗线串在了一起，借用灯谜透露了人物的性格特征并暗示人物的结局。根据灯谜令的特点，对比杨宪益夫妇和霍克斯的酒令英译本后，可以发现，两个译本在准确体现原文本意思的层面上，都尽可能地用不同的方法再现原酒令的形式结构、音韵节奏、文化内涵等。在形式结构层面，杨译和霍译都注意到了猜谜类酒令的句式结构，在译文中尽可能选择数量相等的句子或每句话选择数量相等的词语，以做到译文与原文的句式结构对称。在音韵节奏上，原文本多以诗词的形式出现，讲究押韵和声韵和谐，这一点在杨译和霍译中也都注意了保留，尽可能地在英文译本中找到合适的词重现押韵和节奏。在文化内涵上，因为中英语言的差异性，无法直接用语言的直译再现谐音、双关等修辞效果，为表达潜在的文化意蕴，英译用了字面直译加注、直接翻译潜在意义等方式。然而，文化内涵的复杂性，语言表达的差异性，导致无论哪一种译法，都无法完整地诠释原文本所有内涵，这也是文化翻译中难以克服的问题。

第三节　博戏类酒令的英译

博戏类酒令，以博戏为核心，在饮宴行令之时，通过某种游戏形式来进行比赛，以决出胜负。博戏类酒令以戏为本，多旁征博引诗词，但又不拘泥于典雅性，加入了更多轻松戏谑的元素。同时，博戏类酒令样式多种，且每种博戏方式所涉及游戏因素有较大差别，需要区分对待。

因此，在翻译博戏类酒令时，应当注意以下几点。

第一，在意思表达上，除了准确贴切地翻译出原文本酒令的内容，还需要表现出博戏类酒令的背景、氛围等元素。博戏类酒令种类繁多，在酒令中融入巧合、偶然、竞技等，使得此类酒令具有十足的娱乐性，且大部分内容都呈现出轻松、诙谐的特点。因此，在翻译博戏类酒令时，要特别注意用字、用词、用句的方式方法。同样的意思，可以由不同的字词句来表现，以表达不同的情感色彩和内涵意义。在翻译时，这一特点对译文风格和内容的影响巨大。选择合适的字词句来翻译博戏类酒令，是英译的重点之一。

第二，博戏类酒令，结构简洁，内容通俗易懂，整体风格简单明快。这种浅显直接的形式风格，应当在翻译中加以重现。既要尽量做到英译的译文简洁直白，又要保证形式上的再现，展现博戏类酒令的趣味性和通俗性。

第三，博戏类酒令有着独特的声调和韵律，节奏感十足，轻快幽默，颇有乐感。英译时应该注重再现原文酒令的特点，尤其突出轻快风趣的部分，使译文酒令也读来朗朗上口，回味无穷。

一、射覆令的英译

《红楼梦》中的射覆令，主要出现在第六十二回。书中射覆令，取材于古代诗词，但化用于人物的性格角色，表现人物命运。射覆令由一人起令，用诗句制令，即为"覆"。此令和猜谜令不同，谜面隐晦，暗示极少，需要联想展开。猜令者不直接说出谜底，而是用与谜底相关联的诗词来暗示，相当于又让原覆者来猜射。这里的覆词、射词都需出自前代典籍古文诗词，且要符合令官的要求，要准确译出，实属不易。

以下将选择《红楼梦》第六十二回的射覆酒令，试探究杨宪益夫妇和霍克斯在翻译射覆类酒令时采用的方法及各自的翻译风格。

> 例 4.8
>
> 例句：宝玉真个喝了酒，听黛玉说道：落霞与孤鹜齐飞，风急江天过雁哀，却是一只折足雁，叫的人九回肠，这是鸿雁来宾。
>
> （第六十二回）
>
> 杨译：So Baoyu drank while Daiyu recited：
>
> "Sunset clouds float with the lone wild duck，
>
> The wild goose cries through the sky above wind-swept river；
>
> A wild goose with a broken leg，
>
> Its crying fills all hearts with sorrow.
>
> Such is the wild goose's return."
>
> 霍译：Bao-yu drank his cup obediently and listened. 'One. "Scudding clouds race the startled mallard across the water"'，said Dai-yu. 'Two. "A wild goose passes，lamenting，across the wind-swept sky." Three. It must be "The wild goose with a broken wing". Four. So sad a sound makes "The Heart Tormented". Five. "The cry of the wild goose is heard in the land."'

该射覆酒令是林黛玉所作。小说第六十二回，贾宝玉等在大观园红香圃内摆酒庆生，在宴席上饮酒作令。史湘云提出作射覆令，并规定："酒面要一句古文，一句旧诗，一句骨牌名，一句曲牌名，还要一句时宪书上的话，共总凑成一句话。酒底要关人事的果菜名。"时宪书，是指旧时的历书。此射覆令要求繁多，十分难制。本应制令的贾宝玉一时之间没有想出来，便由林黛玉代他制令。

第一句古文"落霞与孤鹜齐飞"，出自王勃的《滕王阁序》。第二句旧诗"风急江天过雁哀"，出自陆游的诗《寒夕》，原诗应为"风急江天无过雁"，此处为曹雪芹刻意改之，以预示林黛玉孤苦无依的境遇。第三句"折足雁"是骨牌名，不但合规则，而且与第二句"过雁哀"相呼应，指明哀鸣的原因。第四句"九回肠"是曲牌名，出自司马迁《拜任少卿书》："肠一日而九回"，表示精神恍惚不济，悲伤痛心。最后一句"鸿雁来宾"，出自《礼记·月令》："季秋之月，鸿雁来宾。"此为秋季的标志。林黛玉所作五句射覆令，皆合制令要求，且前后相应。同时，这一令也暗指了制令者林黛玉的命运，自小无父无母、无依无靠，虽有情于宝玉，但终究无分相守，愁绪凄楚，一生漂泊。"鸿雁来宾"也只是"来宾"过客，不可久留。

两个译本基本按照字面意思将原文内涵再现出来。霍克斯在翻译原文的基础上，还增译了表示顺序的 one、two、three、four、five 五个数字词，将射覆令符合规则的层次性清晰地表达了出来。对原酒令中具有文化意蕴的词语，也作了特殊的翻译。比如"九回肠"，字面意思是"九转回肠"，但实际上代表悲伤的情绪。"九"在这里并非实数，而是泛指数量很多。杨译为 all hearts with sorrow，霍译为 so sad a sound，两个译本都用了意译的方式，直接把"九回肠"的内涵意义译出。但是也有很多无法译出的文化词语。如"鸿雁来宾"，"鸿雁"是候鸟，无法停留在一个地方，与"来宾"共同预示着制令者林黛玉只是过客，而非归人的身世命运。杨译为 wild goose's return，表示鸿雁归来，与原酒令的潜藏意义不符。霍译为 the cry of the wild goose is heard，表示听到鸿雁哀鸣，虽符合原酒令意蕴，但并未突出"过客"的文化意象。

从形式结构上看，杨译和霍译都按照原文的句式句数结构组建译文，译文流畅轻巧，便于目的语读者阅读。但是，此令每一句都有自己独特的文化身份和来源，英译可以译出字面意义，却无法再现古文、旧诗、骨牌名、曲牌名、历书的文化意义。这也是跨文化翻译中不可避免的缺失。

例 4.9

例句：黛玉又拈了一个榛穰，说酒底道：榛子非关隔院砧，何来万户捣衣声。（第六十二回）

杨译：Then Daiyu picked up a hazel-nut to pay the after-drinking forfeit and said：

"Hazel-nuts having nothing to do with neighbourhood washing-blocks,

Why with them comes the sound of clothes beaten by ten thousand households？"

霍译：Dai-yu picked up a hazel-nut.

"This cob I take up from the table Came from a tree，not from a stable."

这一句和上例是同一个射覆令的酒底，即酒令的后半部分。根据史湘云出令的要求，"酒底要关人事的果菜名"，此令酒底即为"榛穰"，即指榛树的果实，可食，如栗而小，味亦如栗，又叫榛栗、榛瓢。林黛玉用"榛子非关隔院砧"揭示酒底。"榛"谐音"砧"，此句化用陆游诗歌《寒夕》中"风急江天无过雁，月明庭户有疏砧"，将酒底与前面的令词联系起来，实现射覆的目的。

"榛子非关隔院砧"，"榛"与"砧"音同而义异，用"果菜名"说"人事"，此榛子非隔壁院中的砧石。"何来万户捣衣声"，化用李白《子夜吴歌》"长安一片月，万户捣衣声"。"榛"又与"真""贞"同音，打开榛子芯，即付出真心，表达了林黛玉对贾宝玉的真情。捣衣砧声是怀人愁绪，但一片真心忠贞不渝，不应有惆怅之情。此酒底虽在写物，但借射覆之物暗指林黛玉的身世命运。贾宝玉和薛宝钗是金玉良缘，因此林黛玉虽有真情，也只是不关事的隔院砧石，孤独而逝。

对于酒令的令眼"榛穰"，霍译直译为 a hazel-nut，杨译则增译为 a hazel-nut to pay the after-drinking forfeit，表示榛穰是游戏中的筹码，便于目标语读者理解射覆令。

对于酒令诗句的翻译，杨译为直译，直接翻译出字面意义，但没有译出其隐藏的谐音相关。霍译为意译，不拘泥于字面所关涉事物，而是直接用此物非彼物的关联性意义，并且巧妙地用 table 和 stable，做到了谐音相关，一定程度上还原了原文的结构、音韵节奏和潜在的含义。

需要注意的是，由于射覆令需要酒面和酒底相合而成，有时会通过诗词或成语等将酒面令和酒底令联系起来，从而形成完整的一个酒令。这种联系往往是非常屈折隐晦的，像此令中就运用陆游《寒夕》的上下诗句来连接。这就需要读者根据文化背景来展开联想，英译要实现这个目的，则需要另外增加注释。

例 4.10

例句：湘云便说道：奔腾而砰湃，江间波浪兼天涌，须要铁锁缆孤
　　　舟，既遇着一江风，不宜出行。（第六十二回）

杨译：Then Xiangyun declaimed：

"Leaping and rushing,

The river's waves surge towards the sky；

An iron chain is needed to fasten the lonely boat，

Because there is wind on the river

It is not expedient to make a journey."

霍译：Xiang-yun began answering without delay. 'One. "A swift-
rushing swirl and shock". Two. "The sky rocks and heaves in
the river's swelling waters". Three. Better have "The lone boat
tied with an iron chain". Four. And since there is a "Storm on
the River". Five. "This will be a bad day for travelling." '

　　史湘云出令后自己又再按规则制令。第一句古文"奔腾而砰湃"，出自宋代
欧阳修《秋声赋》"忽奔腾而砰湃"。欧文形容风声，这里形容波涛声。第二句
旧诗"江间波浪兼天涌"，出自唐代杜甫《秋兴八首》（其一），形容风大浪急。
第三句"铁索缆孤舟"是骨牌名，用赤壁之战的典故。第四句"一江风"，是曲
牌名。第五句"不宜出行"，是历书上的话，指出门要择吉日。

　　湘云所作酒令围绕着"风浪"展开，这也暗指了湘云漂泊动荡的身份命运。
湘云虽生于侯府世家，但自幼失怙，靠叔婶养活，过得谨小慎微，甚为辛苦。成
人后好不容易觅得良配，丈夫却早逝，使得她又再次孤苦无依。她这一生都像是
"遇着一江风"，逆风而行。

　　杨译和霍译都按照句序和字面意思作了适当的英译，基本展现了原酒令的意
义。杨译在处理汉语无主的诗词文时，或增加形式主语，或把主动的句式变成被
动。"须要铁锁缆孤舟"是主动，翻成了被动语态 an iron chain is needed to fasten
the lonely boat。语态的转变一方面适应了英语习惯表达的需要，另一方面又与原
语里"须要"表达的祈使语气相契合。霍译则通过改变语序的方法，译为 the
lone boat tied with an iron chain，意思简单明确，但是漏掉了原文"须要"的强调
语气。

　　从整个酒令来看，霍译也再次加入了表示顺序的序数词，将五个句子分隔

开，以呼应令官对每一句的要求，句界分明，层次清晰。相较于未标示数字的杨译，更能看出射覆令的规则特色。

例 4.11

例句：湘云便用箸子举着说道：这鸭头不是那丫头，头上那讨桂花油。（第六十二回）

杨译：Then holding up her chopsticks Xiangyun said,

"This duck's head is not that serving-maid, [3]

How can its head be smeared with oil of osmanthus?"

(Note) 3. "Duck's head" and "serving-maid" are both yatou in Chinese.

霍译：From the dish in front of her Xiang-yun picked out a duck's head with her chopsticks and pointed it at the maids who were sitting round the fourth table at the other end of the room.

'This little duck can't with those little ducks compare：

This one is quite bald, but they all have a fine head of hair.'

此句是上例的酒底，"鸭头"是席上的菜，与"丫头"谐音，用双关将句子连缀起来。同时又借"头"字，引出头上涂抹"桂花油"。这句话看似简单，但却连用两个同音异义词，修辞上可谓精妙。内容贴近酒宴实际，充满生活意趣，使得席间的丫头晴雯、莺儿等纷纷来讨要，为宴席平添几分欢乐热闹的气氛。

杨译为直译，将"鸭头""丫头""桂花油"这些关键词直接译出，令读者能直观地了解原文意思。但是，由于失去了谐音的联系，割裂了关键词之间的逻辑关系，目标语读者无法知道为什么要把 duck's head 和 serving-maid 放在一起相提并论。为了弥补这一文化缺失，杨译使用了增加注释的方法，指出汉语中"鸭头"和"丫头"同音。这种加注法能够让目标语读者了解原酒令中意象之间的关系，进而更深刻地理解酒令的意义和文化内涵，是一种较好的意象翻译方法。

霍译为意译，围绕着"鸭头"这个关键词，作了展开解读。霍克斯尽力使翻译被目标语读者接受的努力是值得肯定的，但是这个英译很明显表现出霍克斯并未正确理解原酒令含义，没有搞清楚"鸭头"和"丫头"的关系，更不知道头抹"桂花油"的文化内涵。"桂花油"是《红楼梦》中女眷们必不可少的护发用品，用桂花油既是习惯，也是身份的象征。此令中提到"桂花油"，引得丫鬟们争相讨要，突出当时贾府的鼎盛和显赫。霍译直接把这个关键词去掉不译，是文化翻译中的缺失。

例 4.12

例句：湘云口内犹作睡语说酒令，唧唧嘟嘟说道：泉香而酒冽，玉碗盛来琥珀光，直饮到梅梢月上，醉扶归，却为宜会亲友。
（第六十二回）

杨译：As they crowded round to wake her, Xiangyun was still mumbling lines for forfeits in her sleep:

"Sweet the fountain, cold the wine

Gleaming like amber in a cup of jade;

The drinking lasts till the moon rises over the plum trees,

Then the drunkards help each other back—

An appropriate time to meet relatives and friends."

霍译：But Xiang-yun was still playing drinking games in her sleep and proceeded to recite the words of an imaginary forfeit, though her eyes were tightly closed.

'One. "The spring water being sweet, the wine is good." Two. "Pour me its liquid amber in a jade cup." Three. We'll drink till we see "The moon above the plum-tree bough". Four. Then, as we're "Rolling Home". Five. It will be "A good time to meet a friend."'

这一射覆令是史湘云醉酒浅眠时在醉梦中口中喃喃念出的一套酒面。因为醉酒而成，所以只有酒面，而无酒底。第一句古文"泉香而酒冽"，出自欧阳修《醉翁亭记》："酿泉为酒，泉香而酒冽。"第二句旧诗"玉碗盛来琥珀光"，出自李白《客中作》："兰陵美酒郁金香，玉碗盛来琥珀光。"第三句"梅梢月上"是骨牌名，第四句"醉扶归"是曲牌名，其名取意于唐代张演《社日村居》："桑柘影斜春社散，家家扶得醉人归。"第五句"宜会亲友"是历书上的话。

史湘云醉酒作令，令的主题也是跟"醉酒"有关，既彰显了她的才情，又表现出她豪放豁达、娇憨活泼的性格特点。湘云的身世遭遇和林黛玉有点相似，自小失怙，叔婶待她不好，但是她的性格却开朗外向，疏浚洒脱，说话心直口快。

杨译和霍译都遵循原文句序和字面内容翻译，个别词语作了特殊处理。"醉扶归"是曲牌名，但两个译本都只是作了表面意义的翻译，并未突出曲牌名的特点。杨译增译了关联词和主语，表现出湘云酒醉在青石板上睡去后，众人调侃嬉戏，嬉戏后搀扶归去的场面。霍译则用了 Rolling Home 偏英语表达习惯的意译法，符合目标语读者的阅读要求，但是缺失了原酒令的文化意蕴。"宜会亲友"一句，杨译直译，霍译也作了简省，省译了"亲友"的"亲"，这也是一种跨文化翻译中的缺失。

和前例相同，霍译在每句话前增译了序数词，突出射覆令的规则要求，增加了句子的层次感。两种译本都一定程度改变了句子的结构，但是没有改变原句的主要意思，而是使得句子的结构更加分明，意义更容易被理解，具有可读性。

二、牙牌令的英译

牙牌令，是借助工具牌九来制作的酒令。牌九游戏有非常清晰的程序和逻辑顺序，每个参与者需要根据具体的牌面点数以及相关的诗词歌赋等内容来应令。

在周定一主编的《红楼梦语言词典》中，"牙牌令"的具体解释为："以牙牌的点数为酒面（酒令中的出句）的一种酒令。牙牌，亦称骨牌，用象牙或骨、角、硬木等制成的长方形小块。一面有数目、颜色、排列方式不同的圆点。共三十六张，可供游戏或赌博。"（周定一，1995）牙牌 32 张，点、色组合共 21 种。其中天、地、人、和，及三种长牌（长二、长三、长五）和四种短牌（幺五、幺六、四六、五六）均各两张，其余 10 种皆一张。每张牌由上下两部分的点数组成，最小为一，最大为六。一点、四点为红色，其余点数或为绿色，或红绿两色相配组成。

牙牌令要根据牙牌点数构成来制令应令，因此应令者需要发挥自己的想象和经验常识来选择与点数配合的诗词。应令者在制令时主要通过象形法、会意法、谐音法等来匹配诗词，其身份地位、文化修养、性格才情也都会直接影响到所对答的诗词歌赋。

通常情况下，应令方法大概分为象形法、会意法、谐音法等，应令者可以发挥想象选择和牌面点数相像的诗词对答，对答中很能显现应令者的水平。书中应令者或才情卓著，或见多识广，或通俗浅显，或风趣诙谐，书中因人而异，令词与人物浑然一体。

牙牌令的特殊性使它在博戏类酒令中独树一帜，需要在英译中特别关注其行令过程、内容以及音韵结构，尽可能用浅显易懂、简洁清晰的方式让读者理解。

以下将选择《红楼梦》第四十回的牙牌令，试探究杨宪益夫妇和霍克斯在翻译牙牌令时采用的方法及各自的翻译风格。

例 4.13

例句：鸳鸯道："左边是张'天'。"

贾母道："头上有青天。"

鸳鸯道："当中是个'五与六'。"

贾母道："六桥梅花香彻骨。"

鸳鸯道："剩得一张'六与幺'。"

贾母道："一轮红日出云霄。"

鸳鸯道："凑成便是个'蓬头鬼'。"

贾母道："这鬼抱住钟馗腿。"（第四十回）

杨译："On the left is the 'sky'."

"The sky is blue on high."

"In the centre's a 'five and six,'"

"Six bridges with the scent of plum admix."

"The last piece is 'six and one.'"

"From fleecy clouds rises a round red sun."

"Together they make a 'ghost distraught.'"

"By his leg the ghost-catcher he's caught."

霍译：'Here comes the first one.'

'On my left the bright blue sky.'

'The Lord looks down from heaven on high.'

The second domino was a five-six.

'Five and six together meet,'

'By Six Bay Bridge the flowers smell sweet.'

'Leaves six and ace upon the right.'

'The red sun in the sky so bright,'

'Altogether that makes: "A shock-headed devil with hair like tow",'

'The devil shouts, "Zhong Kui, let me go !"'①

《红楼梦》第四十回十分详细地介绍了牙牌令及其游戏过程。牙牌令行令时，三张令牌凑成一副。令官说一张，应令者答一张。鸳鸯是令官，因此行令时的一、三、五、七单句都由鸳鸯来说，其他参与之人逐次行令。这是第一回合，应令者皆为贾母。

这一回合的三张令牌由鸳鸯宣令。

第一张居左，是一张天牌，上下都是红绿相间的六点。鸳鸯直言牌名，贾母便接令称"头上有青天"。贾母是贾府的当家女主人，具有最高的权力，要统领全府事务，需做到公正持平，因而可以"青天"自居。亦是"举头三尺有神明"之意。

第二张居中，牙牌上点数上五下六。鸳鸯直言点数，贾母便接令称"六桥梅花香彻骨"。"六桥"是杭州西湖苏堤上六座桥，代指六点，"梅花"有五个花瓣，代指五点，与牌面点数相合。"香彻骨"既是梅花之香，又与骨牌之"骨"相呼应。

第三张居右，牙牌上点数上一下六。鸳鸯直言点数，贾母便接令称"一轮红日出云霄"。底下六点是云气氤氲，上面一点是一轮红日，与牌面点数恰好相同。

三张牌合为一副。这三张牌放在一起，牌面看起来就像一个头小而披头散发的"蓬头鬼"，鸳鸯便将其形状直接描摹点出。贾母接令称"这鬼抱住钟馗腿"。"钟馗伏鬼"是民间广为流传的典故，源起于宋代沈括的《梦溪笔谈》。后世多用钟馗来驱鬼避邪。昆曲《嫁妹》中有小鬼抱住钟馗腿玩闹的情节，这里实则也是以此情景制造一种诙谐幽默的效果。

贾母所接酒令，符合令官鸳鸯的要求。第一，用形象的比喻指明点数。第二，每一句接令都与令官出令尾韵相押。第三，所接令的四句话都属于诗词歌赋、成语俗话的范畴。

杨译主要为直译，基本根据字面意思和句式顺序翻译了原令，但其中仍然有一些与原文不符的地方。第四句中，"香彻骨"杨译为 the scent of plum admix，改变了香味的来源；将梅花译为某种类似的香料，同时淡化了香味的浓度，没有译出香到"彻骨"的感受，更没有体现出"骨"的双关性。第六句将"云霄"译为 fleecy clouds，意为"羊毛似的云朵"，虽形似，但缺少了"云霄"在中国

---

① 此为对答，对答二人名字的英译省略，只翻译牙牌令内容，下同。有特殊意义除外。

文化中的内涵意义。第七句"蓬头鬼"译为 ghost distraught，意为"心烦意乱的鬼"，虽注重了内涵意义，但无法使读者了解应令者实质上是根据骨牌点数外形而联想出"蓬头鬼"这个形象，是一种对牙牌点数的象形联想。第八句"钟馗"，杨译为 ghost-catcher，方便目标语读者理解整个句意，但是并非所有的捉鬼者都是钟馗，钟馗这个人物所体现的丰厚的文化意义，在杨译中缺失。

霍译偏意译。原酒令共八句话，霍译增加了两句，用 the first one、the second domino 等序数词或表示行令工具的词来提示接下来是牌面的具体内容，以厘清行令过程，方便目标语读者理解牙牌令的游戏方法和顺序。同时，霍译更为注重应令者诗词背后的文化意蕴。如"头上有青天"虽对应天牌，但"青天"在中国文化中也代表着某种超自然的神秘力量，公正主宰人们的命运。霍译将"青天"译为 lord，用西方的上帝对译中国的"青天"，揭示了本句的文化内涵，相较于杨译直译为 sky，要更契合原酒令想要表达的内容。又如"蓬头鬼"作了直译，能够直观地体现象形法在牙牌令中的作用。"钟馗"则用了音译，表示这是中国文化中的一个特殊人物。最后一句整句用了意译，译成魔鬼求钟馗释放自己的对话，虽然改变了原酒令的句子，但保留了人物关系，并且同样译出了一种诙谐有趣的氛围，保留了原句的风格。

另一个需要关注的点是，牙牌令应令者所使用的诗句语言，是能反映应令者的文学素养的，在翻译时应当尽可能在用词遣句上与原文本保持一致。贾母身为贾府的当家主母，其身份地位学识谈吐应当较为高雅，所用词语典故亦不应像一般民众那样粗俗。但杨译将"钟馗"译为 ghost-catcher，是英语中的俗语，也即是普通民众才会使用的语言，与贾母身份不符。读者虽能了解句意，但无法通过用词了解行令者的身份地位和文化水平，这正是跨文化翻译中容易出现的难点之一。

在声韵节奏上，杨译和霍译都尽量译出原文音韵节奏，并且保证了每两句押句尾韵的特点，实现了译文和原文的声韵和谐。

例 4.14

例句：（鸳鸯）："左边是个'大长五'。"

薛姨妈道："梅花朵朵风前舞。"

鸳鸯道："右边还是个'大五长'。"

薛姨妈道："十月梅花岭上香。"

鸳鸯道："当中'二五'是杂七。"

薛姨妈道："织女牛郎会七夕。"

鸳鸯道："凑成'二郎游五岳'。"

薛姨妈道："世人不及神仙乐。"（第四十回）

杨译："The one on the left is a 'double five.'"

"Plum blossom dances when soft winds arrive."

"A 'double five' again here on the right."

"In the tenth month plum blossom scents the height."

"In the middle 'two and five' make seven."

"The Weaving Maid and Cowherd meet in Heaven."

"The whole：O'er the Five Peaks the young god wends his way."

"Immortal joys are barred to mortal clay."

霍译：'On my left all the fives I find.'

'Plum-blossoms dancing in the wind,'

'On my right all the fives again,'

'Plum-blossoms in the tenth month's rain,'

'Between them, two and five make seven.'

'On Seventh Night the lovers meet in heaven.'

'Together that gives："The Second Prince plays in the Five Holy Hills".'

'The immortals dwell far off from mortal ills.'

这一回合的牙牌令令官为鸳鸯，应令者为薛姨妈。

第一张牙牌居左，上下都是五点，且都是绿点。鸳鸯说"大长五"。薛姨妈接令称"梅花朵朵风前舞"，梅花五个花瓣，"朵朵"即上下各一个。梅花随风飞舞，在诗词中常用来比喻雪，暗谐薛姨妈的"薛"家。

第二张牙牌居右，和第一张一样，也是上下都是五点。鸳鸯便说"大五长"，其实就是"大长五"。薛姨妈接令称"十月梅花岭上香"，两个五点合为十，"岭上"指庾岭，岭上多梅花。

第三张牙牌居中，上二下五，合为杂七。鸳鸯直言点数，薛姨妈接令称"织女牛郎会七夕"。"七夕"与七点相合。

三张牙牌凑成一副。这三张牌，中间上面是二点，下面和左右两边共有五个五点，因此鸳鸯说"二郎游五岳"。"二郎"是传说中的二郎神，即为《封神演

义》中的杨戬。"五岳"指中国的五座名山。神仙漫游五岳，因此薛姨妈接令称
"世人不及神仙乐"。

　　杨译主要为直译，基本上按照字面意思和句式顺序翻译原令。"大长五"和
"大五长"是一样的，都译为 double five，但在各句中位置不同，一前一后，符
合押韵要求。但是杨译也有译者自主发挥的处理。"织女牛郎会七夕"，杨译译
出了相会的地点是在 Heaven，说明是在天上而非人间的地方，这个与中国古代神
话相符合。但是没有译出"七夕"这个时间，也因此割断了和牙牌牌面点数七
的联系，会影响读者的理解。杨译将"二郎"译为 young god，表明这是一个年
轻的神仙，但是二郎神的独特文化含义未得到传递。

　　霍译主要为意译，对原令中的意思作了更深层次的文化解读和翻译。"大长
五"和"大五长"译为 all the fives，并在第二张牌面加上 again，表明两张牌牌
面一样。"牛郎织女"译为 lovers，取其内涵意义，但失去了中国典故文化色彩。
"二郎"按照字面译成 the Second Prince，误解了二郎神的身份，造成误译。"五
岳"译为 Five Holy Hills，采用意译，让目标语读者了解五座山的特殊所在，虽
不完全符合原文含义，但有利于读者接受。

　　在结构音韵上，两个译本都按照原令声韵节奏重新排列英文译文，并且做到
每两句句尾押韵，韵律和谐。

　　例 4.15

　　例句：鸳鸯道："左边'长幺'两点明。"

　　　　　湘云道："双悬日月照乾坤。"

　　　　　鸳鸯道："右边'长幺两点明。"

　　　　　湘云道："闲花落地听无声。"

　　　　　鸳鸯道："中间还得'幺四'来。"

　　　　　湘云道："日边红杏倚云栽。"

　　　　　鸳鸯道："凑成'樱桃九熟'。"

　　　　　湘云道："御园却被鸟衔出。"（第四十回）

　　杨译："On the left 'two aces' combine."

　　　　　"The sun and moon on earth and heaven shine."

　　　　　"On the right 'double aces' are found."

　　　　　"The idle flowers fall, noiseless, to the ground."

　　　　　"In the middle, a 'four and a one.'"

"Red apricot leans on clouds beside the sun."

"Together: The cherries ripen nine times in all."

"Birds in the Palace orchard make them fall."

霍译：'All the aces, one and one.'

'Two lamps for earth, the moon and sun,'

'On my right once more aces all.'

'And flowers to earth in silence fall,'

'Between them, ace again with four.'

'Apricot trees make the sun's red-petalled floor,'

'Together that makes nine ripe cherries.'

'Winged thieves have stripped the Emperor's trees of berries,'

这一回合牙牌令令官为鸳鸯，应令者为史湘云。

第一张牌居左，是地牌，上下各一点，两点皆为红色。鸳鸯说为"长幺"，应令者史湘云接令称"双悬日月照乾坤"。此句出自李白《上皇西巡南京歌》，原句为："少帝长安开紫极，双悬日月照乾坤。"日月上下各一，乾坤为天地，也是一上一下，与牌面正相符合。描述安史之乱后逃往成都的唐玄宗，辉煌之下隐藏着无尽的国力渐衰的悲凉。

第二张牌居右，也是上下各为一点的地牌。鸳鸯重复牌名，史湘云接令称"闲花落地听无声"。此句出自唐代刘长卿《别严士元》，原句为："细雨湿衣看不见，闲花落地听无声。"两个红点像是飘零的落红，"落地"二字正合地牌牌面。

第三张牌居中，上一下四，都是红色，鸳鸯直言"幺四"，史湘云接令称"日边红杏倚云栽"。"日"为一个红点，"红杏"为下面四点，共同构成"倚云栽"的妙景。

三张牌构成一副，共九点。鸳鸯以"樱桃九熟"来比。湘云接令称"御园却被鸟衔出"，借用王维《敕赐百官樱桃》一诗中的"总是寝园春荐后，非关御苑鸟衔残"句。成熟的樱桃被鸟衔走，繁华终究落空。和前两例对比，明显看出史湘云用句皆有出处，才情横溢，又明媚爽朗，可惜其身世命运就似这被鸟衔走的樱桃一般，最后一无所有。

杨译偏直译，基本按照字面意思翻译原令。将"长幺"译为 two aces，展现出上下各一点，又突出其为牌面。"乾坤"根据此句的实际指代意义翻译为 earth and heaven，即天地。但这种方式虽译出字面含义，但对"乾坤"所体现的文化内涵则无法译出。其他部分句子改变语序，但主要词语均能较贴切地译出。

霍译偏意译。第一句"长幺"译为 all the aces，又用 one and one 突出牌面点数。第二句"日月"译出后，又用 two lamps，将其比作地球上两盏明灯。但"乾坤"则只用 earth，不再直接译出"天地"的含义，而是把日月乾坤作了融合。第三句加入 once more，令读者了解此牌面与第一张相同。第六句未直接按顺序翻译"红杏"，而是将杏树与日光相融合，以红毯作比。这种译法符合目标语的表达逻辑，能够让读者更好地体会原句想表达的意境。第七句更是将鸟比作winged thieves，增加了酒令的趣味性。但是原文通过诗句引用所表达的对湘云身世遭遇的感慨，在译文中则完全缺失，甚至被作了相反的解读。

在音韵形式上，两个译本都尽量按照原文结构翻译，并且每两句句尾押韵，声韵相谐，节奏井然。

例 4.16

例句：鸳鸯道："左边是'长三'。"

宝钗道："双双燕子语梁间。"

鸳鸯道："右边是'三长'。"

宝钗道："水荇牵风翠带长。"

鸳鸯道："当中'三六'九点在。"

宝钗道："三山半落青天外。"

鸳鸯道："凑成'铁锁练孤舟'。"

宝钗道："处处风波处处愁。"（第四十回）

杨译："On the left is a 'double three.'"

"Pairs of swallows chirp merrily."

"Another 'double three' upon the right."

"The wind-trailed weeds seem belts of malachite."

"In the middle, 'three and six' make nine."

"Three hills across the azure sky incline."

"Together：A lonely boat moored by a chain."

"The wind and waves bring sorrow in their train."

霍译：'A pair on the left then, three and three,'

'Swallows in pairs round the old roof-tree,'

'A pair of threes upon the right,'

'Green duckweed-trails on the water bright.'

'A three and six between them lie.'

'Three peaks upon the rim of sky,'

'Together that gives "The lone boat tied with an iron chain",'

'The waves on every hand and the heart's pain,'

这一回合令官为鸳鸯，应令者为薛宝钗。

第一张居左，上下都是三点。鸳鸯称为"长三"，也可以倒过来说"三长"。宝钗接令称"双双燕子语梁间"，两个三点成斜线，外形像双燕并栖。

第二张居右，也是"三长"，上下三点。宝钗接令称"水荇牵风翠带长"，出自杜甫《曲江对雨》诗，原句为："林花著雨燕脂湿，水荇牵风翠带长。"荇菜根在水底，叶随水动，似翠带飘动。

第三张居中，上三点下六点。鸳鸯直言点数共九点，宝钗接令称"三山半落青天外"。"三山"是上三点，"半落青天"是天牌的一半，也即六点。此句出自李白《登金陵凤凰台》，原句为："三山半落青天外，二水中分白鹭洲。"诗歌后一句"总为浮云能蔽日，长安不见使人愁"，表达出一种怅惘的愁绪，也暗合应令者的身世命运。

三张合成一副，三张牌上有五个三点，像是一条条的铁锁链，中间下面为六点，似一条孤舟，因此鸳鸯根据象形说令"铁锁练孤舟"。宝钗接令称"处处风波处处愁"，出自明代唐寅《题画》诗二十四首之三，原句为"莫嫌此地风波恶，处处风波处处愁"。正因为有"风波"，才呼应上句需要铁链锁孤舟。

宝钗出身世家，博学多识，端庄秀雅，所赋酒令皆有出处，诗词纵贯唐宋明三朝，足见其学识。而"双燕""水荇"等事物，在中国传统文化中往往与爱情相关，宝钗用此行令，可见其端庄之下有一颗向往真挚情感之心。可惜宝钗所爱之人，却另有所属，才有其"处处风波处处愁"。这一副牙牌令，生动表现了薛宝钗的才情性格，也暗示了她随后的人生际遇。

杨译偏向直译。"长三"和"三长"为同一牌面，都译为double three。第四句以"翠带"比"水荇"，但英语中没有相应事物，故以belts of malachite，即孔雀石带来替代翻译，在颜色上实现了相合，也便于读者理解。

霍译偏于意译。将"长三"的牌面具象化，用a pair和three and three突出一对斜三，能够使读者更好地了解牙牌点数分布情况。第二句改变原文"语梁间"，而是用 round 表示双燕绕梁而飞，更符合英语表达习惯。第四句加入bright，突出"翠"的亮色度。第六句将"青天外"译为青天的边缘，改变了原文的意思，契合英语的思维逻辑。这种改译是典型的归化译法，向目标语靠拢，便于读者理解，但原语的文化缺失也是显而易见的。

从音韵形式上看，两个译本也都基本符合原文节奏结构，也做到了每两句句尾押韵，符合牙牌令的诗词要求。

例 4.17

例句：鸳鸯又道："左边一个'天'。"

黛玉道："良辰美景奈何天。"

鸳鸯道："中间'锦屏'颜色俏。"

黛玉道："纱窗也没有红娘报。"

鸳鸯道："剩了'二六'八点齐。"

黛玉道："双瞻玉座引朝仪。"

鸳鸯道："凑成'篮子'好采花。"

黛玉道："仙杖香挑芍药花。"（第四十回）

杨译："The sign of 'heaven' on the left."

"A fair season, a season bereft."

"In the middle a 'screen' finely wrought."

"No maid a message to the gauze window has brought."

"That leaves only eight, by 'two and six' shown."

"Together they pay homage at the jade throne."

"Combined: A basket in which to gather posies."

"On her fairy wand she carries peonies."

霍译：'Sky on the left, the good fresh air,' said Faithful, putting down a double six.

'Bright air and brilliant morn feed my despair,'

'A four and a six, the Painted Screen,'

'No Reddie at the window seen,' said Dai-yu, desperately dredging up a line this time from The Western Chamber to meet the emergency.

'A two and a six, four twos make eight.'
'In twos walk backwards from the Hall of State,' said Dai-yu,
on safer ground with a line from Du Fu.
'Together makes: "A basket for the flowers you pick",'
'A basket of peonies slung from his stick,'

这一回合令官为鸳鸯，应令者为林黛玉。

第一张牌居左，是天牌，上下六点，合为十二点。鸳鸯直言其名，黛玉接令称"良辰美景奈何天"。此句出自明代大戏曲家汤显祖的《牡丹亭》，原句为："良辰美景奈何天，赏心乐事谁家院！"《牡丹亭》描写青年男女自由恋爱，被儒家道学视为"淫书"。《红楼梦》原书中，黛玉引用此句，引得薛宝钗"回头看看她"。由此已经可以看出二人性格的相异之处。

第二张牌居中，上四下六，上为红点下为绿点，像美丽的屏风，鸳鸯直言其名为"锦屏"。黛玉接令称"纱窗也没有红娘报"，"纱窗"即指绿色六点，"红娘"即指红色四点，用象形法联想而得。此句出自金圣叹批本《西厢记》第一本第四折《闹斋》中张生唱词："侯门不许老僧敲，纱窗外定有红娘报。"张生有红娘报信，故成就良缘，但黛玉并无红娘牵线，注定爱情不得善果。因此原句为"定有"，黛玉的令词却改为"没有"。

第三张牌居右，上二下六，都是绿色。鸳鸯直言其八点整齐排列，谓之"八点齐"。黛玉接令称"双瞻玉座引朝仪"，两个四点分列两边，上面两点引路，就像是左右引官员分两行觐见皇帝，以象形法联想得之。此句出自杜甫《紫宸殿退朝口号》，原句为"户外昭容紫袖垂，双瞻御座引朝仪"。杜甫为谏官，得见天颜，但却未遂志。正如黛玉和宝玉青梅竹马，却未能终成眷属。

三张牌合成一副，凑成"篮子"。整个牌面组合起来像篮子里装着四朵花，所以鸳鸯称"凑成'篮子'好采花"。黛玉接令称"仙杖香挑芍药花"，"仙杖"是神仙所持手杖，"芍药花"又叫"将离草"，寓意男女惜别之情，是象征爱情之花。以仙杖挑芍药花，为将来黛玉葬花埋下伏笔。

在内容意义上，杨译和霍译基本都按照句式顺序和字面意思翻译，但各自在文化负载词和具有文化意义的句子上进行了特别处理。

第一句"天"，杨译为 heaven，有"天堂"之意，霍译直译为 sky。但霍译为进一步说明，作了场景的补充翻译，用 putting down a double six，说明了牙牌的点数。第二句两个译本都作了意译，着重突出事物虽好，但却会失去或令人失望的内涵意义。

第四句两个译本都没有直译出"红娘"的名字,杨译作 maid,突出其身份,符合原语的内涵意义。霍译作 Reddie,用英语女性名字替代"红娘",符合目标语读者的习惯。但是这个名字与原文没有任何关系,无法与前后文构建逻辑关系,为了弥补这种文化的缺失,霍译又进行了补偿,增译出 The Western Chamber,即《西厢记》这一出处。但霍译仅将"纱窗"译为 window,令"纱"这个重要元素缺失。

第六句杨译和霍译也按照原文字面意思作了近似的直译。但霍译为了进一步说明文化内涵,也在后面补充了 on safer ground with a line from Du Fu,表明这句话出自杜甫的诗歌。这是文化不可译情况下进行的翻译补偿。

在音韵结构上,杨译和霍译都基本符合原文的节奏形式,也做到每两句押句尾韵。但霍译因为补偿翻译,整个译文不如原文本简洁直接,在结构形式上也有所参差,这正是翻译内容和形式难以得兼的表现。

例 4.18

例句:鸳鸯笑道:"左边'四四'是个人。"

刘姥姥听了,想了半日,说道:"是个庄家人罢。"

鸳鸯道:"中间'三四'绿配红。"

刘姥姥道:"大火烧了毛毛虫。"

鸳鸯道:"右边'幺四'真好看。"

刘姥姥道:"一个萝卜一头蒜。"

鸳鸯笑道:"凑成便是一枝花。"

刘姥姥两只手比着,说道:"花儿落了结个大倭瓜。"(第四十回)

杨译:Smiling, Yuanyang announced, "On the left, ' four and four ' make a man."

Granny Liu thought this over, then suggested, "A farmer?"

Yuanyang continued, " ' Three and four, ' green and red, in the centre."

"A big fire burns the hairy caterpillar."

Yuanyang said, "On the right a really fine ' double ace. ' "

"A turnip and head of garlic in one place."

Yuanyang went on, "They make up 'flowers' in all."

Gesturing with both hands Granny Liu responded, "And a huge pumpkin form when the flower fall."

霍译：Faithful began to lay. 'A pair of fours on the left, the Man.'

Grannie Liu was a good long while puzzling over this. Finally she said. 'Is it a farmer?'

'Green three, red four, contrasting colours,' called Faithful.

'The fire burns up the caterpillars,' said Grannie Liu.

'Red four on the right and the ace is red,' said Faithful.

'A turnip and a garlic-head.'

' "That Flower" those three together show,' said Faithful.

'This flower will to a pumpkin grow,' said the flower-bedecked ancient, gesturing with her hands to demonstrate the size of the imagined pumpkin.

这一回合令官是鸳鸯，应令者是刘姥姥。

第一张牌居左，上下都是四点，都是红色，是人牌。鸳鸯直言"是个人"，刘姥姥接令称"是个庄家人罢"。刘姥姥是乡村农妇，所接令词更偏于口语化，内容也与其乡下人身份相符合。

第二张牌居中，上三下四，上三点斜放为绿色，下四点为红色。鸳鸯制令"'三四'绿配红"，刘姥姥接令称"大火烧了毛毛虫"。刘姥姥用象形法联想，绿色三点像一条毛毛虫，下面红色四点像大火，整张牌面像毛毛虫在火上烤。

第三张牌居右，上一下四，都是红色。鸳鸯直言其点数，刘姥姥接令称"一个萝卜一头蒜"，上面一点比作萝卜，下面四点比作蒜瓣，也是象形法联想而得。

三张牌合为一副"一枝花"。中间上面三点绿像花枝，右边上面一点红像花朵。刘姥姥接令称"花儿落了结个大倭瓜"。花谢结果，获得丰收，是庄家人最普通的愿望。倭瓜是南瓜，是寻常百姓家常食物。此牙牌令为刘姥姥所制，其内容简单质朴，用语粗俗，与其身份地位非常符合。但其令虽俗，却很是巧妙精彩。刘姥姥尽管没什么文学才情，但善于察言观色，通晓人情世故。从"庄家人"说起，表现得憨傻率直，"火烧毛毛虫"说得可笑有趣，"花落结倭瓜"既新鲜别致，又和"庄家人"呼应。

杨译偏向直译，基本按照字面意思进行翻译。第二句处理为疑问句，是对

"罢"字的再理解。"罢"是句尾语气词，表示一种不太确定的语气，在这里突出刘姥姥并不擅长酒令，因此有所迟疑。杨译译成问句，能够较好地再现原文的情景和人物特点。第三句"三四""红绿"放在前面译，"中间"放后译，使句式更加工整和对称，也契合了韵脚。第六句加译 in one place，对只有名词构成的原文进行了加工处理，以符合英文的表述逻辑。第八句加译了时间连词 when，使得事物发展顺序更加清晰，符合英语习惯。

霍译偏向意译，更注重整个酒令的深层次文化内涵的再现。第二句强调了刘姥姥冥思苦想的程度，突出其文化程度不高。和杨译一样，霍译也将"罢"处理成疑问句，并且加译了主语，以增加酒令的趣味性。第三句添加了 contrasting colours，强调红配绿不是一般的颜色搭配，而是两种强烈对比的色彩，将中国色彩的传统文化内涵译出。最后一句将对话放在句首，和前一句紧密衔接，方便读者的理解。

在形式音韵上，原文中刘姥姥接令的第一句和鸳鸯的制令句句尾字没有押韵，这一点在杨译和霍译中都体现出来，因此两个译本的前两句都没有押韵，但是后面仍然服从原文形式，每两句句尾押韵。

小结

博戏类酒令的出现，增加了小说的趣味性，使故事中的饮宴场景变得栩栩如生、热闹非凡。此类酒令的通俗性，给小说中的人物添上了一份生气，不论是公子小姐还是丫鬟平民，都有资格参与游戏。透过这些博戏类酒令，可以了解到作酒令之人的人物身份地位、性格特征，甚至窥探到人物的命运结局。

杨宪益夫妇和霍克斯的译本，都尽可能地再现博戏类酒令的内涵。如射覆令的英译，为突显规则性，霍译采取增译序数词的方式强调了每一句对应的规则类型。但是，这种表面上的对应，仍然无法将深层次的文化内涵译出，无法让目标语读者了解每一句古文、旧诗、骨牌名、曲牌名和历书的出处和源头。又如，牙牌令有着严格的牌面规则，一令一答。制令与牌面点数、形态、声音都有相关之处，不同应令者的联想制令方式、用词等也因人而异。英译牙牌令，要将每一类关联之法、选句出处、用词雅俗都兼顾到，是非常困难的。杨译往往能照顾字面意义，而霍译则更倾向于译出牙牌令背后的文化内涵，但要两者得兼难以做到。唯一值得称赞的是，在形式音韵和谐上，两个译本都做到了高度还原，确保了节奏相合、韵脚相押，能够让目标语读者了解原酒令的韵律之美。

第四节　占花类酒令的英译

占花类酒令是使用特制筹具来展开的酒令游戏。筹具上既有花名，也有相关诗词，两相呼应而成令词。花卉多种多样，每一种花都有特殊的文化意义，且在中英文化中往往有着不同的解读。花名配合诗词，在《红楼梦》中与不同的人物和故事情节相联系，将这些人物的命运透过花签筹具行酒令表达出来。

因此，在处理占花类酒令的翻译时，应该考虑以下几点。

第一，占花令作为筹令的一种，要依靠工具来开展。作为一项集体活动，在行令过程中，会涉及人物顺序和行令次序，使得酒令的内容更为复杂，具有更强的逻辑性。在翻译其内容时，如何把繁复的意义表达用清晰明白的译文再现，是判断翻译是否成功的重要标志。

第二，占花令以花喻人，花的文化内涵在表达意义和预示情节上起着举足轻重的作用。花卉在中国传统文化中所包含的意蕴具有鲜明的中国色彩，和英语世界有着巨大的差别。同一种花，在中国文化中是赞誉，而在英语世界中可能是嘲讽。有鉴于此，在翻译中，当遇到花的文化意义中英存在差别时，需要做一些专门的处理，以免扭曲原文的意义。

第三，中文是注重意合的语言，而英文更重视形合。中文的占花令，更看重意义上的逻辑性，而较为忽视语言表达上的选词和顺序。翻译成英语时则不能按照中文的顺序直译，而需要用一定的逻辑关系词语以及遣词造句的逻辑次序，将原文本的行令过程表现出来。如若翻译中没有注意这一点，则可能导致译文的错译、漏译等，进而影响到目标语读者对原文本的理解。

第四，占花令作为较为高雅的酒令之一，具有独特的形式和语言，可引入诗词，且长短不一，音韵自谐。在翻译此类酒令时，需要注重译文的结构和表现形式，尽可能再现原文本的美感和节奏。

以下选择《红楼梦》第六十三回的花签令，试探究杨宪益夫妇和霍克斯在翻译占花类酒令时采用的方法及各自的翻译风格。

在这一回中记载，占花令的筹具由象牙制成，放在一个竹雕的签筒里。通过摇骰得到点数，确定抽签的顺序。根据点数选定的行令者，从签筒里抽出一支占花令筹具，即花签。花签的内容主要由四个部分组成：花朵图画、花签题名、诗句、注解。比如薛宝钗先抽，抽出的花签上有：一朵牡丹图，题名"艳冠群芳"，小字镌刻诗句"任是无情也动人"，注解为"在席共贺一杯，此为群芳之冠，随意命人，不拘诗词雅谑，道一则以侑酒"。为集中分析花签令的英译，原文摘录时省略过渡词和句，只录入每个人所抽签的上述四项内容。

例 4.19

例句：（史湘云抽花签）一面画着一枝海棠，题着"香梦沉酣"四字，那面诗道是：只恐夜深花睡去……注云："既云'香梦沉酣'，掣此签者不便饮酒，只令上下二家各饮一杯。"（第六十三回）

杨译：a picture of crab-apple-blossom with the motto "Deep in a fragrant dream" and the line "So late at night the flower may fall asleep."... the instructions "As she is deep in a fragrant sleep and cannot drink, the two next to her must each drink a cup instead."

霍译：It was a picture of crab-apple blossom with the caption 'Sweet Drunken Dreamer'. The quotation following was a line from Su Dong-po：

Fear that the flowers at dead of night should sleep.

... the instructions：

In view of the sweet drunken dreaming you are not to drink anything yourself,

but the players sitting to right and left of you are each to drink a cupful.

这一花签是史湘云拈得，花签是海棠花。

海棠花是蔷薇科的灌木或小乔木，拉丁名是 *Malus spectabilis*，蔷薇科苹果属，是中国的特有植物。在中国文化中，海棠是艳美高雅的名花，素有"花中神仙""花贵妃"之称。人们也将海棠花称为"断肠花""思乡草"，寓意男女相恋相离的离愁别绪。史湘云容貌美艳，性格豪爽活泼，颇有诗才，她抽到的海棠花签，正是其代表花语。她虽然嫁得如意郎君，但夫君英年早逝，湘云只能孤寡度

日，这也与海棠花"断肠"别离之意相合。书中描写宴饮间，湘云"醉眠芍药
裀"，写她醉酒后在山石上睡着，与花签题"香梦沉酣"相呼应。花签上的诗句
"只恐夜深花睡去"出自苏轼的《海棠》，既符合签名海棠，又和"梦酣"搭配，
可谓制令非常巧妙。最后注解结合行令者因醉酒而在香梦中沉睡无法饮酒的情
况，遂要求上下二家饮酒。整个花签令四个部分构思精巧，互相照应，并且与制
令者史湘云的身份性格、身世命运密切相连，具有极为丰富的文化内涵。

海棠花在杨译中为 crab-apple-blossom，霍译中为 crab-apple blossom，是比较
通俗常见的名称，易于读者理解。花题杨译为直译，描述沉醉于香梦中的状态，
霍译为意译，译为沉睡在香梦中的醉者，直接指明行令者湘云。对诗句，杨译转
换了语序，使用强调句型，强调对"夜深"的担忧，便于读者抓住重点，译文
符合目标语读者的语言思维模式。霍译则偏于直译，用 fear 直接表明情感，同时
还加译 from Su Dong-po，指明诗句出处。注解的英译基本为直译，杨译加译主语
she，霍译加译主语 you，前者贴合原文行令者身份，后者符合原文行令的氛围和
语境，都有可取之处。

两个译本对花签令上内容的翻译都比较贴切，能够较为准确地传递酒令的意
思。但是，画、题、诗、注这四个部分的联系，以及此花名的文化意蕴则难以
译出。

例 4.20

例句：（麝月抽花签）这面上一枝荼蘼花，题着"韶华胜极"四
字，那边写着一句旧诗，道是：开到荼蘼花事了。注云：
"在席各饮三杯送春。"（第六十三回）

杨译：a rose with the motto "Flower of final splendor" and the line
"When the rose blooms, spring flowers fade."
Below was written, "All at the feast should drink three cups each
to farewell the spring."

霍译：a rose under the caption 'Summer's Crowning Glory'. The black
letter verse was another line from Wang Qi:
After sweet Rose there is no more blooming.
And the instructions:
All present drink three cups to commemorate the passing of the
flowers.

这一花签是麝月拈得，花签是荼蘼花。

荼蘼花产于中国，属蔷薇科，奢华艳丽。拉丁文名为 *Rosa rubus*。荼蘼一般在春季快结束时才开放，人们将它视为一年花季的终结，寓意美好的事物即将失去。题名"韶华胜极"，指群芳盛开到了极致，是胜景，但也预示着春之将尽。掣令者麝月，是贾府近侍宝玉的大丫鬟，主管怡红院的大小事务。贾府落败后，同为大丫鬟的袭人出嫁，只有麝月在宝玉身边陪伴到了最后，这正是印证"开到荼蘼花事了"的谶语。注解称"各饮三杯送春"，既是席间饮酒之法，也暗示贾府的繁华、贾府众人的鼎盛青春都将不可避免地走向衰败。

因为在西方少见荼蘼花，而与荼蘼同属蔷薇科的玫瑰则是常见植物，所以两个译本都将荼蘼翻译成了 rose，以便于目标语读者理解。题名"韶华胜极"，杨译为 Flower of final splendor，直指花卉本身，并加译 final，表现出盛极而衰的潜在文化含义。霍译为 Summer's Crowning Glory，通过转译之法从季节的角度来描写鼎盛之极。但是荼蘼花是春末之花，也是春之鼎盛，霍译为夏季，改变了原酒令的含义，有误译之嫌。诗句"开到荼蘼花事了"出自宋代王淇的诗《春暮游小园》。两个译本都偏于直译，将诗句的字面意思直接译出。霍译加译出处"from Wang Qi"，进一步明确诗句渊源，增加酒令的文学性。对注解"送春"，杨译为送别春天，霍译为送别鲜花，两者都有可取之处，但都不完整。

例 4.21

例句：（香菱抽花签）一根并蒂花，题着"联春绕瑞"，那面写着一句诗，道是：连理枝头花正开。注云："共贺掣者三杯，大家陪饮一杯。"（第六十三回）

杨译：a picture of two flowers on one stem with the motto "Double beauty linked with good fortune" and the line "Double flowers bloom on a single stem." The instructions were： "All must congratulate the one who draws this lot and make her drink three cups，drinking one each themselves."

霍译：The flower she drew was a purple skullcap with the caption 'Three Springs' Harbinger'. The line of verse was by Zhu Shu-zhen：

Even as the twy-stemmed blossoms break in bloom.

And the comment：

This flower is a luck-bringer. Congratulations! Those present are to offer you three cups of wine and are each to drink a cup of wine to your health.

这一花签令是香菱拈得，花签是并蒂花。

并蒂花是指一枝树枝上并排开着两朵花的草木。并蒂花开，寓意夫妻感情和睦，是祥瑞之兆，因此题名"联春绕瑞"，与花相合。花签诗句出自宋代朱淑贞的《落花》，原诗为："连理枝头花正开，妒花风雨便相催。愿教青帝常为主，莫遣纷纷点翠苔。"此令取第一句。连理枝是枝干连生在一起的草木，也比喻恩爱夫妻，感情深厚。制令者香菱是薛蟠的妾室，颇得薛蟠宠爱，也可算是夫妻恩爱。但是令词隐藏的下一句"妒花风雨便相催"，预示了香菱的未来命运，她将遭到薛蟠正妻夏金桂的嫉妒而命途多舛。这也和连理枝并蒂花终将凋零的结局相呼应。注解"共贺擎者"，是庆贺连理枝花开的当时胜景。

并蒂花没有专门的花名，杨译用描述的方式译为 two flowers on one stem，霍译为 purple skullcap，skullcap 是并头草属的植物，紫色则是霍克斯的加译。相较而言，霍译用了英语原有的植物词，让英语读者更能了解这个词的字面意义。题名"联春绕瑞"，杨译直译其意，霍译则为意译，化用英语谚语 Harbinger of spring，表示春天所带来的好的预兆。霍译的归化译法，更适应目标语读者的语言需要，生动地再现了原酒令的意义。

对于诗句，两个版本都偏于直译。杨译特别译出花的数量，增译 double，指出连理枝上"两朵花"。这种译法也暗合了小说的故事情节，暗示制令者香菱和夏金桂同侍一夫。霍译增译 by Zhu Shu-zhen，指出诗词出处。在结构形式上，杨译使用换序法将"花正开"提前，起到强调作用。

注解共两句，杨译遵从原有句序和内容，直译其意思。霍译则用意译，将原句拆解，先明言花能够带来好运，祝贺词单成一句，再安排饮酒之法。霍译虽不合原文结构，但是更符合逻辑顺序，便于目标语读者理解和接受。

例 4.22

例句：（林黛玉抽花签）上面画着一枝芙蓉，题着"风露清愁"四字，那面一句旧诗，道是：莫怨东风当自嗟。注云："自饮一杯，牡丹陪饮一杯。"（第六十三回）

杨译：a hibiscus flower with the motto "Quiet and sad in wind and dew" and the line "Blame not the east wind but yourself." The instruction was："Both hibiscus and peony must drink a cup."

霍译：It was a hibiscus flower. 'Mourner of the Autumn Mere' the caption said, and the line of verse was by Ou-yang Xiu：

Your own self, not the East Wind, is your undoing.

The instructions said：

You are to drink a cup of wine yourself, and Peony is to take a cup with you.

这一花签令是林黛玉拈得，花签是芙蓉花。

芙蓉花即木芙蓉，该花或白或粉或赤，皎若芙蓉出水。始开于晚秋，霜侵露凌却丰姿艳丽，性情高洁，又名"拒霜花"。木芙蓉自古就因其清姿雅质、超凡脱俗为世人所欣赏，也和林黛玉的性情相符。题名"风露清愁"，风霜清露，闲愁几许，正是制令者林黛玉的写照。诗句"莫怨东风当自嗟"出自宋代欧阳修的《明妃曲·再和王介甫》。原诗写昭君远嫁，漂泊无依，而此句前言为"红颜胜人多薄命"，直接点明昭君的不幸。此酒令以写昭君之诗，暗合黛玉的命运。林黛玉花容月貌，才情过人，但却身世飘零如浮萍，与贾宝玉相爱却难成眷属，最后泪尽而逝，正是应了这句酒令谶语。而其性情虽高洁，但孤芳自赏，难以放开怀抱，这也与令词"莫怨东风当自嗟"相合，表达了对其命运的同情，也深深惋惜于她的柔弱。注解在"自饮"之外，令"牡丹"陪饮。"牡丹"指薛宝钗，其题为"艳冠群芳"。芙蓉花令可使得百花之冠牡丹陪饮，足见小说对林黛玉的赞誉之盛。

芙蓉花两个译本均直译其名。题名"风露清愁"，杨译为直译，将四字拆解，又再糅合，表现出在风露之中的安静与哀愁。霍译为意译，用心事之秋、秋之哀悼作比，较好地展现了中国传统文化对于秋天的解读。对诗词一句，杨译使用了强调句型，加译 but 一词，突出林黛玉人生悲剧的源头在于自己。霍译稍做转换，改变原句语序，将宾语前置，加译 own self，强调"自己而非东风"。同时将原文的动词"莫怨"改译为 undoing，即"毁灭"，将诗句与林黛玉的命运联系起来，读者透过令词能进一步了解林黛玉的结局。

例 4.23

例句：（袭人抽花签）却是一枝桃花，题着"武陵别景"四字，那
一面旧诗写着道是：桃红又是一年春。注云："杏花陪一盏，
坐中同庚者陪一盏，同辰者陪一盏，同姓者陪一盏。"（第
六十三回）

杨译：a picture of peach-blossom with the motto "Exotic scene at
Wuling" and the line "Another spring returns and the peach
blooms red." The instructions were, "The apricot-blossom, as
well as those born in the same year, on the same day and those
with the same surname must drink one cup."

霍译：The picture on it was of a spray of peach-blossom with the caption
'Fisherman's Lost Paradise' and the verse, from Xie Fang-de：

Peach-trees in pink and another spring is here.

The instructions said：

Almond is to drink a cup of wine with you, so is anyone who is
the same age as you, anyone whose birthday is on the same day,
and anyone who has the same surname.

这一花签是袭人抽得，花签是桃花。

桃花是春天的象征，花开繁盛，《诗经》有云："桃之夭夭，灼灼其华。"题
名"武陵别景"，出自陶渊明的《桃花源记》，和花名相合。诗句"桃红又是一
年春"，出自宋末元初谢枋得的《庆全庵桃花》，原诗为："寻得桃源好避秦，桃
红又是一年春。"前一句与题名桃花源相符，寻得此地便可避祸。三个部分以桃
花为线索，前后相连，共同指向制令者袭人的命运。袭人为贾宝玉大丫鬟，先默
许给贾宝玉，但贾府衰败后，袭人仍被发卖，但庆幸所嫁之人是蒋玉函，待她不
薄，可谓"桃红又是一年春"。后来袭人、蒋玉函夫妻二人还共同帮助宝玉夫
妇，使得贾府虽败，桃花不谢。注解列述饮酒规则，杏花指抽到此花签的贾探
春，同庚者是年龄相同的人，同辰者是生辰相同的人，同姓者是姓氏相同的人。

桃花两个译本均直译其名。题名杨译为直译，霍译为意译。杨译再现了原酒
令题名字面上的地点和内容，霍译则直接将《桃花源记》的内容概要翻译，突
出了原令的文化内涵。诗句"桃花又是一年春"，杨译改变了其语序，先列出原
句的后半句，再译出前半句。这种方式虽不符合原句的字面表达顺序，但却符合

事实发生的逻辑顺序，契合英语的语言和思维逻辑，便于目标语读者理解。霍译则遵从了原文的表达顺序。对于句中关键词"又"，杨译用 return 一词，表现出四季更迭、秋去春来的自然顺序，也暗示制令者袭人再次逢春的命运。霍译则直接用了 is，减弱了"又"的含义。注解所列四类人，杨译按顺序直译，霍译将动作前置，把主语并列置于后面，两者都能较好地表现酒令规则。

小结

通过分析《红楼梦》第六十三回占卜类酒令——花签令的原文及杨宪益夫妇和霍克斯的译本，可以感受到曹雪芹在酒令文化中下的功夫。花签令的行令方式，既添加了小说的趣味性，又赋予故事中的人物以花名，使人物形象更加饱满。读者在感受花签令文字的魅力时，也会察觉到作者赋予其中的对人物命运和故事情节的暗示意味。

杨宪益夫妇和霍克斯的翻译在准确体现原文意思的层面上，都尽可能地在传达原文的意思。而在形式结构上，杨、霍两个译本皆做了一些处理，比如将句子倒置、译为强调句等，以求更好地表现原文的结构样式。两个译本虽然对句子结构形式的处理方式不一样，但是都起到了增添句子准确性和完整性的作用。

花签令的花签由四部分组成，花名、题名、诗句和注解，四部分内容虽字面上不一定相关，但内里却有着千丝万缕的联系。杨译和霍译都在尽力表现这种联系。如霍译在每一令诗句前都加上原诗作者名，杨译则通过加译译出原令潜在的含义等。但是，无论是哪一种翻译方法，都只能在一定限度内表达关联性，对目标语读者来说，要真正透过译本理解原酒令的潜在联系和内蕴，仍然比较困难。

第五节　诗词经曲令的英译

诗词经曲令是文字令中最具代表性的一种，其涵盖面非常广，比如诗词、对联、绕口令、拆字等。此类酒令种类多样，主要有作诗令、说诗句、回环令、文字游戏令、故事令、混合令等几种。《红楼梦》中对诗词经曲令的描写很多，比如第二十八回的女儿令，描写蒋玉菡、薛蟠、贾宝玉和冯紫英四人行酒令的场面。诗词经曲令的文学欣赏价值很高，行令时需要有高超的逻辑思维、丰富的文学知识、高雅的文学才情，此类酒令是文学艺术与酒令游戏的完美结合。

因此，对于诗词经曲令的翻译，主要考虑以下三个方面。

第一，诗词经曲令，是最为直接的雅令，也是诗词歌赋的展现，着重表达行令者的文学素养。翻译时不能只做简单的字面意义表达，更要突出此类酒令的文雅、细腻，选词需要更为典雅，选句需要更为精准。诗词经曲，本身难度就很大，且还会涉及很多的文字知识、文化现象和典故寓言，即使是母语者阅读也有一定的难度，要翻译成英语就更为困难。因此，在翻译此类酒令时，需要有较高文学修养的译者，仔细甄别选择用字、词，并探究用何种译法能尽量完整地全方位地表达原文本诗词经曲的内涵意义以及文化背景。

第二，诗词经曲令的格式结构尤为严谨，辞藻华丽，意味深远。原文本中有大量的汉字拆解、修辞艺术手法等，酒令形式暗藏玄机，不可轻易更改。在翻译此类酒令时，对形式结构的翻译和对内容的翻译可以说同等重要，如果无法再现原文本的诗词经曲形式，就等于失去了原文本一半的韵味和意义。

第三，诗词经曲令对押韵、平仄、对称等都有特殊要求，讲究声韵相谐，首尾相应。在翻译时，需要在再现原文本内容和形式的基础上，兼顾其音韵特点，在译文中重现诗词经曲令的雅致深邃，突出行令者的地位和才情。

一、女儿令的英译

"女儿令"属于"说诗句"中的一种。说诗句，与作诗令不同，所说之诗句是古人现成的诗句，不是制令者即席所作。根据《红楼梦》红豆曲的酒令规则，行令者需说"悲、愁、喜、乐"四字，且要说出"女儿"二字。说完了，饮门杯，酒面唱一个新鲜曲子，酒底要"席上生风"一样东西，可以是古诗旧对、四书五经或成语。

以下将选择《红楼梦》第二十八回的女儿令，试探究杨宪益夫妇和霍克斯在翻译诗词经曲令时采用的方法及各自的翻译风格。

例 4.24

例句：两个冤家，都难丢下，想着你来又记挂着他。两个人形容俊俏，都难描画。想昨宵幽期私订在荼蘼架，一个偷情，一个寻拿，拿住了三曹对案，我也无回话。（第二十八回）

杨译：Two lovers have I,

From both I'm loath to part,

For while I think of one

The other's in my heart.

Both have so many charms

They're hard to list;

Last night by the rose trellis

Was our tryst.

One came to make love, one to spy;

Caught in the act was I

And, challenged by the two of them,

Could think of no reply!

霍译: Two lovely boys

Are both in love with me

And I can't get either from my mind.

Both are so beautiful

So wonderful

So marvelous

To give up either one would be unkind.

Last night I promised I would go

To meet one of them in the garden where the roses grow;

The other came to see what he could find.

And now that we three are all

Here in this tribunal,

There are no words that come into my mind.

  这一令是女儿令,制令者是妓女云儿。

  饮宴之中,薛蟠酒醉,要求陪席妓女云儿唱一个新样儿的曲子。云儿便以琵琶伴奏,唱了这首小曲。该曲从一个女子的视角,讲述女子同时喜欢上两个"形容俊俏"的男子,与其中一人在夜里私会于荼蘼架,被另一人发现拿住。"三曹对案",原是指审判诉讼案件时,原告、被告和证人三方面到场对质。这里指情爱之中的三方会面,引发争端。小说中以女子自比,但却暗喻故事人物关系。"两个冤家"暗指麝月、袭人,二人各有千秋,难免"都难丢下",两相记挂。两个女子有着不同风情,均不可描画出来。宝玉和二人之会,仿佛"三曹对案"，难说谁是谁非。

　　杨译偏于直译。将"冤家"译为 lover，符合原文表达男女相悦的意义。且 lover 在英语中有婚外情人之意，与云儿妓女的身份正相符合。"想昨宵幽期私订在荼蘼架"，杨译转换句式语序，将地点状语提前，主语置后，取得声韵和谐、主题突出的效果。"三曹对案"是一个典故，与审讯诉讼相关。杨译直接译出在此语境之中的意义，但本来的典故文化意义则在翻译中缺失了。

　　霍译偏于意译。将"冤家"译为 lovely boy，加译出 boy，明确了制令者云儿从女子视角所唱曲之意。霍译改变原文结构，将"两个人形容俊俏"拆分成三句，分别为 Both are so beautiful，So wonderful，So marvelous。把"都难丢下"翻译两次，分别为 And I can't get either from my mind 和 To give up either one would be unkind，但对"想着你来又记挂着他""都难描画"却没有翻译。

　　此曲令押句尾韵，小曲句子长短搭配，富于韵律感，节奏性强。两个译本都注意了韵脚相押，表现原文的曲令韵律风格。杨译对句子韵律和节奏感的把握更加符合原文特点，如 part/heart/list/tryst，I/spy/I/reply。杨译的每一句的末尾词语均能与下文或上文词语形成押韵。霍译对原文节奏感的把握，主要体现在其意译的 Both are so beautiful，So wonderful，So marvelous 这三句中。

　　女儿令是诗词经曲令中比较典型的一种，除了译出其字面意义，还需兼顾隐含意义，以及唱曲的结构形式、音韵节奏等。两个译本在这方面都作了较好的尝试和示范，但也有处理不当之处。

　　例 4.25

　　例句：女儿悲，青春已大守空闺。女儿愁，悔教夫婿觅封侯。女儿喜，对镜晨妆颜色美。女儿乐，秋千架上春衫薄。（第二十八回）

　　杨译：The girl's sorrow：Youth is passing but she remains single.

　　　　　The girl's worry：Her husband leaves home to make his fortune.

　　　　　The girl's joy：Her good looks in the mirror in the morning.

　　　　　The girl's delight：Swinging in a light spring gown.

　　霍译：The girl's upset：

　　　　　The years pass by，but no one's claimed her yet.

　　　　　The girl looks glum：

　　　　　Her true-love's gone to follow ambition's drum.

The girl feels blest：

The mirror shows her looks are at their best.

The girl's content：

Long summer days in pleasant pastimes spent.

这一令是女儿令，制令者是贾宝玉。

贾宝玉作此女儿令，以悲愁喜乐四字将女儿们的各种情绪表露无遗。"悲"的是红颜易老，独守空闺，未遇良人以致青春耗尽；"愁"的是本有良人可托，却因为夫婿要建功立业，而被无奈抛下；"喜"的是对镜梳妆，发现自己颜色姣好，美貌尚未失去；"乐"的是能无忧无虑地春游嬉戏，荡着秋千，裙裾轻盈。其中，"悔教夫婿觅封侯"出自唐代王昌龄的《闺怨》，描述一位深闺少妇赏春之时的幽怨之情。"秋千架上春衫薄"出自宋代李清照的《点绛唇》。

杨译偏于直译。在翻译女儿的悲愁喜乐时，用同样的所有格句式将悲愁喜乐串联起来。对于情绪所起的原因，杨译按照字面意义翻译，再现了"青春""单身""事业""镜中美貌""秋千薄衫"这些关键词。

霍译偏于意译。第一句用 claim 这个词，将女性对象化，实质上体现了中国古代男女地位的不平等，婚嫁的不平等。第二句用 ambition，译出原文中要建功立业的"野心"。最后一句不译"秋千"，而转译为"美好夏日"，对原文的深层意译进行了解读和转译。

在音韵结构上，两个译本都遵从原文的四句令。杨译更重视对称，在每一句都开头都采用所有格的形式，用 the girl's sorrow、the girl's worry、the girl's joy、the girl's delight 与中文的"女儿悲""女儿愁""女儿喜""女儿乐"一一对应，实现句式对等，声韵和谐。霍译则更重视突出女儿的情绪感受的由来，在第二句和第三句中分别用 look 和 feel 等感官动词，注重目标语读者的理解和感受。

例 4.26

例句：（酒面）滴不尽相思血泪抛红豆，开不完春柳春花满画楼。睡不稳纱窗风雨黄昏后，忘不了新愁与旧愁，咽不下玉粒金莼噎满喉，照不见菱花镜里形容瘦。展不开的眉头，挨不明的更漏。呀！恰便似遮不住的青山隐隐，流不断的绿水悠悠。（酒底）雨打梨花深闭门。（第二十八回）

杨译：Like drops of blood fall endless tears of longing,

By painted pavilion grow willows and flowers untold;

Sleepless at night when wind and rain lash gauze windows,

She cannot forget her sorrows new and old;

Choking on rice like jade and wine like gold,

She turns from her wan reflection in the glass;

Nothing can smooth away her frown,

It seems that the long night will never pass.

Like the shadow of peaks, her grief is never gone;

Like the green stream it flows for ever on.

Rain buffets the pear blossom and the door is closed.

霍译：Still weeping tears of blood about our separation:

Little red love-beans of my desolation.

Still blooming flowers I see outside my window growing.

Still awake in the dark I hear the wind a-blowing.

Still oh still I can't forget those old hopes and fears.

Still can't swallow food and drink, 'cos I'm choked with tears.

Mirror, mirror on the wall, tell me it's not true:

Do I look so thin and pale, do I look so blue?

Mirror, mirror, this long night bow shall I get through?

Oh—oh—oh!

Blue as the mist upon the distant mountains,

Blue as the water in the ever-flowing fountains.

Rain whips the pear-tree, shut fast the door.

　　这一酒令是上一例女儿令的酒面和酒底，制令者是贾宝玉。

　　本令的酒面是源自清代无名氏的《抛红豆》曲，以红豆表相思之意。《红豆曲》以"红豆相思"为眼，着力描写了多情儿女深受相思之苦，在雨后黄昏的纱窗之下，新旧之愁源源不绝，以致茶饭不思，容颜憔悴。曲令连用数个排比句，将深受情爱之苦的青年男女的愁思体现得淋漓尽致。最后一句用"青山""绿水"，寓意情愁绵长不断。

　　杨译将整首曲子加译第三人称主语，从女性视角解读翻译此曲。由于"红豆"的文化意义在中英语言中的差异，杨译直译"相思血泪抛洒"，未译"抛红豆"一词。"黄昏"一词在中国传统文化中往往有多愁之意，很多文人墨客笔下的黄昏都与愁绪相关。如陆游《卜算子》"已是黄昏独自愁"，袁去华《东坡引》"黄昏愁更苦"等。杨译将这个时间译为 at night，原文的文化意蕴未得到传递。"咽不下玉粒金莼噎满喉"中，"玉粒"指上好的米饭，"莼"指江南的名菜，"金莼"泛指美味的菜肴。杨译为 Choking on rice like jade and wine like gold，转译为"米"和"酒"，与原文字面意思略有不同，但表示珍贵饭食之意未变。

霍译加译第一人称作主语，从男性的视角来翻译此曲。第一句将"血泪"直译为 tears of blood，将"红豆"译为 little red love-beans。考虑到"红豆"表爱情相思这一文化意义在英语语言文化中的缺失，增加了 love 一词来修饰"红豆"。在后面每一句话的开头用 still 一词，用英文的表达习惯再现原文"滴不尽""开不完""睡不稳""忘不了""咽不下"等共同表达的"还未结束"之意。同时，连续运用感官动词 see、hear、forget、swallow 等，将原文的内容意译为第一人称主语的所见所听所闻，增加读者的亲切感，便于目标语读者理解。接下来，霍译就完全是意译法。他颠覆了原文的内容和结构，连用两个问句，表现出主人公的忧郁消瘦和长夜难熬。霍译用的 blue 一词，在英语文化中有"忧郁"之意，译文地道，符合读者的语言习惯。原文的"青山""绿水"也意译为 the mist upon the distant mountains，the water in the ever-flowing fountains。这种不按字面意思翻译的意译法，虽然不能表达原文的表面内容，但却抓住了原文的内在意义，更有利于目标语读者了解原酒令想要表达的思想情感。

在韵律形式上，虽然两个译本都未保留原诗一韵到底的美感，但从整体上说还是用韵和谐的。杨译遵从原文结构，用词成熟，表达贴切准确，把诗歌的内容美、形式美和韵律美较好地结合在一起。而霍译用五个 still 将译文连缀成一个系统的整体，使用形式上的排比和音韵上的两两押韵来表现原酒令的意蕴。虽然在形式上是不忠实于原文的，但在意象和语言风格上实现了美感。

本令的酒底"雨打梨花深闭门"一句数见于前代诗词。宋代秦观的《鹧鸪天·枝上流莺和泪闻》："甫能炙得灯儿了，雨打梨花深闭门。"南宋李重元的《忆王孙·春词》："欲黄昏，雨打梨花深闭门。"明代唐寅的《一剪梅·雨打梨花深闭门》："雨打梨花深闭门，忘了青春，误了青春。"宝玉以席上之"梨"作令词，符合"席上生风"的要求。

杨译译文与原文字面意思基本一致。"雨打梨花"和"深闭门"是同时进行的，闭门听雨，别有一番风味。杨译为 the door is closed，用状态动词表示持续性，且 close 亦有一直关闭之意，与原文意义相符。霍译选用动词 whip 和 shut，较为生动地展现原文隐藏的动作状态。但将"梨花"译成 the pear-tree，即梨树，与原文稍显不符。在音韵节奏上，霍译将上下句都处理成四个单词，使得前后对称，译文具有英文诗歌的韵律感。

例 4.27

例句：女儿悲，将来终身指靠谁？女儿愁，妈妈打骂何时休！女儿喜，情郎不舍还家里。女儿乐，住了箫管弄弦索。（第二十八回）

杨译：The girl's sorrow：Will she find a husband to support her?

The girl's worry：Will the bawd always beat and scold her?

The girl's joy：Her lover cannot bear to go home.

The girl's delight：The pipes hushed, she plays a stringed instrument.

霍译：The girl's upset：

Not knowing how the future's to be met—

The girl looks glum：

Nothing but blows and hard words from her Mum—

The girl feels blest：

Her young man's rich and beautifully dressed.

The girl's content：

She's been performing in a big event.

这一令是女儿令，制令者是歌妓云儿。

云儿出身青楼，常在席间与公子哥儿饮酒助兴，行令嬉戏。此令便是承接前令规则所作。此则女儿令内容和制令者云儿所思所想相符，她做女儿令的悲愁喜乐，都源于其身世遭遇。身为歌妓，她身份低贱，表面上与王孙公子风花雪月，实际上动辄被打骂，没有未来。其所悲者，是将来终身无靠；其所愁者，是身无自由，动辄被妓院老鸨打骂；其所喜者，风尘生涯得遇有情之人，钟情于自己，流连忘返；其所乐者，能自由弹琴吹箫，无不惬意。此外，与宝玉所行女儿令相比，云儿所行之令句式浅白，用词俚俗，但却正符合她的身份学识。

杨译偏直译，用所有格形式表现女儿的"悲愁喜乐"。增译第三人称 she 作主语，表明制令者的身份，也便于目标语读者理解。第二句的"妈妈"实指妓院的老鸨，杨译译为 bawd，准确贴切。第三句将"情郎"译为 lover，在英语中有"婚外情人"之意。原令云儿是歌妓，期盼情郎与自己情深以至于不回妻子所在之家，在内涵意义上与 lover 一致。第四句是完全的直译，表明女子弹奏乐器的替换。但是原句实际上是互文之法，表示快乐地弹奏各种乐器，这一内涵意义未被译出。

霍译偏意译。第一句未译"终身所靠"，即未来夫君，而译为广泛意义上的对未来的不可知，将原句的字面意义扩大，但恰如其分地表达了云儿身为歌妓不知明日将会如何的惶恐情感。第二句将"妈妈"译为 Mum，未译出其真实身份，有所不当。第三句完全颠覆原句字面意义，没有译出情郎流连忘返之意，而是将歌妓期待富有又英俊的情人的心绪表现出来。第四句没有直译乐器之名，而是译为乐器演奏会，表现了原句女子自由演奏之乐。

例 4.28

例句：（酒面）荳蔻开花三月三，一个虫儿往里钻。钻了半日不得进去，爬到花儿上打秋千。肉儿小心肝，我不开了你怎么钻？（酒底）唱毕，饮了门杯，说道："桃之夭夭。"（第二十八回）

杨译：On the third of the third moon blooms the cardamom;

Fain to creep into it an insect is come;

Failing to enter it clings

To the petals and there it swings.

Dear heart, if I don't let you in,

Your chances are thin!

She drained her cup and picked up a peach saying, "The peach trees are in blossom."

霍译：A flower began to open in the month of May.

Along came a honey-bee to sport and play.

He pushed and he squeezed to get inside,

But he couldn't get in however hard he tried.

So on the flower's lip he just hung around,

A-playing the see-saw up and down.

Oh my honey-sweet,

Oh my sweets of sin,

If I don't open up,

How will you get in?

After drinking her 'pass cup'; she picked up a peach: 'So
bonny blooms the peach-tree-o?'

这一酒令是上一例女儿令的酒面和酒底，制令者是歌妓云儿。

酒面是一首通俗小曲，内容粗鄙，用词浅薄，和宝玉的典雅之曲有着云泥之别。云儿的唱词颇有意味，用女性的口吻吟唱。通篇用了"花"和"虫"两个意象，花代指女子，虫代指男子，虫儿钻花，有性暗示的意思。云儿是青楼妓女，在席间以唱曲引诱客人，符合其职业习惯。

杨译偏直译，基本按照原文的字面意思进行翻译。第一句将"三月三"译为 the third of the third moon，和原句字面相符。但是中国传统纪年月是按照农历而非公历，"三月三"实质上是公历的五月，杨译表面一致，却与"豆蔻开花"的真正时间不符合。"豆蔻"直译为 cardamom，字面意义相符。cardamom 在英语中是指印度的根状草本植物，有芳香的种子，用作调味品。原文中的"豆蔻"可以泛指刚开放的花朵，也可以形容少女的青春，这一文化意蕴杨译没有译出。第二句的"钻"字杨译为 creep，体现出虫子爬行的状态。第四句的"钻"没有直接翻译，而是换了一种说法。这种方法虽然也表现出了每句的表面意思，但是没有完全传递出原曲前后呼应的内在意蕴。最后一句将原文的反问句处理成感叹句，虽句式不同，但基本表现出了原句的意义以及情绪。

霍译偏意译，着重于译出原令的隐含意义。第一句将"三月三"翻译成 the month of May，符合原句表达的实际时间。"豆蔻"意译为 a flower，使目标语读者更容易了解原文以花比喻女子的意思。第二句的"虫"，霍译为 honey-bee，契合英语中用 honey 表示"亲爱的"，点明曲中男女的情爱关系。第三句用动词 push 和 squeeze，生动地再现了"钻"这个动词的动作细节。第四句加译主语为 he，而不用 it，表示云儿这里唱的表面上是虫子，实质上是情郎。最后一句将"小心肝"翻译成 my sweets of sin，有一种甜蜜中又有些嗔怪的意味，完全再现了原文中青年男女之间微妙暧昧的氛围。

这一令的酒底是"桃之夭夭"，出自《诗经·周南·桃夭》。"桃之夭夭，灼灼其华"，古人以桃花的繁盛比喻女子出嫁时的盛景。在中国传统文化中，桃花又往往与美人联系在一起。云儿的女儿令，从头到尾都表现出一个流落青楼的年轻美丽的女子渴望遇到良人，和他喜结连理，脱离苦海。以寓意婚嫁的"桃之夭夭"作酒底，与之正相匹配。但这一联系是隐藏在中国传统文化背景之中的，单从字面意思上无法看到。因此，原令描述行令者饮酒一杯，但两个译本都不约而同地增译了 pick up a peach，目的就是把看不见的文化联系转变为看得见的字面联系，使目标语读者容易理解和接受。

二、飞花令的英译

飞花令，是雅令的一种，也最符合雅令的"雅趣"。"飞花"一名源自唐代诗人韩翃的《寒食》。原诗为："春城无处不飞花，寒食东风御柳斜。日暮汉宫传蜡烛，轻烟散入五侯家。"它由令官先规定好使用的"字"及出现的位置，再由行令者按规则赋诗吟曲。这些诗词曲赋既可以现场创作，也可以背诵援引前人的诗句。因此，飞花令诗句典雅，对行令者的文化素养要求很高，稍有不足便容易露怯。此类酒令的英译，对内容、字词、结构、音韵等都有较高的要求。

以下将选择《红楼梦》第一百十七回的飞花令，试探究杨宪益夫妇和霍克斯在翻译诗词经曲令时采用的方法及各自的翻译风格。

例 4.29

例句：（贾蔷）飞羽觞而醉月。

（贾环）冷露无声湿桂花。

（贾环）天香云外飘。（第一百十七回）

杨译：Winged goblets fly as we drink to the moon.

Silently the cold dew wets the oleander.

Heavenly fragrance wafts down from the clouds.

霍译：The Peacock Goblets fly, the drunken moon.

A cold dew silently soaks the Cassia flowers.

Beyond the clouds there wafts a heavenly Fragrance.

此令制令者是宁国府玄孙贾蔷，他用捻字流觞法行飞花令。小说中，邢大舅、王仁、贾环、贾蔷等在贾家外书房饮酒，席间吵闹，贾蔷嫌他们闹得太俗，便提议行酒令，并制定规则：从"月"字流觞，先说"月"字令，然后数到哪个便由哪个喝酒，并用下一个字继续行令，后面的令句还需兼作酒面酒底。不按此规定行令者，则罚酒三大杯。

贾蔷先行令，便有"飞羽觞而醉月"。接着贾蔷要求酒面要有"桂"字，于是接令者贾环喝了口酒，然后说"冷露无声湿桂花"。贾蔷要求酒底要有"香"字，贾环便道"天香云外飘"。由此捻字流觞飞花令便完成。这种文字类酒令颇为雅致，没有渊博的文学修养根本无法完成。因此，小说接下来就写，贾环刚说完酒底酒面，众人就乱了令，并讽刺其"假斯文"。

"飞羽觞而醉月"出自唐代诗人李白的《春夜宴从弟桃花园序》，原句为："开琼筵以坐花，飞羽觞而醉月。"原文主要描写李白和其诸弟相聚在一起，共同饮酒歌唱的情景，表达了他们深厚的兄弟之情。此句描写了兄弟们共聚筵席坐赏名花，在月光下借醉酒流觞赋诗的情景。贾蔷引用此句作令，契合小说场景。杨译将诗句语序倒置，"飞羽觞"变为"羽觞飞"。将"醉月"用归化译法，译为更简单易懂的 we drink to the moon，加译主语 we，作为醉酒的主体。同时用连词 as 将两句连接，使逻辑关系更通顺流畅。霍译则将原句拆分成两个小句译出。前一句写"羽觞飞"，后一句用了拟人的修辞手法，将"醉月"处理成名词短语，符合原文的意境。

酒面"冷露无声湿桂花"，出自唐代王建《十五日夜望月寄杜郎中》诗，原句为："中庭地白树栖鸦，冷露无声湿桂花。"题名有"望月"，前一字写"中庭地白"，正是描绘月光照在庭院地上的样子。贾环此句正和贾蔷令词的词眼"月"相呼应。夜深露重，秋天的冷露悄无声息地打湿了树上的桂花。与整首诗结合联想，这桂花不仅仅是院中的桂花，更是诗人"望月"想到的月宫中的桂花树。此句虽以"桂"为眼，但却处处有"月"，行令工整对应。杨译将副词 silently 前置，表示强调，以突出夜深静谧的情境。但将"桂花"译作 oleander，即夹竹桃，疑为误译。霍译则基本按照原句内容和语序直译，基本表达了其字面意义。

酒底"天香云外飘"，出自唐代宋之问的《灵隐寺》，原句为："桂子月中落，天香云外飘。"前一句同时包含"月""桂"二字，对应前两句令词。本句则按照规则用了"香"字，月宫桂花飘落，自然香味弥漫于天外。此酒底的外在形式和内在含义，都符合整个酒令的意蕴，匠心独运，精妙非常。杨译将主语直译，但将动词和宾语顺序互换。加译介词 down from，更符合目标语读者的思维逻辑。然而原句所称"云外飘"，是与上句"月中落"相对应，所写皆是想象中的月宫景象，而并非真的有香味飘降至人间。杨译虽符合普通逻辑，但不符合原诗空灵遥想的意境，这便是文化的误译。霍译将状语提前，用 beyond 较好地再现了原诗"云外"所意指的范围，更符合整个诗句的意境。

这三句令词共同构成飞花令，以拈字流觞的方式行进。三句话各有出处，但又因这些出处巧妙地相互关联，构成一个完整且精巧的酒令，是诗词经曲令的代表。两个译本虽尽力再现了每一句令词的意义，但该令潜在的内在联系却无法在英译本中体现，读者也就无法知晓此雅令的雅致之处。

小结

通过分析《红楼梦》诗词经曲令的原文及杨宪益夫妇和霍克斯的译文，我们可以感受到雅令的魅力，这些酒令用字细腻、高级，文化底蕴浓厚，意寓深远。诗词经曲令的出现不仅体现了大观园一众公子小姐的才情，也使得《红楼梦》的文学氛围浓重，提高了小说的文学地位。

杨译和霍译在体现原文意思的层面上，都尽最大可能译出其内容和韵味。但由于《红楼梦》涉及的中国传统文化较多、较深、较难，加上东、西方的文化在很多方面存在差异，因此在字词句段的翻译处理上，受文化的影响很大，许多内容无法用一两个英语单词表达清楚，部分字词的意思在英文中找不到与之相对应的表达，潜在的文化背景和联系又难以尽译，最终导致译文不能完全展现原文的魅力。

在形式结构层面，两个版本也尽可能地贴近原文的结构体式，绝大多数的译文基本做到了原语言与目的语的整齐与统一。但不可否认的是，由于汉语和英语的差异，要做到百分之百的相同，基本是不可能实现的。有一部分酒令译文需要改变句式和语序，只能在最大程度上优先展现内涵的统一。在音韵和谐的处理上，两个译本都基本再现了原文的韵律和节奏感，押韵合拍，句式音步对称，每个译句都朗朗上口，各有韵味。

在英译酒令时，英汉文化的差异是最大的难点。受文化差异影响，译者容易在翻译中出现漏译和误译。因此在外译中，对于文化缺失和差异的部分，要仔细甄别，以选择更恰当的表达，并适当加译，尽可能减少文化不可译带来的影响。

第五章

《红楼梦》酒令的意象英译

第一节 意象的界定

意象是一个在很多领域都在使用的概念。"意"是意念，"象"是物象，"意象"一词的字面意义是客观世界的外在物象与人的主观意念之间所构建的意义内涵和情感联系。《红楼梦》酒令描摹了多样化的外在物象，透过这些物象，能够窥见其背后所折射的文化内涵以及制令者的身份背景和个人心理。在酒令的英译过程中，如何处理好物象的字面意义和深层意义的关系，是译者需要特别关注的问题。

一、心理学范畴的意象

一直以来，意象都是心理学领域的一个重大议题。有关意象的定义、意象的产生、意象怎样进行思维工作等问题，历代的心理学家们都进行了不懈的思考和探讨。从柏拉图到康德，亚里士多德到黑格尔，克罗齐到庞德，这一探究从未停止过。意象始终是哲学反思和思辨建构的对象。

从认识心理学出发去研究意象的对象，可以得到一个共识：意象（imagery）是在感知觉基础上形成的表现在记忆和思维活动中的一种感性形象，是当前物体不存在时的一种心理表征（白洁，2016）。简单来说，意象就是潜意识的心理倾向，它能够体现个体对过去事物的印象和积累，为当前及之后的行为和认识提供指引。在受到客观事物的刺激后，认知主体会在大脑中对这些表象信息进行加工、存储、提取、表征。这一过程需要认知和原有信息的辅助，之后形成的新物象会与原物象存在些许差异。

这一理念在心理学、神经科学、认知语言学等学科领域，都呈现出不同的发展特征。

在心理学领域，所谓意象，就是指认知主体在接触客观事物后，根据感觉来源传递的表象信息，在思维空间中形成的有关认知客体的加工形象，在头脑里留下的物理记忆痕迹和整体的结构关系。这个记忆痕迹就是感觉来源信息和新生代理信息的暂时连接关系（BIO 国际组织教材编写组，2007）。

在神经学领域，所谓意象，就是指主要对脑损伤患者的意象功能的监测，同时与失忆症、失认症相结合，发现意象产生的脑部位及其神经机制。单一意象的神经基础是神经元簇（群组），意象是一种生理结构体，是一种有效信息的组合体，也可以是意象与意象之间的组合体。一组神经元簇相当于一组信息编码体，与特定感觉信息表征相对应（联系），它自上而下地承载着相关感觉信息连接关系，是一种高级的信息载体。意象也是一种承载记忆的结构体，并非幻影（BIO 国际组织教材编写组，2007）。

在语言学领域，意象属于认知语言学中的一个概念。它基于心理学中的术语，指代一种心理表征，即人们在看不到某物时却依旧能够想象出该物体的形象和特点。认知语言学将意象和"图式"相结合，共同构成认知模型中的意象图式理论（Image Schema）。认知语言学家认为，意象图式是认知过程中的一个细节，是基于体验，与现实世界互动，并且抽象出来的一种形而上的结构。将这一理论运用到语言分析上，研究者通常运用意象图式的方法探索意象在语义呈现、语言表达以及翻译实践等方面所起到的作用。

二、西方文化范畴的意象

西方文化中关于意象的论述始于英国美学家夏夫兹博里。他认为人的审美活动的对象是"人心赋予的形式"，是心灵的"造型"，人们为发现其中的美而感动。夏夫兹博里认识到了美感的纯粹性和审美判断的无理性（朱光潜，2019）。康德提出，审美意象是一种想象力所形成的形象显现，是合目的性的审美意象（伍蠡甫，1979）。克罗齐发展了康德的意象认识，他认为意象是个体想象的产物，是直觉的，只有高于感觉的直觉能力，才能将感觉到的东西改造成意象（克罗齐，2017）。换言之，审美意象的形成过程，是人的心灵的主创过程，是一种情感抒发的过程。

由于中西方文化背景、社会因素、历史发展等不同，西方的意象与中国的意象虽然在表面上惊人地相似，但是在意蕴方面有着很大区别。在西方语境下，与意象概念相近的是英文单词 image 或解释为 image in the mind（张绍时，2017）。

刘易斯在《诗的意象》一书中把意象定义为"意象是语言绘成的画面"（王先霈，1999）。西方的 image 这个概念，首先出现在认识论和心理学领域，词源是拉丁语词 *imago*，本义是"摹拟"，表现出图画概念在意象中的重要地位。

西方对意象更为深刻的阐释出现在诗歌创作领域，并形成了著名的现代西方文学流派意象派。其创始者庞德主张使用鲜明的具体对象表达诗意，反对空泛的抒情和议论。他还引中国诗歌为旁证，赞同中国诗人通过意象表现一切的书写方式。庞德在诗歌中所提倡的具象化表达方式，明显受到中国诗歌的影响，与中国古典美学中的意象概念融会贯通。庞德还进一步把意象确立为艺术作品的本体和核心，认为意象是理性与感性的复合体（黄晋凯，1989）。存在主义哲学家萨特认为，意象"并非一个物"，而是"属于某种事物的意识"。意识是人类主观意识的产物，是意向性行为的结果，来自客观事物却不同于并且超越了客观事物（叶朗，1999）。符号学美学家苏珊·朗格也在庞德之后全面总结了意象。她把意象（image）与幻象（illusion）和形式（form）互换使用，主要从符号学的视角出发，将意象与符号等同，认为符号性是意象的一个重要特性。意象可以是视觉的，也可以是听觉的或其他感觉。她还进一步从艺术作为表达人类情感的方式层面进行论述，指出艺术意象是一种感情符号，是一种非逻辑、非抽象的符号，具有表现情感的功能（朗格，1986）。

总体而言，西方文学的意象概念从最初侧重理论层面、偏向抽象，逐步转变为注重具体情境、注重艺术创作的层面。它和中国传统文化中的"意象"既有明显的差异性，但又深受中国文化意象的影响，具有明显的借鉴关系。

三、中国传统文化范畴的意象

在中国传统文化领域，"意象"这个概念出现得非常早。大致在先秦时期，就已经出现了"意象"的源头。《周易·系辞》中有"圣人立象以尽意"的说法，说明"象"和"意"之间存在着某种联系。老子提出"象""大象"的概念，将"象"提升到抽象的哲学思维范畴，与道家思想的核心理念"道"紧密联系，进一步推动了中国传统文化中"意象"的形成和发展。庄子从"意"出发，创造出"言""意""象罔"等概念，刻画了初步的"美学意象"概念。

汉代承袭先秦时期对"意象"的概念建构，第一次创造出"意象"一词。汉代哲学家王充在《论衡》中提出："天子射熊，诸侯射麋，卿大夫射虎豹，士射鹿豕。示服猛也。名布为侯，示射无道诸侯也。夫画布为熊麋之象，名布为侯，礼贵意象，示义取名也。"这里的"意象"一词并不是指真正的美学意象，但却是第一次将单独的"意"和"象"组合成一个完整的词语。由此，"意象"成为一个独立的概念，在后世得以传播发展。

魏晋南北朝时期，中国文学进入自觉时期，审美认知理论进入重要发展阶段。许多美学概念在此时产生，比如意境、风骨、形神、气韵、骨法等。"意象"也在这一时期作为美学范畴进入文艺领域。刘勰在《文心雕龙·神思》中提道：

> 古人云："形在江海之上，心存魏阙之下。"神思之谓也。文之思也，其神远矣。故寂然凝虑，思接千载；悄焉动容，视通万里；吟咏之间，吐纳珠玉之声；眉睫之前，卷舒风云之色；其思理之致乎！故思理为妙，神与物游。神居胸臆，而志气统其关键；物沿耳目，而辞令管其枢机。枢机方通，则物无隐貌；关键将塞，则神有遁心。

> 是以陶钧文思，贵在虚静，疏瀹五藏，澡雪精神。积学以储宝，酌理以富才，研阅以穷照，驯致以怿辞，然后使元解之宰，寻声律而定墨；独照之匠，窥意象而运斤：此盖驭文之首术，谋篇之大端。

> 夫神思方运，万涂竞萌，规矩虚位，刻镂无形。登山则情满于山，观海则意溢于海，我才之多少，将与风云而并驱矣。方其搦翰，气倍辞前，暨乎篇成，半折心始。何则？意翻空而易奇，言征实而难巧也。是以意授于思，言授于意，密则无际，疏则千里。或理在方寸而求之域表，或义在咫尺而思隔山河。是以秉心养术，无务苦虑；含章司契，不必劳情也。

在《神思》一篇中，刘勰通过对文学创作构思过程的描写，以极为精妙的语言阐释了美学范畴中"意象"的产生经过，揭露出艺术构思中"心物一体"的重要性。"故思理为妙，神与物游"，思理之妙在于"神与物游"，即是文学创作中的"情景交融""天人合一"。刘勰在阐释文学创作时描写了两个相互联系的过程：一是将外界之物情感化，"山"与"情""海""意"互相贯通，客观景物激发了主体不一样的情感和思绪，此时的外界之物不再是客观之物，而是被赋予了主体情感之景；二是将内在的思绪和情感对象化，让写作构思不再是独立的、封闭的，而是将内在构思与外界的"物"和"象"联系起来，将独立的情感主体，具象化为客观世界的某种事物，形成"心"与"物"的双向感应。在文学创作中，赋景以情，化情为景，两个过程共同存在、互相影响，构建了审美范畴上的意象这一概念。这种主观精神和客观景象相互融合的审美思维方式对中国古代的美学思想产生了重大而深远的影响。意象自作为美学概念被提出后，就一直在中国古代美学中居于核心地位，其内涵也随着时间的推移不断发生着改变。唐宋之后，美学范畴日趋成熟，通过分析美在意象上的历史变迁，可以看到中国现代美学和传统美学之间千丝万缕的关系。

总的来说，中国传统文化中的意象，是指为抒发某种特定的情感和想法，而创造出来的某种特定艺术形象，这种艺术形象反过来又可以唤起人们相似的情感或想法。意象是中国传统美学的根基，也是中国古代诗歌美学的灵魂。诗歌独特的语言特点和表现形式，决定了它和意象的天然联系。诗人通过诗歌抒情遣怀，但并不直抒胸臆，而是常常借助自然中的某种事物或景物。"意"来源于作者的内心世界，通过"象"来予以表达；"象"是"意"的寄托物，而"意"是"象"的表达目的。中国传统诗歌运用寄情于景、借景抒情、托物言志等艺术表达手法，创造各种不同的意象，抒发各种不同的情感情绪。酒令是中国酒文化中的一个部分，用于筵席遣兴、诗词寄情，也包含着大量的意象。

第二节　中国传统文化的意象类型

中国悠久的历史文化与文学传统，孕育了多样化的意象类型。上至天地山川，下至鸟兽虫鱼，世间万物无不浸润着文学家们的情感和意志，可谓"一花一草一树一林皆有情"。这些意象一经产生，便成为文化传统中的重要元素，意象内在的情感内涵会随着历史的发展演变逐步增加和变迁，最终形成一个民族所共有的主观物象，承载着民族的记忆，表现出整个民族对周遭世界与环境的认知和理解方式。在同一文化背景之下，人们可以通过这些主观化的物象进行新的文学创作和阅读，从而建构起跨时代的沟通桥梁。意象便成为中华民族的重要文化元素，代代相传，在历史的承续中不断唤起人们的集体回忆和情感共鸣。

中国传统文化中出现并传承至今的意象众多，包罗万象。根据其不同的内涵归属，意象大致可以分为两类：一是自然类意象，二是人文类意象。

一、自然类意象

自然类意象，是指和大自然有关的一切物象，是天然孕育的客观事物，本身与人类的主观意志没有任何关系。常见的自然类意象包括江、河、湖、海、日、月、星、花、草、树、鸟、兽等各种事物。

自然类意象在直观表象上是客观世界的自然物象，但却寄寓了作者的各种思想、心情、思绪、感慨、情感等主观情绪。这些意象常常出现在中国古代诗词中，其内涵意义具有主观性、特定性和传承性等特点。比如用月亮寄托思乡之情，用柳条寄寓依依不舍之情，用红豆寄托相思之情等。这些情感是在特定的民族文化中主观认知的产物，并且随着历史的发展代代相传。

根据意象的不同内容，中国传统文化中的自然类意象又可以再细分为动物类、植物类和天象地理类等几个小类。

1. 动物类意象

（1）蝉。蝉又称知了，是一种节肢类昆虫。它的叫声绵长而凄厉，常常被用来寄寓家国覆亡、身世凄凉的哀痛凄鸣之情。如柳永在《雨霖铃》中，以"寒蝉凄切"，来营造离别愁绪的氛围。又因为蝉生活在树木枝头，饮干净的露水，颇有不食人间烟火的感觉，又被寓以高洁出尘的品质。如骆宾王在《在狱咏蝉》一诗中，以蝉来渲染他在狱中虽命运悲惨，但却心怀天下、满腔抱负的热血之情。

（2）鸿雁。鸿雁是一种大型候鸟，每年秋季都会向南迁徙，开春再北归回巢。鸿雁这种周期性的迁徙引起人们思乡念亲之情和游子远行的羁旅伤感之情，游子们便常常以鸿雁自喻。如李益在《春夜闻笛》一诗中，有"洞庭一夜无穷雁，不待天明尽北飞"，用鸿雁北飞表达思归之情。相传汉朝时苏武出使匈奴，被羁押牧羊十年不得返汉，后汉使知悉此事，使计谎称汉朝皇帝在上林苑射下一只大雁，雁足上系有书信，知晓苏武之事，匈奴单于无奈只能放归苏武回汉。后来人们用鸿雁比喻书信或传递书信的人。如杜甫《天末怀李白》："鸿雁几时到，江湖秋水多。"

（3）杜鹃。杜鹃鸟，又名子规，其啼声凄切。古诗词中杜鹃常与哀怨之情结合在一起。例如秦观在《踏莎行》词中，有"可堪孤馆闭春寒，杜鹃声里斜阳暮"，借杜鹃啼声来抒发哀怨之情，表达对政治现实的不满。李商隐在《锦瑟》诗中有"庄生晓梦迷蝴蝶，望帝春心托杜鹃"，借杜鹃表达思念之情。

（4）鹧鸪。鹧鸪鸟，叫声嘶哑，声如悲鸣。古人常用鹧鸪的鸣叫声诉悲愁，叹离别。如李白在《越中览古》诗中有"宫女如花满春殿，只今惟有鹧鸪飞"，用鹧鸪暗示衰败之象，鹧鸪的悲鸣营造了伤感和没落的氛围。

（5）黄莺。黄莺鸟，又叫黄鹂、鸧鹒、黄鸟，其叫声清脆婉转，颇为动听。古人常用黄莺的鸣叫来歌咏明快的心情。如杜牧在《江南春》一诗中，有"千里莺啼绿映红"，用黄莺歌唱来颂赞江南的美丽春景。白居易在《钱塘湖春行》一诗中，有"几处早莺争暖树，谁家新燕啄春泥"，用黄莺鸣啼来预示春季的来临。

2. 植物类意象

（1）杨柳。指柳树，每到春天，柳树会飞絮漫天，容易引发伤感之情。同时，"柳"和"留"同音，古人常折柳送别，以寄托别离相思之意。在古代诗词中，杨柳是情丝缠绵的常见意象。如柳永在《雨霖铃》词中用"杨柳岸晓风残月"来寄托别离的伤感之情；李白在《忆秦娥》一诗中用"年年柳色，灞陵伤别"来抒发伤别的愁绪；等等。

（2）梧桐。梧桐树原产中国，是一种落叶乔木。梧桐落叶较早，古人有"梧桐一叶落，天下尽知秋"的说法。梧桐伤秋，古人常用梧桐寓意凄凉悲伤、愁闷落寞的情绪。如李煜《相见欢》："无言独上西楼，月如钩。寂寞梧桐深院锁清秋。"失去天下的帝王，面对清冷月光照耀下的落叶梧桐，不由得泛起亡国破家的无限哀愁。温庭筠《更漏子》："梧桐树，三更雨，不道离情最苦。一叶叶，一声声，空阶滴到明。"梧桐疏影，雨声点滴，秋雨之中更添孤寂之情。

（3）莲。莲花，又名荷花、芙蓉、芙蕖、菡萏、水芝等，是生长在水中的花卉，逢夏季盛开。莲出淤泥而不染，中国人民自古十分喜爱，认为它寓意着洁身自好的高洁品格。周敦颐的《爱莲说》盛赞"莲，花之君子者也"。莲花除了君子品性，在民间又因其有"一茎生两花"的现象，被人们借"并蒂双生"寓意男女好合、婚姻美满。如南朝乐府的《近代杂歌》有"下有并根藕，上生同心莲"，以并蒂莲花比喻相亲相爱、相守不厌的深情厚谊。

（4）菊。菊花是中国的名花，有花中四君子之称，因其凌雪傲霜的特性，古人常用菊来赞扬品格的高尚。如屈原在《离骚》中，有"朝饮木兰之坠露兮，夕餐秋菊之落英"，用"饮露餐花"表现不与世俗同流合污的高洁人格。陶渊明在《饮酒》诗中有"采菊东篱下，悠然见南山"，表达了诗人隐逸超脱、淡泊名利的人生追求。

（5）梅。梅花是在寒冬里开放的花朵，因此人们常常用梅花来形容坚贞不屈、自强不息的高尚品格。如王冕在《墨梅》一诗中，有"不要人夸好颜色，只留清气满乾坤"，以梅花的清气来表达自己不同流合污的高洁品质。陈亮的《梅花》一诗，描写梅花的外形，说梅花最先绽放、不畏严寒，实则是以梅拟人，表达诗人对春天必然来临的坚定信念以及不怕失败、敢为天下先的高洁品质。

（6）芳草。芳草指香草，也泛指一切花草。人们多用芳草寄寓别情离绪、思旧念旧之思。如李煜在《清平乐》中，有"离恨恰如春草，更行更远还生"，将离恨的悲愁借春草表达。钱惟演在《木兰花》词中，有"绿杨芳草几时休？泪眼愁肠先已断"，寄寓诗人怀旧痛今的凄怆伤感之悲。芳草有时也被寓意佳景，如苏轼在《蝶恋花》中，有"天涯何处无芳草"一句以自勉尚可另觅佳景。

3. 天象地理类意象

（1）黄昏、夕阳。黄昏与夕阳是一天即将落幕时的景致，因此常被寄寓感伤之情。如陆游在《卜算子·咏梅》一诗中，有"已是黄昏独自愁，更着风和雨"，感慨人生的悲凉和时光的流逝。李觏在《乡思》中，有"人言落日是天涯，望极天涯不见家"，由落日触发怀人思乡之情。

（2）明月。明月常蕴含边人离愁、时空更迭的幽怨。如李白在《静夜思》中"举头望明月，低头思故乡"，望月思乡，感伤异常。李煜在《虞美人》词中，有"故国不堪回首月明中"，借明月喻亡国之君的悲痛。张若虚在《春江花月夜》中，有"人生代代无穷已，江月年年望相似"，感慨时空荏苒、物是人非的别愁。

（3）雨。雨常用作情绪宣泄的工具。如秦观的《浣溪沙》词中，有"无边丝雨细如愁"，借细雨来寄托自己无边的愁绪和郁闷的心情。李璟的《摊破浣溪沙》词中，有"青鸟不传云外信，丁香空结雨中愁"，以丁香结化入雨的境界，表达诗人一腔愁绪。

（4）流水。流水常用以表现时光的易逝和愁绪的绵长。如《乐府诗集·长歌行》一诗，有"百川东到海，何时复西归"句，诗人以流水来感叹年华的易逝。刘禹锡在组诗之一《石头城》中，以"淮水东边旧时月"一句表现故国的萧条寂静，又烘托出了人生凄凉的感伤之情。

二、人文类意象

人文类意象，是和人类行为有关的客观物象，主要指人为创造的事物，如亭台、楼阁、节气、节日等。相较于自然类意象，人文类意象与人类的关系更为接近，被渗透了更多的情感和主观认知。中国古代诗人常常用人文类意象来抒发强烈的感情。

根据意象的不同内容，中国传统文化中的人文类意象又可以细分为时令节日类意象和人造事物类意象。

1. 时令节日类意象

（1）中秋。八月十五的中秋节，是阖家赏月的佳节。"中秋佳节倍思亲"，古人常在这一天抒发自己的思亲念乡之情。如唐代王建在《十五夜望月寄杜郎中》一诗中，有"今夜月明人尽望，不知秋思落谁家"，抒发自己对亲人的思念之情。

（2）重阳。九月初九的重阳节，因"九九"两个阳数相重而得名。古人认为重阳是吉祥的日子，有登高祈福、饮宴祭祖的习俗，后来又增加了敬老的内涵。如杜甫在《九日》组诗其一，有"重阳独酌杯中酒，抱病起登江上台"，以重阳独酌登高的方式抒发寂寞之感。

（3）清明。清明节，又称踏青节、祭祖节，节期在仲春与暮春之交。清明时节祭祀祖先、慎终追远，以寄托心中的哀思之情，是中华民族的传统习俗。如白居易在《寒食野望吟》中有"乌啼鹊噪昏乔木，清明寒食谁家哭"，杜牧在《清明》中有"清明时节雨纷纷，路上行人欲断魂"，表现了清明时节人们悲哀孤寂之感。

2. 人造事物类意象

（1）长亭。古人在道路旁边会修建亭舍，供行人休憩或送别，十里设一长亭，五里设一短亭。长亭常被寄寓依依惜别之意。如李白的《菩萨蛮》："何处是归程？长亭更短亭。"描写离人空对短亭长亭，却不见人归来的心碎之情。柳永《雨霖铃》："寒蝉凄切，对长亭晚，骤雨初歇。"这句词描写在萧瑟凄冷的秋天，雨后黄昏在长亭送别时的依依不舍之情，融情于景，传达凄凉的况味。

（2）琴瑟。琴和瑟是古人发明的两种木制乐器。琴初为五弦，后改为七弦。瑟有二十五弦。中国古代有音声相和的观念，琴瑟不仅是乐器，还能起到调和阴阳、净化人心之用。如《诗经·关雎》中"窈窕淑女，琴瑟友之"，比喻男女情感和顺。陈子昂《春夜别友人》中"离堂思琴瑟，别路绕山川"，寓意朋友兄弟之间的情谊深厚。

（3）捣衣。捣衣为古代一种特有的家庭工作，妇女把织好的布帛，铺在平滑的砧板上，用木棒敲平，供制衣之用，多在秋夜进行。捣衣的砧砧之声，在凄冷的秋夜分外令人忧愁。古典诗词中，捣衣这一意象常常跟思念怀乡之情相联系。如杜甫《捣衣》一诗，直接以捣衣为题，代入戍妇的角色，表达了希望征人早日归来的思念之情。李白也有乐府诗《捣衣篇》，以"晓吹员管随落花，夜捣戎衣向明月"表达闺中少妇怀念远征丈夫的闺怨之情。

以上列举的只是中国传统古诗词中众多意象的一小部分。值得注意的是，意象是主观情感在客观物象上的投射，同一个民族的情感投射具有类同性和传承性的特点，但主观情感的个体差异也赋予了意象的多内涵性。比如，秋天这一意象，通常被赋予了萧瑟、孤寂、悲情的色彩。如白居易在《琵琶行》中有"浔阳江头夜送客，枫叶荻花秋瑟瑟"，借凄凉冷落的秋景衬托和渲染离愁别绪。但是秋天作为一个客体，和"喜"或者"悲"的情绪并没有必然的联系，秋天这一意象也并不都是离愁别绪。如刘禹锡在《秋词》中就有"自古逢秋悲寂寥，我言秋日胜春朝"，一反传统秋天这一意象的悲凉内涵，转而讴歌秋天的美好，表现出一种与众不同、激越向上的诗情。

总的来说，这些意象将主客观相结合，以世间万物骋众生之情，不仅仅突显了诗歌之美，使得诗词更加生动，更加形象，也更容易引起读者心灵的触动和灵魂的共鸣，赋予诗歌更鲜活的生命力。

第三节　《红楼梦》酒令中的意象

《红楼梦》中的酒令，饱含着对人生的理性思考、对人性的透彻剖析、对封建社会和封建制度的深刻批判，表现了多样的人生经历和复杂的心理意识。酒令中有大量的诗词曲赋，蕴含着各种各样的意象，具有丰富的文化内涵和极其重要的情感价值。

《红楼梦》中的酒令包含"落花""眼泪""归雁""寒塘""鹤影""斜晖"等一系列意象，隐含悲怆凄凉之意。细细品味，不难感受到作者对日渐衰落的封建家族与封建社会的无限惋惜与悲伤之情。这些意象存在于各式酒令之中，成为酒令的核心部分，与全书的内容和思想感情有着深度契合。只有充分了解这些意象的情感内涵，才能更好地解读酒令包含的深意，也才能更好地理解整部小说的含义。与此相关，在《红楼梦》酒令的英译过程中，关于意象的翻译也显得十分重要。译者是否能够对意象进行完整准确的翻译，决定是否能够令读者更直观地了解酒令制令者的身世背景、性格特征乃至酒令所影射的人物后来命运，从而更准确地感受小说作者对书中人物的态度和对情节的设置。

在《红楼梦》的酒令中，"花"是最具代表性的意象，出现频率最高，内涵也最为丰富。许多关于"花"的诗句，都蕴含着人物的最后命运及贾府由盛至衰的悲剧结局。《红楼梦》中提到的花的意象，主要包括荷花、石榴花、海棠花、梅花、菊花、桃花等。这些不同花的意象，在《红楼梦》中多次出现，翻译的方式也不尽相同。

在中国传统经典著作中，花不仅作为植物出现，还被赋予了不同的象征意义。这些象征意义有可能来自植物本身的属性，也有可能来自花的人格化特征。花的外观和品相常常可以与人物的外貌特征、性情特点、道德思想相对应。描写花的文章或诗词，往往会将花与人之间的优点和共同点相提并论，并借用不同花的特色来表现不同人的性情特点、独特魅力和思想品格等，通过意象上的匹配，满足表达目的，实现艺术效果。以花喻人、咏物、抒情的修辞手法已经成为中国传统文学中常见的意象表达手段。曹雪芹在《红楼梦》中将以花喻人、咏物、抒情的文学性和新颖性发挥到了极致。《红楼梦》的酒令，包含了花的意象，在塑造人物、推动情节、渲染背景等方面，都起到了很大的作用。

在曹雪芹的笔下，花和美人的互喻随处可见，红楼女儿几乎都有与其身世命运相契合的花谱，如与宝钗相配的是牡丹，与探春相应的是杏花，与李纨相对的是梅花，等等。小说的女主人公林黛玉与花也有着密不可分的关系，她既是风露清愁的芙蓉花，同时又与菊花、荷花相关联，还与娇艳多姿的桃花有着解不开的情缘。在名花与美人的配对选择上，曹雪芹花了很多工夫。小说中的酒令诗词并未直接言明某种花对应的是哪一位女性，而是设计了很多线索，让读者根据蛛丝马迹寻找答案，同时获得愉悦的阅读感受。

　　首先，花的外形和美人的外貌有相似之处。比如宝钗被喻为一朵怒放的牡丹，因为她外貌丰腴，自有一种雍容华贵的气度，与杨贵妃形神俱似。李白在《清平调》中有"名花倾国两相欢，常得君王带笑看"的描写，用国色天香的牡丹比喻雍容华贵的杨贵妃，使杨贵妃成为牡丹花的代表。

　　其次，名花香草的某一重要特征与美人的性格相契合。比如探春诨名"玫瑰花"，原因是玫瑰花带刺，一旦靠得太近就很容易受伤，但经历被刺伤的痛苦后却会更懂得珍惜它的难能可贵。探春身为女子，又是庶出，却有一股巾帼不让须眉的韧劲。她像带刺的玫瑰花一样，拥有强大的自我保护机制，不给任何人看轻她、贬低她的机会。她立场鲜明、性格刚毅，又拥有美丽的外表，因此在大多数女性都逆来顺受的男权社会显得格外璀璨夺目。

　　另外，《红楼梦》还借花草之名来给女性命名。小说中以花草为名的女性不胜枚举，如香菱、娇杏、金桂等。这些命名都别有深意。比如香菱原名甄英莲，香菱一名是薛宝钗所赐，暗示其命运就好像菱花一样漂泊无依，凄凄惨惨。娇杏原为甄家丫鬟，但后来嫁给贾雨村做了正妻，还被封为诰命夫人，实在"侥幸"，固以谐音法起名。

　　更值得一提的是，《红楼梦》中的酒令，用花名签做谶语，暗示各位女性不同的命运。在贾宝玉的生日宴会上，大家欢聚一堂，抽花名签行酒令助兴。结果，宝钗抽到了牡丹，探春抽到了杏花，黛玉抽到了芙蓉……各人抽得的花名签上的花、成语和诗句，或象征得签者的身世性格，或暗示未来的命运际遇。如宝钗抽到牡丹，暗示她虽然"艳冠群芳"，最终也逃不过"辜负秾华"的结局；麝月抽到荼蘼，意味着麝月将成为荣国府衰败的最终见证人；袭人抽得桃花，暗隐袭人最终将嫁作他人妇……在书中，花是人的影子，人是花的化身。用花名签解读人物命运是小说的一大亮点，这种"诗谶式"的表现手法，增加了故事情节的神秘性，增强了小说结构的严密性和完整性，也展示了中国传统文化的独特艺术魅力。

　　花不仅能供人欣赏，改善生态环境，还能给人以美的视觉感受，因此，花卉成为文学作品吟咏的对象，也是作品中烘托环境的重要景物，为情节的发展提供了诸多重要背景。在《红楼梦》中，几乎每一个居所都少不了花草的点缀，其中的大观园就是一个奇花异草环绕的世外桃源。大观园中利用植物来构景的例子很多，基本做到"景因人而设，人因景而立"。一进院门，便可见一堵翠障，其后的"曲径通幽"处，"苔藓成斑，藤萝掩映"。潇湘馆是林黛玉的住所，它的环境设置与黛玉孤高自许、多愁善感的个性十分相符。潇湘馆里最突出的植物是竹子和芭蕉，它们因具有超凡脱俗、高洁不屈的品性而备受文人墨客的青睐。黛玉别号潇湘妃子，与纤细却又坚韧的竹子有颇多相似之处。贾宝玉的住所怡红院外面种着垂柳，里面种着芭蕉和海棠。垂柳随风摇曳的样子酷似女性的优美舞姿，西府海棠又名"女儿棠"，这样极具匠心的设置十分符合贾宝玉怜香惜玉、尊重女性的性情。薛宝钗的蘅芜苑虽"一株花木也无"，却见许多异草，显得格外朴实无华，各式异草环绕的外部环境与室内简单质朴的陈设十分和谐，显示出女主人对传统理念的坚守，符合宝钗"冷美人"的性格和低调的处事风格。

《红楼梦》是一部充满悲剧意蕴的小说，鲁迅曾给予它"悲凉之雾，遍被华林"的评价（鲁迅，2011）。在人生无常的感喟背后，小说叙写了几重性质不同、审美价值各异的悲剧：有百年望族日暮途穷之际，仍无法抵御外部的互相倾轧和内部的自相残杀的家庭悲剧；有琴瑟和谐的少男少女彼此深爱却不能结合的爱情悲剧；有"千红一哭，万艳同悲"的女性悲剧。从家族的盛衰兴亡到爱情的悲欢离合，再到"沉酣一梦终需醒"的茫然无措，作者将烈火烹油、鲜花着锦之盛的表象狠狠撕裂，用惊心动魄或是哀鸿遍野的死亡镜像将这个世界的惨烈暴露于世人眼前，引发读者对生命价值的深入思考。

由于花草易凋零、红颜易衰老的特性，在对悲剧意义的阐释中，"香草美人"意象扮演了举足轻重的角色。比如桃花千姿百态，色泽艳丽，怒放时格外美丽动人。然而，再娇艳的花朵经过短暂的盛开便碾落成泥，正如青春貌美的女人经过岁月的洗礼风采不再。正因如此，在中国传统文学作品中，桃花常常与青春易逝、爱情之悲同时存在。《红楼梦》中，曹雪芹频频使用桃花意象来增添林黛玉形象的悲剧意蕴：用桃花易落暗喻黛玉的爱情注定不会有美满的结局，用落花的无人问津隐喻黛玉寄人篱下、孤苦无依的处境，用《葬花吟》《桃花行》等唱出黛玉命运的悲歌。又如怡红院中的两盆西府海棠，是贾府荣辱兴衰的见证者。它们见证了宝玉对女性的怜爱，见证了大观园中的一次次悲欢离合，后又以莫名枯萎和违时开放，暗示贾府的穷途末路。大观园本是一群天真烂漫的少男少女们的乐园，但在贾府日趋没落的背景下，在封建势力的干预下，最终沦落为一座掩埋芳魂的大花冢。随着一朵朵鲜花的悄然谢去和一个个如花似玉的少女的离世，一片浓重的悲凉之雾席卷了整个红楼，留下个"花落人亡两不知"的凄惨结局。

本节以酒令中的花卉意象为例，阐释它在小说中的寓意和使用。花卉作为贯穿整部《红楼梦》的重要意象，对解析书中人物和解读全书内涵有着重要作用。

然而，作为一部封建社会百科全书式的旷世巨著，《红楼梦》中酒令所包含的意象远不止于花卉，还有更多的意象以及更复杂的意义解读，这对翻译也提出了更大的挑战。

第四节　酒令中意象的英译赏析

《红楼梦》中关于酒令文化的描写细腻、精彩，是书中堪称浓墨重彩的一笔。酒令中蕴含着大量的文化意象，这些文化意象有些能够从字面意思上看出其意义，有些则需要结合意象在中国传统文化中的内在意蕴来理解，还有一些必须兼顾整部著作的文本背景进行综合考量。

酒令中的意象词语都具有典型的"国俗语义"特征。"国俗语义"是在词汇实体指称意义上添加的民族文化含义（吴友富，1998），它是一种语言文化现象，涉及语言内部的民族文化心理、历史传统和地域风貌等多种文化元素。不同民族语言的意象词语具有不同的国俗语义。在英语和汉语中，意象词语的国俗语义有完全不同的地方，也有相似之处。在跨文化语言交际中，意象词语的国俗语义同异并存的情况，必须要结合具体的民族文化背景才能深入了解。译者在翻译过程中如果只是按照字面意义来进行直译，可能就会引起误读和误解，造成文化交流的失败。只有准确领会和把握意象词语的国俗语义，才能让目标语读者了解原意象的文化内蕴，实现文化传播的目的。

比如《红楼梦》卷五十中薛宝琴作《咏红梅花得"花"字》，尾联"前身定是瑶台种，无复相疑色相差"，使用"瑶台"这一中国传说意象。杨宪益夫妇将"瑶台"译为paradise，即英语文化中的"天堂"之意。汉语的"瑶台"和英语的"天堂"都表示神仙（上帝）居住的地方，具有相似的国俗语义。但二者也有明显的相异之处，"瑶台"是中国神祇的居住之地，在九天高台之上，而paradise是基督教教义中的至高神上帝在天的居所。杨译采用归化的翻译策略，利用两种语言中意象词语国俗语义的相似性，建构了对等关系，有效地实现了文化的转换。

但是，通过这一例还可以发现，尽管这种译法能够有利于目标语读者更好地了解原文本要表达的深层含义，但是意象在本民族语言中所具有的神韵和美感却仍然在翻译中被过滤掉了。"瑶台"对中国人而言，不仅仅是神仙居所，它更有一种虚无缥缈又美轮美奂、高高在上又尘俗不染的意蕴，令每一个人心生向往。这种神韵和美感，是一种只可意会不可言传的东西，它只能通过共同的文化语境和背景传递给读者，难以用任何具体的语言来翻译得到。

究其原因主要在于，一个民族的语言文字是这个特定民族文化活动所使用的符号体系，它是一个庞大而复杂的综合体，包含了深厚的文化、历史、心理的集体无意识，积淀着特定民族的风俗习惯、思维方式和价值观念。当两种语言文字进行互译时，不仅是词语意义信息的传达，更是背后所隐藏的文化与文化、观念与观念、思维方式与思维方式的接触、交流和碰撞。语义可译，但背后的种种却往往难以尽译。

因此，酒令中意象的英译，不能只是简单的字面直译，必须结合背后的各种文化因素综合考量，并且选择恰当的英语意象词语来替代或转换，必要时还需要使用意译、增译、注释等翻译技巧，才有可能处理好原意象的传译问题。

下面将结合杨宪益夫妇和霍克斯所翻译的《红楼梦》的两个英译本中有关酒令里意象的翻译案例，探讨意象英译的特点和难点，研究意象的翻译策略和技巧。

例 5.1

例句：一片砧敲千里白，半轮鸡唱五更残。绿蓑江上秋闻笛，红袖
楼头夜倚栏。（第四十九回）

杨译：Washing-blocks pound in an expanse of white,

Only a crescent is left when cocks crow at dawn;

In green coir cape on the river he listens to autumn fluting,

In red sleeves she leans over her balustrade at night.

霍译：From a white world the washer's dull thud sounds,

Till in the last watch cocks begin to cry,

While, by a fisherman's sad flute entranced,

A lady leans out from her casement high;

这一酒令是香菱咏月第三首中的两联。夜深沉静之时，月光照耀千里大地，砧板捣衣之声绵绵不绝。巡更更替，月亮褪残，公鸡早鸣，五更将尽，黎明曙光乍现。他乡旅人在月光之下泛舟江上，听到远方传来的笛声，不禁产生了强烈的

思乡之情。在这样凄凉孤单的夜里，女子身着华衣登上高楼，凭倚栏杆，遥望头顶的明月。

短短四句诗歌，却融入了各式各样的意象，并且有着非常灵活的转换方式。诗句中出现"砧敲""鸡唱""千里白""五更残""绿蓑江上""红袖楼头""秋闻笛""夜倚栏"等多个意象集合，这些意象几乎每一个都在中国古典诗词中意蕴丰富。冯庆华指出，这些意象虽可翻译，但这些"象"本身是在特定文化中与"意"的融合，而意是富于文化特色的（冯庆华，2006）。这首诗中的各个意象均是中国传统文化所特有的文化形象，蕴含着丰富的民族文化意义。在英译的过程中，面对目标语意象文化缺项的情况，需要对这些意象作专门的翻译处理。

"砧"指捣衣石，中国诗词中常见"秋夜敲砧"等行为意象，以寄寓妇女思念远征戍边的丈夫的幽怨之情。杨译为 washing-blocks pound，直接译出字面上的敲打砧石的声音。霍译为 washer's dull thud sounds，译出洗衣击打之声，并增译 dull 一词，表达原句萧瑟的情感色彩。相较而言，霍译通过增译描写性形容词的方式，更好地传达了原意象的主观情绪，杨译则主要传达了"象"，却缺失了"意"，没有原意象那种似有似无的哀怨之意。

"五更"指天将明时。古代中国民间把夜晚分成五个时间段，首尾及三个节点用鼓打更报时。敲打五下则意味着寅正四刻，是夜晚和白日的交替之际，又称平旦、黎明、日旦等。在史籍和传统文学作品中，经常使用这种计时名称，常用于通宵达旦的情状，暗指人彻夜未眠，愁怵满怀。杨译为 at dawn，是直译，较为准确地译出了黎明这个时间点。霍译为 in the last watch，是意译，表达这是夜晚的最后一更之意，和"残"相呼应。两种译法各有千秋，但对"五更"背后暗含的愁绪没有译出，缺失了"意"。

"绿蓑"是绿色草苇编织成的防雨蓑衣，在诗词中寓意浪迹天涯的野客的离愁别绪。杨译为 green coir cape，着意表现出蓑衣的类别和材质。霍译则意译为 a fisherman，方便目标语读者理解，但限制了原诗给读者提供的遐想空间和画面美感。

"笛"在诗词中不仅是一个乐器，还因其哀怨悠扬的声音成为秋夜旅人们闻之落泪的典型意象。杨译为 autumn fluting，霍译为 sad flute，增译了蕴含情绪的 sad 一词，将笛声这一意象的隐藏意义补充出来，能够让读者更好地体会到原诗的情感内涵。

"红袖"是中国古典文化中一种美好的意象，一般喻指年轻貌美的女子。杨译采用直译的方法，译为 in red sleeves，没有译出它喻指的对象人物，缺乏中国文化背景的目标语读者无法将它和美人联系起来。霍译为意译，直接将"红袖"转译为 a lady，点出这一句的主语其实是一位美貌女子，译出"红袖"这一意象的隐喻内涵，更有利于读者理解。

例5.2

例句：博得嫦娥应借问，缘何不使永团圆！（第四十九回）

杨译：Well might the goddess Chang E ask herself:

Why cannot we enjoy endless, perfect delight?

霍译：And you, White Goddess, lulled in sweet delight,

Wish every night could be a fifteenth night.

这一酒令和上例一样，是香菱咏月第三首的尾联。这一句诗描写嫦娥看到人间的悲欢离合，也不禁自问："为什么不能使得人们团团圆圆、永不分离呢?"

"嫦娥"是中国上古神话里的仙女，独居于月宫之中。由于中秋佳节与月亮有着天然的联系，中国古代的中秋诗词中便常常出现"嫦娥"这一意象。在唐诗中，嫦娥是孤寂、惆怅和寂寞的怨妇形象，如李商隐的"嫦娥应悔偷灵药，碧海青天夜夜心"。到了宋词里，嫦娥的寓意发生了变化，她不再是孤凄的怨妇，而成为文人骚客的倾听者。尤其在中秋佳节，政治失意或旅居在外的诗人词人们便借"嫦娥"这一清冷的意象，阐发自己孤独落寞的情绪。

杨译将其翻译为 goddess Chang E，增译了身份词，点明嫦娥是上古女神，便于目标语读者补充相关的文化缺项，从而更容易理解原诗句的内涵意义。霍译采用意译的方式，不再译出人名，而更强调"嫦娥"月宫女神的身份，为 White Goddess。同时，霍译还补充增译了"嫦娥"的处境和心情，用 lulled in sweet delight 表明嫦娥沉浸于甜蜜的欢乐之中。霍克斯的翻译处理，可能是基于他对中秋佳节的理解，认为此时人们应当都处在阖家团圆的喜悦中，但其译文显然与原诗的意象内涵不相符合。这一点可以在霍译对第二句诗歌的翻译上得到佐证。他将第二句反问语气转变为表示期盼希冀的祈使语气，洋溢着更为积极正面的情绪，与原诗游子思妇的满怀愁绪格调不同。霍译还采用转喻的译法，把抽象的"团圆"译为月亮最圆满的"十五夜"，与前文的 White Goddess 相呼应，对"嫦娥"这一意象做了巧妙的补充，这一点构思颇为精妙。

例 5.3

例句：香菱道：匝地惜琼瑶。有意荣枯草

探春道：无心饰萎苕。价高村酿熟（第五十回）

杨译：*Xiangling*：

Jade scattered on the earth below.

Fain would it revive the dead grass...

Tanchun：

But no veil on withered plants throw.

The village brew, matured, is costly now...

霍译：CALTROP：

And powdered jade the whole earth beautifies.

Flakes on the dead plants weave a winter dress—

TAN-CHUN：

And on dry grasses gemlike crystallize.

Now will the farmer's brew a good puce fetch—

这是众人在芦雪庵饮酒赏雪时联合创作的五言排律，要求"即景联句，五言排律一首，限'二萧'韵"。由凤姐儿起第一句上联诗句，然后由下一位接下一联，再起新的一联，以此类推。本例中的两句是中间两句，制令者是香菱和探春。诗句大意为，漫天遍野的大雪落入污泥就像琼瑶美玉抛撒遍地一样，有意想要使得枯草繁荣茂盛，却无心装饰枯萎的苕花，因这雪大天寒，所以酒价上涨。这几句诗歌也蕴含了丰富的意象。

"琼瑶"指美玉。这一意象在中国诗词中被广泛使用，常常寄寓人们美好的情思，或比喻美好的事物。这里的"琼瑶"比喻像玉一样的雪。杨直译为 jade，用 scattered 形容大雪纷飞的情状。霍译则加译了 powdered，以表示这里像美玉的雪的形态是粉末状的，更好地模拟了雪花飘散满地的样子。在英语中没有"以玉拟雪"这种隐喻联想，两个译本都忠实于原文意象的表面，但没有译出其中的文化内涵，对目标语读者来说理解存在一定的障碍。

"枯草"指枯萎的野草，因枯草衰败的情状常用来表现悲伤的情绪。两个译本都用了直译的方法，将枯草这一客体译出，霍译更加入了新的客体 flakes，表明渴望雪花覆盖使枯草复苏之意。"萎苕"，指枯萎的苕花。苕花秋季开花冬季枯萎，开花时一片白色，在古诗词中常用来比喻白雪。这里用"萎苕"一方面和前一句的"枯草"构成同义呼应,另一方面也利用苇花本身开花似雪的特点,枯萎之时唯有用白雪令它恢复盛开之状,建立起两个物象的内在联系。杨译为withered plants,霍译为dry grasses,两个译本都将"葭苕"处理为一般的枯萎野草,虽然能够呼应前一句的"枯草",但是没有突出苇花的与众不同,在一定程度上割裂了苇花和雪的联想关系,遗漏了前后诗句的内在文化隐喻意义。

另外,原诗中,"有意"和"无心"、"荣"和"饰"、"枯草"和"葭苕"是三组对仗极为工整的词语,体现了中国诗歌别样的"形美"。其中,"有意"和"无心"不仅具有形式上的美感,还具有深远的哲学意义,体现了中国传统道家哲学的智慧。杨译用fain和no veil,译出原诗的部分语义,却失去了其哲学内涵,也缺少形式上的对仗美学特点。虽然表达出了原诗的部分语义,却在一定程度上丢掉了原诗特有的对仗美学特征。霍译则完全省译了"有意"和"无心"这一组合,没有传达出原句的哲学文化底蕴。

例5.4

例句:李纹道:阳回斗转杓。寒山已失翠(第五十回)

杨译:*Li Wen*:

The Dipper turns and longer the nights grow.

Cold hills have lost their vivid green...

霍译:LI WEN:

And the Wain turns as Yang revivifies.

Snow robs the cold hills of their emerald hue——

这是芦雪庵五律排诗的中间两句,制令者是李纹。诗句大意是,季节变动,北斗的斗柄已经转向,正值阳气复回的冬至,远山白雪覆盖,失去往日的苍翠。

"杓",即"斗杓",是北斗星的第五、六、七颗星的总称,其形如酒斗之柄,也叫"斗柄",是古人确定时间和季节的依据。在冬至这一天,北斗星的斗柄指向正北方向,阴极阳生,从这天起,斗柄逐渐向东转,天气回暖,所以称为"阳回"。杨译为the Dipper,霍译为the Wain,都译为"北斗七星",没有突出"斗杓"的局部特征,也没有译出它与时令的关系。杨译点出冬至是夜晚最长的一天这一特点,但是没有译出"阳回"的文化含义。霍译将"阳回"的"阳"译为"阴阳"的Yang,用原语的拼音表现中国文化中阴阳的内涵,但和前面的北斗七星的转变时间脱节,显得突兀,不利于目标读者解读。

"寒山"，指寒冷的山。中国古诗词中的"寒山"不仅点出此时的季节特点，也表达诗人当时寒冷的心境。两个译本都直接译为 cold hills，但语序不同。杨译基本按照原文顺序字对字翻译。霍译则转变主语，补译出 snow 这个潜在动作发出者，用动词 rob，采用拟人的手法，明确"寒山失翠"的原因。一方面使目标语读者更容易理解，另一方面也将"白雪覆青山"的言外之意直接表现出来，填补了原文的虚白。

例 5.5

例句：岫烟道：冻浦不闻潮。易挂疏枝柳（第五十回）

杨译：*Xiuyan*：

In frozen creeks no tide is heard to flow.

The snow hangs lightly on sparse willow boughs...

霍译：XIU-YAN：

And frost the river's motion petrifies.

Snow settles thickly on sparse willow boughs—

这是芦雪庵五律排诗的中间两句，制令者是邢岫烟。诗句大意是，雪后低温，湖面结冰，已经听不见潮起潮落的声音；雪容易悬挂在萧疏的柳树上。

"冻浦"是结冰的河流。杨译直译为 frozen creeks，并按照原文内容译出无法听到潮声的意思。霍译单独将 frost 译出，点明河水冻结的原因，不再译出"不闻潮"一句。值得注意的是，霍译将宾语 the river's motion 前置，使得主语和宾语放在一起，暗合了原文中"冻浦"的完整意象表达形式。

"易挂疏枝柳"一句，表面意象是"柳"，实际意象是"雪"。两个译本都补译出了"雪"这个主语，杨译用动词 hang，霍译用动词 settle，分别都译出了雪覆盖杨柳枝的意境。汉语是意合性语言，允许语句结构具有不完整性，主语的缺失恰恰为虚白的残缺美提供了空间。根据格式塔心理学，人具有"完型"的本能，当句中的成分缺失时读者会自动将语句填补完整，以形成完整的语义，因此原文留白之处译者自发填补为"雪挂疏枝柳"。但英文是形合性语言，其语言特性不允许语句中存在成分缺失的结构，故而在处理此类语言结构的虚白时，译者需要对虚白进行个人阐释并在译文中传递给读者。

例 5.6

例句：湘云道：难堆破叶蕉。麝煤融宝鼎（第五十回）

杨译：*Xiangyun*：

But slides off tattered plantain leaves drooped low.

Musk-ink is melted in the precious tripod...

霍译：XIANG-YUN：

But on dead plantain-leaves less easy lies.

Now perfumed coals in precious braziers burn—

这是芦雪庵五律排诗的中间两句，制令者是史湘云。诗句大意是，凋落残破的蕉叶都被大雪覆盖了，含有麝香的熏香在珍贵的香炉里燃烧。

"麝煤"是制墨的原料，在古诗词中一般代指香墨，但是在本句中主要指取暖用的优质木炭。杨译为 musk-ink，按照这一意象的一般内涵即"麝墨"来翻译，但是在这里显然和全句意义不相符合。霍译为 perfumed coals，可能更符合原文的语境。正如前面所说，中国文化中的意象尽管有着趋向一致的文化内涵，但是在不同的语境中，因不同个体感知的差异也会出现不同的含义。在翻译中不能一味地按照意象的传统意蕴解释和外译，而需要根据前后文内容做出更为恰当的理解。

"宝鼎"，是古代烹饪食物的器具，一般状为三足两耳，在本句中主要指焚烧香料的珍贵容器。杨译为 precious tripod，将传统器具的三足的形状翻译了出来，符合原文的文化意象。霍译为 precious braziers，主要从功能的角度出发，突出其用途是焚烧东西，便于目标语读者理解，但是缺失了原语文化中这一意象的本来形态和意义。

例 5.7

例句：宝琴道：绮袖笼金貂。光夺窗前镜（第五十回）

杨译：*Baoqin*：Rich sables hide the silken sleeves below.

Brightness the mirror by the window catches...

霍译：BAO-QIN：

And heavy furs the girls' slim shapes disguise.

Firelight the mirror by the window catches—

这是芦雪庵五律排诗的中间两句，制令者是薛宝琴。诗句大意是，丝罗的衣袖还挽着金色的貂皮，炉火照亮了窗前的镜子。

"绮袖"，指绮罗的衣袖，形容衣饰华丽。中国传统文化中常常用"绮袖""红袖"等意象代指美丽女子。如唐代杜牧《书情》诗中有"摘莲红袖湿，窥渌翠蛾频"，后蜀欧阳炯《南乡子》词中有"红袖女郎相引去，游南浦，笑倚春风相对语"。杨译为 silken sleeves，直接译出字面意义，但没有译出暗含的"美丽女子"之义，目标语读者只能根据字面意思领会到"丝绸衣服外面穿貂裘"的场景，难以构建出一位美丽的女子身穿貂裘的景象，原语的意蕴美感无法呈现。霍译为意译，将"绮袖"一句译为 And heavy furs the girls' slim shapes disguise，栩栩如生地再现了貂裘下的袅娜身姿，传递了"绮袖"所蕴含的隐性美，取得了对等的阅读效果。

例 5.8

例句：宝玉道：清梦转聊聊。何处梅花笛？（第五十回）

杨译：*Baoyu*：

While the clear dream lingers slow.

Whence comes the sound of the plum-blossom flute? ...

霍译：BAO-YU：

Each sleeper's dreams with sadness sanctifies.

Somewhere a melancholy flute is playing—

这是芦雪庵五律排诗的中间两句，制令者是贾宝玉。诗句大意是，雪夜难眠，榻上清梦短浅，耳边隐约传来吹奏笛声。

"清梦"即美梦，是古代诗词中经常使用的意象。这句诗中描写"清梦"短暂"聊聊"，暗含悲伤的愁绪。杨译为 clear dream，字对字直译，描写在梦中徘徊之境，情景交融，符合原诗的意蕴，但是未译出清梦短浅的愁绪。霍译则采用意译的方法，译为更明确直白的 sleeper's dreams，但增译了表示情感的词语 sadness，将内涵的悲愁译出，准确地传达了原句的潜在意义，便于目标语读者理解。

"梅花笛"即指笛子，因为笛曲有《梅花落》一首，故而以之为名。《梅花落》是汉乐府中二十八横吹曲之一，其缠绵凄切的笛声常用来表示戍边征人的思乡之情。这一令中，在落雪的深夜闻听笛声，不禁生出几分忧愁。杨译为 plum-blossom flute，直译出其字面意义，但读者无法将"梅花"这个词义直接与悠扬婉转的笛曲联系起来，也无法体会意象所表现出来的悲愁离绪。霍译为 melancholy flute，用"忧郁的笛子"突出意象传达的潜在情感意义，并且使用陈述句的句式，将诗句的文化内涵直接清晰地表达出来。

例 5.9

例句：宝钗道：谁家碧玉箫？鳌愁坤轴陷（第五十回）

杨译：*Baochai*：

Who is it that on green jade pipe doth blow?

The giant turtle fears the earth may sink...

霍译：BAO-CHAI：

Whose sad notes with the wind's plaint harmonize.

With groans the Earth Turtle sideways shifts his load—

这是芦雪庵五律排诗的中间两句，制令者是薛宝钗。诗句大意是，雪夜耳边隐约传来笛箫之声，巨鳌因担忧大雪重压大地致塌陷而发愁。

"碧玉箫"是指玉制的箫，是古代乐器的一种。它和笛有着相似之处，文化意蕴也相通，多借宛转悠扬的曲调表达某种悲愁之情。杨译为 green jade pipe，是字面直译。霍译为意译，不翻译乐器名称，而是增译表示情感的词语 sad，并将全句创造性地译为"玉箫忧郁的音符与风发出的哀鸣相和共鸣"，描绘出整个诗句的幽怨意境与氛围。

"坤轴"是中国古代人们想象中的地轴。这是中华民族的先民们在低下的生产力条件下，对地理环境的主观认知，为今天的科学所证伪。因此两个译本都没有译出该意象的本来意义，杨译将这一意象转译为 earth，霍译将整句转译为 sideways shifts his load，并将"巨鳌"译为 the Earth Turtle，相互呼应，以便目标语读者理解。

例 5.10

例句：宝琴也站起道：吟鞭指灞桥。赐裘怜抚戍（第五十回）

杨译：Baoqin stood up too，continued：

Baoqin：

A whip points at the bridge, the poet must go.

Fur coats are issued to the garrison...

霍译 DAO-QIN①:

While from the bridge a horseman waves good-byes.

Now warm clothes to the frontier are dispatched.

这是芦雪庵五律排诗的中间两句，制令者是史湘云。诗句的大意是，用驴鞭遥指风雪中的灞桥，皇帝怜恤戍边将士在风雪夜仍辛勤戍守，赏赐给他们过冬的衣裳。

"灞桥"是中国古代十大名桥之一，因长安的灞水而生，位于西安市内灞水河道之上。据《汉书》记载，春秋时期，秦穆公称霸西戎，取春秋五霸的"霸"字，将滋水改为霸水，后加形旁为灞水，水上建桥便为"灞桥"。自此，长安城东逐渐形成以"灞"字为中心的一系列意象，如"灞城""灞陵""灞柳""灞头""灞上"等。"灞桥"作为东出长安的必经之地，无数文人墨客在此离别相送，上演了不可胜数的悲欢离合，承载着蔓延千年的离愁别绪。

中国古诗词中经常都会吟咏"灞桥"这一意象，也把它作为文思的来源。南宋尤袤《全唐诗话》载："相国郑綮善诗……或曰：'相国近为新诗否？'对曰：'诗思在灞桥风雪中，驴子上，此何以得之？'"郑綮被问到是否作新诗，便以"灞桥"为托词，认为诗思应当从风雪中骑驴过灞桥而得。本例诗句化用这一典故，以"吟诗"的"吟"字领起整句，骑驴挥鞭指灞桥，实际是在雪中行吟，寻找诗思。

杨译和霍译都把"灞桥"译为 the bridge，没有译出"灞桥"的名称。但是，杨译增译了主语 the poet，将"雪中行吟"的潜在文化意义通过"诗人"这个身份呈现出来。霍译译出主语为 horseman，并增译 good-byes，表达挥鞭的目的是离别。显然，霍译要表达的是"灞桥"这一意象蕴含的"离愁别绪"的文化内涵。这对大部分古代诗词中的"灞桥"来说是正确的，但是在这里却是"只知其一不知其二"，没有进一步理解全句的典故出处，没有译出"增益诗思"的真正意义。

例 5.11

例句：探春又联道：色岂畏霜凋。深院惊寒雀（第五十回）

_____

① 此处霍克斯误译人名为 DAO-QIN，结合《红楼梦》原文本，应为 BAO-QIN。

杨译：Tanchun went on：

Tanchun：

Beauty no frost can blight or overthrow.

In the deep courtyard chilly sparrows take fright...

霍译：Tan-chun managed to get in a contribution at this point：

TAN-HUN①：

Which, bold in beauty, winter's blasts despise.

The hushed yard startles to a cold chough's chatter—

这是芦雪庵五律排诗的中间两句，制令者是贾探春。诗句的大意是，洁白的雪色不会因为霜冻而消退，庭院深处的鸟雀在雪中被惊扰。

"深院"是中国古诗词中常见的一个意象。表面上指几进的深宅院落，但又因为长年闭锁，在文化意蕴上经常和幽闭独居、寂寞空虚、孤独惆怅等愁绪联系起来。如李清照在《临江仙》中有"庭院深深深几许"，表现了词人独居深闺，思念远方丈夫的内心悲苦之情。

本例中描写"寒雀受惊"正是在"深院"的环境之下。当大雪覆盖整个宅院时，更加增添了这种孤寂清冷的意境，才使鸟雀受惊飞起。杨译为 deep courtyard，符合原文本的"深"意，和许渊冲将"庭院深深深几许"译为 Deep, deep the courtyard where I live, how deep 有异曲同工之妙，展现了原词的音美和意美。但不可否认的是，这种译法对目标语读者来说可能会造成理解上的困难，因为他们缺少中国文化背景，无法理解 deep 的意义是指院子的深度还是某种结构构造，更无法了解"深院"所蕴含的孤寂清冷的愁思。霍译为意译，把"深院"译为 hushed yard，把潜在的"孤寂无声"的文化内涵直接呈现出来，有利于目标语读者理解这一意象的真正意义。

例 5.12

例句：岫烟联道：空山泣老鸮。阶墀随上下（第五十回）

杨译：*Xiuyan*：

In lonely hills an old owl hoots its woe.

Snow dances up and down the courtyard steps...

---

① 此处霍克斯误译人名为 TAN-HUN，结合《红楼梦》原文本，应为 TAN-CHUN。

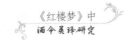
霍译：XIU-YAN：

An old owl wakes the vale with mournful cries.

The driving flakes make angles disappear—

这是芦雪庵五律排诗的中间两句，制令者是岫烟。诗句的大意是，老鹗在空旷的山谷里发出悲鸣，雪花覆盖住了院子里的台阶。

"空山"，指幽深少人的山林或空旷无人的山谷。在中国古诗词中这一意象具有明显的哲学意味。如王维的诗词中常用"空山"这一意象，多着重于将精神或心性脱离世俗百相，而追求另一个更空明的宇宙世界，是禅宗顿悟和智慧的体现。"空山"之空，不仅仅是一种无人无声的物理情景，也常常喻指孤独凄清的情绪和感受。杨译为 lonely hills，将"空"转译为表示感觉的词 lonely，直接译出意象的文化内涵。霍译为 the vale，没有译出"空"字，但在后面用 with mournful cries，将情绪从"山"转变到"泣"。两个译本虽然处理方式不同，但是都在一定程度上把原文本孤寂清冷的文化内涵翻译了出来，能够让目标语读者比较直接地理解其内在情绪。

例 5.13

例句：湘云联道：池水任浮漂。照耀临清晓（第五十回）

杨译：*Xiangyun*：

Drifts at will on the lake below.

Glittering bright in dawn's clear light...

霍译：XIANG-YUN：

But dimples on the water's face incise.

In the clear morn how radiant gleams the snow!

这是芦雪庵五律排诗的中间两句，制令者是史湘云。诗句的大意是，落在水中的雪花在没有结冰的池水中自由地漂浮，晨光照耀在有雪的水面上，反射出耀眼的光芒。

"浮漂"，指漂在水面上随水流动。如三国时期的曹操在《碣石篇》之三写道："流澌浮漂，舟船行难。"杨译为 drifts，直译为随水漂流。霍译为 dimples，指水上的涟漪。相较而言，杨译更贴近于原文本的意义，更好地描摹出雪花在水上随水漂浮的状态。霍译翻译出水面涟漪阵阵的形态，虽然缺失了原文随水漂流的意境，但却更易于目标语读者理解。

例 5.14

例句：湘云忙笑联道：瑞释九重焦。僵卧谁相问（第五十回）

杨译：*Xiangyun*：

Its promise clears the sovereign's gloomy brow.

Who cares for the one lying frozen...

霍译：XIANG-YUN：

Its promise can a king's cares exorcise.

Who'd lie abed all stiff with cold indoors—

这是芦雪庵五律排诗的中间两句，制令者是史湘云。诗句的大意是，瑞雪的祥瑞解除了皇帝对国事的焦虑，饥寒交迫僵卧在家的人，谁又会来问候关怀？

"九重"即九层，本来指天之极高处，但多用来比喻帝王居住的地方，进而直接寓指身居高位的君主。杨译为 sovereign，霍译为 king，都译出了"九重"所隐喻的人物之意。杨译将帝王之"焦"译为 gloomy brow，用"眉头"这种更形象化的方式呈现忧虑之情。中国古代诗词中，常有以"眉头"寄寓忧虑之词，如苏轼《西江月》"看取眉头鬓上"，辛弃疾《浣溪沙》"眉头不似去年鳌"，黄庭坚《减字木兰花》"拂我眉头"等。杨译在译文中使用了原语传统文化中表示忧伤的常见意象，很好地再现了诗歌注重形象的特点。但是相比较而言，霍译则直接译为 king's cares，有利于目标语读者更直观地了解原诗要表达的意思。

例 5.15

例句：宝琴也忙笑联道：狂游客喜招。天机断缟带（第五十回）

杨译：Baoqin cut in gleefully：

Baoqin：

While merry-makers，feasting，toast the snow.

A white silk belt from the heavenly loom is broken...

霍译：BAO-QIN：

When friends invite to red-cheeked exercise？

Who o'er the land the menfolk's silk unrolls—？

这是芦雪庵五律排诗的中间两句，制令者是薛宝琴。诗句的大意是，踏雪游赏的客人欣喜有人招待饮酒驱寒，连绵不绝的雪花像天上织女织好的白色丝带断裂落下一般。

"天机"，指传说中天上织女所用的织机。相传织女用织机织出的布匹和制作的衣服没有缝隙。诗句将雪比作白色丝带，但雪断断续续，就像天上织机剪断了丝带。这一意象巧妙利用人们对中国传统文化中织机和织女的认识，将自然意境和文化意境巧妙融合。杨译为 the heavenly loom，直译其义。霍译是意译，完全颠覆了原句顺序，转译为铺在地上的白雪，同时将陈述句转变为疑问句，使得情感表达更为生动直接，更容易感染目标语读者，带给他们直白的美感。

例 5.16

例句：湘云又忙道：海市失鲛绡。（第五十回）

杨译：*Xiangyun*：

Whiter than mermaid's silk from sea-market below,

霍译：Xiang-yun quickly capped this：

XIANG-YUN：

Who the white weft from Heaven's loom unties?

这是芦雪庵五律排诗的中间一句，是史湘云接令而行。诗句的大意是，美丽的雪景像海市遗失的鲛绡一样洁白美好。

"海市"指海市蜃楼，海中幻境。中国古代把海市蜃楼看作仙境，秦始皇、汉武帝都曾率人前往蓬莱寻访仙境，寻求灵丹妙药。"海市"在传统文学中是一处神奇又令人向往的地方。杨译为 sea-market，直译其名，无法突出它在中国人心目中的特殊地位，也无法表现其神秘之处。

"鲛绡"是传说中鲛人所织的绢，亦指薄绢、轻纱。相传这种材质的衣服"入水不濡"，其色洁白，可用于贮鲛人之泪。中国古代传说中，在南海外有一种鲛人，亦作"蛟人"，即神话中的美人鱼，据说鲛人的眼泪会化为珍珠，而鲛绡就是贮藏珍珠之物。这里用"鲛绡"形容白雪。杨译为 mermaid's silk，即"美人鱼的丝绸"，直译出其字面意义，忠实于原文本，但"鲛绡"的具体特征和其文化渊源在翻译中则完全缺失。霍译完全打破了原句的语义和语序，将"鲛绡"译为 white weft，转换了原意象的名称，直接翻译出它的特征和实质，即"白色的纬纱"。相较而言，霍译比杨译更能直观地让目标语读者理解这一意象到底是什么，至于意象背后的文化意义则两个译本都有所缺失。

例 5.17

例句：林黛玉不容他道出，接着便道：寂寞对台榭。（第五十回）

杨译：Before she could start a new couplet, Daiyu put in:

Daiyu:

Deserted pools are locked in loneliness...

霍译：But before she could begin another couplet, Dai-yu slipped in a line of her own:

DAI-YU:

Tall tiled pavilions cold and empty stand—

这是芦雪庵五律排诗的中间一句，是林黛玉抢令而行。诗句的大意是，雪孤寂清冷地对着高高的台榭。

"台榭"，中国古代的一种建筑形式，常用于宫室、宗庙之中。一般来说，将地面上的夯土高墩称为台，台上的木结构房屋称为榭，二者合称为台榭。台榭主要用于眺望、宴饮、行射等，还具有防潮和防御的功能。古代诗词中常用"台榭"泛指楼台等建筑物。

杨译为 deserted pools，转译为"台榭"下的场景，显然与"台榭"的客观物象不同。杨译在翻译中对这一意象进行了改动和重构，结合上下文的内容，突出了略显破败的"台榭之景"。霍译为 tall tiled pavilions，将原文中的意象还原到译文之中，并且增译 tall 和 tiled，对这一富于中国特色的意象的细节进行了补充说明，令目标语读者能够更真切地感受到这个意象的客观指示物。

例 5.18

例句：湘云忙联道：霞城隐赤标。（第五十回）

杨译：*Xiangyun*:

Cloud ramparts hide the crimson glow...

霍译：XIANG-YUN:

And red flags flutter against sunset skies.

这是芦雪庵五律排诗的中间一句，是史湘云接令而行。诗句的大意是，大雪隐没了赤城山的高峰。

原句有两个相互关联的意象："霞城"和"赤标"。"霞城"有两种解读。第一种指赤城山，在浙江省天台县北，状如城墙雉堞，土色皆赤，望之似霞，故名霞城。第二种指充满晚霞的城池。"霞城"在这里和"赤标"连用，应当是第一种解释。晋代孙绰《游天台山赋》："赤城霞起而建标，瀑布飞流以界道。""赤标"指赤城山的赤色高峰，望去可以作为巅峰的标识。本句承接上下联，"隐"字指出赤城山山峰被大雪隐没。

杨译将"霞城"译为 cloud ramparts，没有直译意象的名称，而是以部分代整体，进行了范畴转化。"赤标"译为 the crimson glow，对原意象的意义进行了改变，使用"深红色的微光"这一特征，代指赤色的高峰。

霍译更进一步做了转化，将"霞城"译为 sunset skies，突出晚霞映照的特征，说明得名的原因。"赤标"则译为 red flags，直译字面意思，用现代常见的插红旗标识高峰的方式来转译。整句译文连起来，指（标识高峰的）红旗在晚霞的天空下飘扬，这一意义更为形象直接，便于目标语读者理解。

但是，两个译本都没有将意象具体所指的地点翻译出来，目标语读者无法将它和中国古诗词中的赤城山这一特别的客体事物联系在一起，也无法感受到地名所带来的特殊文化意蕴。

例 5.19

例句：宝琴也忙道：或湿鸳鸯带。（第五十回）

杨译：*Baoqin*：

Snow-flakes wet the belt with a design of love-birds...

霍译：BAO-QIN：

The stiffened aigrette gradually thaws—

这是芦雪庵五律排诗的中间一句，是薛宝琴接令而行。诗句的大意是，雪花时而飘落下来会打湿鸳鸯丝带。

"鸳鸯"，既是中国一种著名的观赏鸟类，也是古代神话传说和文学作品中经常使用的意象。"鸳鸯是小型游禽，雄鸟额和头顶中央翠绿色，并具金属光泽；枕部铜赤色，与后颈的暗紫绿色长羽组成羽冠。眉纹白色，宽而且长，并向后延伸构成羽冠的一部分。眼先淡黄色，颊部具棕栗色斑，眼上方和耳羽棕白色，颈侧具长矛形的辉栗色领羽。"（马正学，2017）因为鸳鸯本就是一雄一雌，雄鸟是鸳，雌鸟是鸯，且总是成双成对地同时出没，在古代诗词中便被用来寄寓男女之间的忠贞爱情。使用"鸳鸯"这一意象的诗词非常多，如卢照邻《长安古意》"得成比目何辞死，愿作鸳鸯不羡仙"，杜甫《佳人》"合昏尚知时，鸳鸯不独宿"。古代女子出于对美好爱情的憧憬，常常把鸳鸯图案绣在衣服和被套上。本句所称的"鸳鸯带"，便是指绣有鸳鸯花纹并用金、银、介壳镶嵌的衣带。"鸳鸯带"也是诗词中常用的意象。如唐代徐彦伯《拟古》"赠君鸳鸯带，因以鹣鹣裘"，宋代梅尧臣《十一月七日雪中闻宋中道与其内祥源观烧香》"絮扑鸳鸯带，花团蛱蝶枝"。

杨译为 the belt with a design of love-birds，直译其意，把"鸳鸯"译为"爱情鸟"，直白地传达出这一意象在中国传统文化中的内涵意义，但是对"鸳鸯"这一事物本身的自然属性和类别等则没有传达。霍译则更着重翻译其自然属性，但他将"鸳鸯"译为 aigrette（白鹭），明显是错把两种鸟类混同。同时霍译将全句意译，译为僵硬的白鹭（羽毛）逐渐融雪变暖，显然是误解了原文中"鸳鸯带"这一意象的意思。

例 5.20
例句：魂飞庚岭春难辨，霞隔罗浮梦未通。（第五十回）
杨译：In a dream, rosy clouds bar the way to Mount Luofu,
　　　But to Yuling's eternal spring my soul has fled.
霍译：Like rosy clouds that clothe the springtime slopes
　　　Of Yu-ling, where my dream-soul oft has sped.

这一句酒令出自邢岫烟的《咏红梅花得"红"字》，此为颔联。书中描写众人在芦雪庵行令作诗，贾宝玉写诗落第被罚折红梅花，人们又唤初来乍到的邢岫烟、李纹、薛宝琴三人各作一首七言律诗，依次用"红""梅""花"三字做韵。此诗是邢岫烟抽得以"红"字做韵的咏红梅花。诗句的大意是，大庚岭若开满红梅，那么其景色就和春天难以区分，红梅与（赵师雄）在罗浮山梦见的"淡妆素服"的梅花并不相同。后半句化用隋代赵师雄游罗浮山梦见梅花变为美人的典故，但指出梦中的梅花颜色很淡，与这里的红梅不同。

"庚岭"，即大庚岭，在江西省大庾县（今大余县）南，是五岭之一。因岭上多植梅树，故又名梅岭。本句中使用"庚岭"这一意象，实则紧扣诗题，点出所咏之物即"红梅花"。通过与罗浮梦中梅花的对比，突出所咏之字即"红"字。两个译本都直译其名 Yuling，虽然忠实于原文的字面意思，但是都没有译出隐藏的"梅花"之意，使得该句和原诗题目的意思脱节，缺乏内在联系。

值得一提的是，在对整句的处理中，两个译本把前一句的意象和后一句的典故加以融合，将两句合为完整的一句来进行翻译。杨译将两句顺序对调，先以 in a dream 引起后句，强调此句所言之物来自梦境，同时译出"罗浮山"的名称 Mount Luofu，和后一句的 Yuling 形成对比，前者虽不可到达，幸好后者可以企及，形成较为明确的逻辑联系。霍译则对"罗浮山"进行了意译处理，突出它所代表的"梦境"之意，以 dream-soul 驰骋于前一句的"庾岭"。这种巧思和原文的整个语境颇为契合，留给了读者如梦似幻的想象空间。但是，两个译本实际上都完全颠覆了原有的文化意象，对原文所要表达的"庾岭红梅"和"罗浮梦梅"二者不同这一潜在的意义，做了全新的创造性翻译，没有切实传达原诗的真正内涵。

例 5.21

例句：绿萼添妆融宝炬，缟仙扶醉跨残虹。（第五十回）

杨译：Green sepals, rouged, blend into brilliant torches,

　　　Tipsy snow-sprites over shattered rainbows have sped;

霍译：Each little lamp in its green calyx lies

　　　Like drunken snow-sprite on a rainbow bed.

这一句酒令出自邢岫烟的《咏红梅花得"红"字》，此为颈联。这句诗刻画是红梅花好像是正点着红烛在打扮装点的萼绿仙子，又仿佛是醉酒正跨过赤虹的白衣仙女。

"绿萼"，是梅花的一种，又叫"春梅"，花色为绿色，花语是高雅坚强。范成大《石湖梅谱》记载，梅花纯绿者，一般被比作九嶷仙人萼绿华。据后句"缟仙"一词对仗，可知此句的"绿萼"正是借梅拟人，指的是仙子萼绿华。杨译为 green sepals，霍译为 green calyx，都直译为"绿色的花萼"，没有体现以花喻人的文化内涵。

"残虹"，指未消尽的彩虹。相传虹以赤色最显，形残时犹可见。南朝江淹《赤虹赋》："寂火灭而山红，余形可览，残色未去。"古代诗词中常见这一意象。如唐代杜审言《度石门山》"江声连骤雨，日气抱残虹"，宋代王沂孙《齐天乐》"残虹收尽过雨，晚来频断续，都是秋意"。在中国传统文化中，"残虹"寄寓着某种残缺中的完美的意蕴，形残而实未残，富于中华民族的传统哲学意味。杨译为 shattered rainbows，直接译出意象的字面意义，但是对于目标语读者而言，能够看到的只是形态上破碎的彩虹，无法理解"形散而实不散"的实质，可能会对"残虹"的意象产生误解。霍译为 a rainbow bed，将"残"字省译，并且创造出一种如梦似幻的效果，更有利于表现原意象的内涵和语境之意。

例 5.22

例句：闲庭曲槛无余雪，流水空山有落霞。（第五十回）

杨译：Still courts, winding balustrades, with no white plum;

　　　　Stream and lonely hills glow with sunset at this hour.

霍译：Snow no more falls, but a bright rosy cloud

　　　　Tints hills and streams in one long sunset hour.

这一句酒令出自薛宝琴的《咏红梅花得"花"字》，此为颔联。这句诗的大意是，幽静的庭院和高高低低的门槛上没有像雪花一样的白梅，流水和空山之中有像落霞一样的红梅。

"闲庭"，指寂静的庭院。古代诗词中常用这一意象，表现闲适幽清之感。如唐代杨炯《梓州惠义寺重阁铭》："闲庭不扰，退食自公，远览形势，虔心净域。"明代高明《琵琶记·牛氏规奴》："风送炉香归别院，日移花影上闲庭。"本句以"闲庭"这一寂静之象，衬托"无余雪"情境下闲适清净的氛围。

杨译采取分译的方式，将前一句分译为三部分：still courts, winding balustrades, with no white plum。其中用 still courts 翻译"闲庭"，译出"寂静庭院"的文化意蕴。用 with no white plum 翻译"无余雪"，直接传达此处的"雪"实际上是"白梅"这一隐含意义，"无余雪"即是"无白梅"，这与题目"咏红梅"正好对应。

霍译采取合译，将前一句简单译为短语 snow no more falls，并通过 but 这一连接词，将两句话串联起来，构成逻辑上的意义关系，能够较为完整地传达整句意思。但是霍译对"无余雪"的直译，实际上曲解了原文中以"雪"代"白梅"的真正内涵，且没有翻译"闲庭"这一意象，原诗所表现的孤寂清冷之景也缺失了。

例 5.23

例句：前身定是瑶台种，无复相疑色相差。（第五十回）

杨译： It must have sprung from seeds in paradise;

Past doubting this, though changed in form the flower.

霍译： Sure from no earthly stock this beauty came,

But trees immortal round the Fairy Tower.

这一句酒令出自薛宝琴的《咏红梅花得"花"字》，此为尾联。这句诗的大意是，它的前身一定是阆苑仙葩，不要因为红梅不够艳丽而有所怀疑。

"瑶台"是中国古代传说中神仙居住的地方，是神话中的仙境。人们相信，在九天之上，玉石砌成的高台之巅，住着不食人间烟火的神祇。这个意象被广泛用在中国古代诗词中。如屈原《离骚》"望瑶台之偃蹇兮"，刘禹锡《伤往赋》"瑶台倾兮镜奁空"等。

杨译使用 paradise（天堂）来对应中国神仙居住之地，既传达了这里是神祇居住之地的意义，又贴合目标语的文化语境，使读者更容易理解这一意象要表达的意思。霍译用了两句重复表达，前一句用"正话反说"的否定表达，即 from no earthly stock，不是来自凡俗，那就自然推出来自仙境。后一句译为 the Fairy Tower，Fairy Tower 是"仙女塔"，西方世界普遍认为神祇都住在塔顶，这个意象虽然不如 paradise 在西方世界的受众广泛，但是和"瑶台"的结构和意义关系更为对等，更贴近原文内涵。对目标语读者来说，两个译本都用了归化的翻译策略，使用了目标语中本来就有的文化意象来转化表达，更容易被读者理解和接受。

例 5.24

例句：宝玉又道：不求大士瓶中露，为乞嫦娥槛外梅。（第五十回）

杨译： He proceeded:

"Not in quest of dew from the Bodhisattva's kundi,

But to beg a plum branch by the fence of the Goddess of the Moon."

霍译： Bao-yu went on:

"Twas not the balm from Guanyin's vase I craved

Across that threshold, but her flowering plum—"

这句诗令是贾宝玉席间和众人咏红梅所作，此为颔联。这句诗大意是，不祈求得到观音大士净瓶中的甘露，只想得到嫦娥家门外的梅花。

"大士"，指观世音菩萨。佛教宣称，观音所持净瓶中盛有甘露，可救灾解厄。这里的"大士""瓶""露"都不是普通的意象，而是佛教中特有的事物，具有超自然的能力和特有的文化意蕴。

杨译将"大士"译为 Bodhisattva，使用英语中特有的佛教词汇。"瓶"译为 kundi，使用来自梵语佛经的词语，又可译为"军持""君持""君迟"等。"露"译为 dew，注重它本来的物质形态。总的来说，杨译较为尊重原文本所蕴含的佛教文化内蕴，尽量使用易于被目标语读者识别其宗教意味的词语来翻译。

霍译将"大士"译为汉语拼音 Guanyin，"瓶"译为普通名词 vase，"露"译为 balm，即可以用来止痛的带香味的药膏。Guanyin 虽然不是英语词汇，但在许多东南亚国家以及部分英美国家这个词语也是广为知晓的。霍译将"露"进行了转译，突出它的功能是疗伤止痛，将佛教传说中"净瓶甘露"解救灾厄的作用形象化世俗化，更容易让目标语读者理解和接受。

"嫦娥"这一意象在例 5.2 中已经讨论过。值得注意的是，杨译在这里译为 the Goddess of the Moon，和 5.2 的 the goddess Chang E 不同，说明对书中同一个意象的翻译并没有完全统一。霍译则直接将原文本的"嫦娥"意象，和前一句的"大士"处理成了同一人，都翻译成 Guanyin。这句诗讨论的核心是"梅花"，所以人物意象并不是诗句的关键，霍译的处理虽然和原文本不同，但对目标语读者而言，前后句更具关联性和逻辑性，让读者能更贴切地理解原文本的真正内涵。

例 5.25

例句：草木也知愁，韶华竟白头！叹今生谁舍谁收？嫁与东风春不管，凭尔去，忍淹留。（第七十回）

杨译：The willow too knows what it is to yearn;

In early prime her head turns white,

She laments her life but has no one to whom to turn.

The spring breeze to whom she is wedded no pity will show,

Leaving it to chance whether to stay or go.

霍译：The creatures of nature, they too know our sorrow,

Their beauty, like ours, must soon end in decay.

Our fate, like theirs,

Uncertain hangs,

Wed to the wind, our bridegroom of a day,

Who cares not if we

Go or stay.

这一首词出自《红楼梦》第七十回，林黛玉设诗社召集众人来品茶点，并以"柳絮"为题，让各人抽调作词行令。这首是林黛玉所作的《唐多令》的下阕。大意是，草木也知道愁苦，它曾经也拥有过美好时光，可是现在终究还是愁白了头。悲叹今生不知道有谁为它收拾后事？跟着春风飘零，但春风不管它，任由它自飞自去。春风怎么忍心看它漂泊在外，久留不归呢？这首词中的"草木"实际正是制令者林黛玉的自比。她自诩为"草木之人"，自知身世悲愁，像这无根草木一样，随风飘零，无人顾念怜惜。

"草木"，是自然类意象，不仅仅指普通草木，还包括所有的植物和动物，它是整个自然的喻指。古典诗词中常用"草木"这一意象来抒怀遣意，有离愁别绪之思，盛衰兴亡之感，人事变迁之情，等等。书中此次桃花诗社行令的主题是"柳絮"，因此黛玉词里的"草木"实际上也是特指"柳絮"。杨译结合行令背景，将原文本中类属的"草木"意象范畴缩小，译为 willow，即"柳絮"，利用柳絮随风飘扬的特点，贴合原文本的诗句意义。霍译则反其道而行之，将意象范畴扩大为 creatures of nature，即整个自然界的生物。尽管和原文本的字面意义不相符合，但是暗含了"万物同悲愁"的感慨，将制令者林黛玉以"草木"自比的哀愁译出，符合原文本的文化内蕴。

"韶华"，指美好的时光，常喻指春光，也指美好的青春时期。这一意象常与"白头"意象连用。"白头"即白发，指年纪老迈。诗句中白茫茫的柳絮挂满树冠，犹如愁白了头，美好的春光终将逝去，喻示着美好的年华也会老去。杨译将"韶华"译为 in early prime，"白头"译为 her head turns white，基本保留了原文本的意象和字面意思。霍译则更加灵活，没有逐次翻译意象，而是将整句的意义用创造性的方法译出，用更为具象的 their beauty 表现"韶华"，用更为抽象的 soon end in decay 表现"白头"，将两个意象范畴对换，使它们更符合目标语读者的语言和思维习惯。

例 5. 26

例句：白玉堂前春解舞，东风卷得均匀。（第七十回）

杨译：Dancing at ease in spring before white jade halls,

Swirling gracefully in the spring breeze...

霍译：In mazy dances over the marble forecourt,

Wind-whorled, into trim fluff-balls forming—

　　此例是以"柳絮"为题分词作令的其中一首，制令者是薛宝钗，这一句是首句。大意是，被春风吹散的柳絮在白玉堂前起舞翩跹，东风漫卷，它的舞姿多么柔美轻盈，缓急有度。

　　"白玉堂"，源自汉乐府《相逢行》的"黄金为君门，白玉为君堂"，指白玉石建造的房屋，比喻富贵豪奢的地方。如李白《拟古》"高楼入青天，下有白玉堂"，《红楼梦》中护官符也有"白玉为堂金作马"。本句中形容柳絮在高贵奢华之处被春风吹得翩翩起舞。杨译直译为 white jade halls，将"白玉堂"的字面意义译出，将中国的建筑文化传达到英语世界中。霍译改变意象范畴，转译为 marble forecourt，更有利于目标语读者理解。

　　例 5.27

　　例句：蜂团蝶阵乱纷纷。几曾随逝水？岂必委芳尘。（第七十回）

杨译：While whirling all around me are butterflies and bees. I have never followed the flowing stream, why then should I abandon myself to the dust?

霍译：Like fluttering moths or silent white bees swarming: Not for us a tomb in the running waters, Or the earth's embalming.

　　此例是以"柳絮"为题分词作令的其中一首，制令者是薛宝钗。诗句大意是，成群的蜂蝶阵阵乱飞，追随飞絮。这飞絮何曾随匆匆的春水流向远方？这梅花又何必委弃在清香的泥尘。这场行令中，众人所作的柳絮词几乎都偏悲婉凄清，唯有薛宝钗这首词乐观大气，得到诗社成员们的赞赏。

　　"逝水"，指流逝之水。子曰："逝者如斯夫，不舍昼夜。"古代诗词中，人们常用"逝水"表现时光流逝、世事变迁，蕴含着宇宙亘古循环、人生易逝的悲伤之感。两个译本的译法相似，杨译为 flowing stream，霍译为 running waters，都译出"流动之水"的字面意思。

　　然而，对于原意象的文化内涵，两个译本都做了不同的处理。杨译增加第一人称主语 I，统揽全句，一方面整合全句的逻辑关系，另一方面表现出要掌控命运的乐观态度，暗合制令者薛宝钗与众不同的诗风和气质。霍译增译了 tomb 这一意象，补充表达流水所蕴含的人生易逝的伤感。两个译本的文风呈现出不同的情感倾向。杨译更注重这首酒令的创作背景，表现出制令者大气乐观的词风。霍译则更注重酒令中具体意象的文化内涵，传达出"逝水"的情感内蕴。

例 5.28

例句：三五中秋夕。（第七十六回）

杨译：Mid-autumn's fifteenth night is here again...

霍译：Fifteenth night of the Eighth, Mid-Autumn moon.

此例出自第七十六回，贾府中秋夜宴，林黛玉和史湘云在凹晶馆相对联诗。这句是黛玉的起句，是一句俗语，大意是，八月十五是中秋之夜。两人联句是在寂寞的秋夜中进行，有种凄清悲鸣的情感基调。

"三五"，相乘即为十五，是古代一种表数方法。它用在时间概念上，常指阴历的每月十五。古诗词中多使用这一意象。如《古诗十九首》"三五明月满，四五蟾兔缺"，宋代贺铸的《侍香金童》词"三五彩蟾明夜是"。两个译本都没有直译"三五"的字面表达方式，而是用更容易被目标语读者理解的具体时间名词进行转译。霍译增译 Mid-Autumn moon，增加"中秋佳节"能引起人们更多触动的意象"中秋月"，以让目标语读者了解这一中国传统节日的特点。

例 5.29

例句：草木逢春当苗芽，海棠未发候偏差。人间奇事知多少，冬月
开花独我家。（第九十四回）

杨译：Crab-apples should burgeon in the spring,

But ours were bare this year.

The world is full of strange phenomena,

Yet only here do winter blooms appear.

霍译：Plants should put out buds in spring:

Our crab tree's timing's topsy-turvy.

Of all the wonders of the world

Ours is the only winter-flowering tree.

　　这一酒令为《赏海棠花妖诗》其中一首，为贾环所作。它出现在后四十回中，非曹雪芹所作，乃是高鹗补著。这句诗的意思是，草木到了春天本来应当发芽开花，但海棠没有开花，这是因为气候变差了。人间的奇怪之事不知道有多少，冬天海棠开花只有我们贾家。制令者贾环才情不足，所作诗令缺乏诗味，直来直去，加之是赵姨娘之子，不被贾母所喜欢。

　　前例提到"草木"，这一意象可指自然界一类事物。在本例中结合上下文来看特指海棠花，此次宴饮行令正是因为海棠花在冬天开放这一奇景而来。杨译抓住了这一背景意蕴，将"草木"译为 crab-apples，贴合原文本的真实内涵。霍译则根据字面意思，将"草木"译为 plants，虽表面上与原文本相合，但并不符合诗词的吟咏内涵。

　　例 5.30

　　例句：烟凝媚色春前萎，霜追微红雪后开。莫道此花知识浅，欣荣
　　　　　预佐合欢杯。（第九十四回）

　　杨译：Its misty charm had faded by last spring,

　　　　　But after snow and frost pink blooms unfold.

　　　　　Do not accuse this flower of ignorance—

　　　　　Good fortune at this feast it has foretold.

　　霍译：Your mist-congealed beauty blighted in the spring,

　　　　　Your frosted petals blush now in the snow.

　　　　　Hail Tree of Wisdom! Whose Rebirth

　　　　　Adds lustre to our Family Hearth.

　　这一酒令为《赏海棠花妖诗》其中一首，为贾兰所作。这句诗的意思是，海棠在百花盛开的春季却枯萎了，大雪之后的冬天，霜雪沾湿花朵，它却盛开了。不要说海棠花没有知识，今日盛开其实是预祝贾家的阖家欢乐。这首诗虽文采不高，但胜在充满喜气，为贾母所称赞。

　　"合欢杯"，指传统婚礼中，新婚夫妇合饮的酒杯，象征合欢偕老。古诗词中常见此意象。如唐代宋之问《寿阳王花烛图》"莫令银箭晓，为尽合欢杯"，唐代施肩吾《杂曲歌辞》"香销连理带，尘覆合欢杯"，等等。本例中借"合欢杯"这一意象，寓意合家欢聚共贺的举家喜庆之事。杨译为 good fortune，霍译为 adds lustre to our Family Hearth，都扩大了原意象的意义范畴，译出句中"合欢

杯"的真正内涵。同时，杨译和霍译所选的词语，都符合目标语读者对"喜庆之事"的认知习惯和语言表达方式，更容易被读者理解和接受。

例 5.31

例句：二士入桃源。（第一百零八回）

杨译：Two Scholars Go to Peach-blossom Stream,

霍译：Two Scholars at Peach-blossom Spring,

此例是第一百零八回牙牌令所行令辞，制令者是李纹。这句诗令的意思是，两位读书人进入了桃源。

这里有两个意象："士"和"桃源"。在中国文化中"士"指读书人，两位译者用 scholar 来表达很确切，还原了原文的意象。"桃源"，"桃花源"的省称，通常指世外桃源，一个类似于乌托邦的地方。在中国古诗词中常被用于表示世外仙境。如秦观《踏莎行》"雾失楼台，月迷津渡，桃源望断无寻处"，李白《拟古》"海水三清浅，桃源一见寻"，等等。两位译者都采用直译的方式处理这个意象，译出"桃源"的字面意义，但对所蕴含的文化内涵则没有顾及。

例 5.32

例句：秋鱼入菱窠。（第一百零八回）

杨译：Autumn Fish Amid Caltrops.

霍译：Autumn Fish in a Den of Caltrops.

此例是第一百零八回牙牌令所行令辞，制令者是贾母。这句诗令的意思是，秋天肥硕的鱼游进了菱角丛中的鸟窝。

这一句中有两个意象："秋鱼"和"菱窠"。经过夏天的滋养，秋天的鱼儿肥硕鲜美。到了秋天，湖里的菱角也遍布湖面，一派丰收的景象。两个意象连缀便构成中国江南特有的景致。两个译本对"秋鱼"都采用直译的方法，译出其字面意思。对"菱窠"这一意象，杨译只译出"菱"，未翻译"窠"，虽不影响整句的理解，但对意象本身的翻译有所缺失。霍译则相对完整，用 Den 翻译出"窠"，用 of 表示"菱角丛中的鸟巢"之意，更符合原文本的意象。然而，对于原文本通过意象所构建的"江南景致"，两个译本都没有将其文化内涵译出。

例 5.33

例句：飞羽觞而醉月。（第一百十七回）

杨译：Winged goblets fly as we drink to the moon.

霍译：The Peacock Goblets fly, the drunken moon.

此例出自《红楼梦》第一百十七回的飞花令。邢大舅和贾环、贾蔷等人在贾府外房饮酒行令，按规定轮流以"月"字、"桂"字、"香"字行飞花令。这一句是"月"字飞花令中的一句，制令者是宁国府玄孙贾蔷。这句诗描绘的画面是，杯盏飞快地在席间传递，大家在皎洁的月光下都已经颇有醉意。

"羽觞"是指椭圆形两边有耳的酒杯，因其形状似羽翅而得名，是中国特有的酒杯样式。如宋代包恢的《水调歌头》"羽觞随曲水，佳气溢双清"，秦观的《燕觞亭》"碧流如镜羽觞飞"等。杨译为 winged goblets，严格按照字面意思直译。霍译为 the Peacock Goblets，采用目标语更为熟悉的事物来进行转译，更有利于目标语读者理解。

例 5.34

例句：冷露无声湿桂花。（第一百十七回）

杨译：Silently the cold dew wets the oleander.

霍译：A cold dew silently soaks the Cassia flowers.

此例出自《红楼梦》第一百十七回的飞花令，这一句是"花"字飞花令中的一句，制令者是贾环。这句诗描绘的画面是，夜色深沉，冷露悄然无声地打湿了桂花。

这一句的两个意象"冷露"和"桂花"，都是秋季特有的景象。"冷露"是清凉的露水，在古诗词中经常使用。如唐代孟郊《秋怀》"冷露滴梦破，峭风梳骨寒"，罗隐《巫山高》"珠零冷露丹堕枫，细腰长脸愁满宫"，元代许谦《秋夜》"冷露虫传夜，悽风树怯秋"，等等。"冷露"之"冷"，不仅仅是在外在感觉上，更寄寓心中之"悲"，寒意从外渗入内心，文人墨客借"冷露"表现愁苦凄清之情。两个译本都直译其意为 cold dew，传达其字面意义，但没有译出其文化内涵。

小结

通过分析《红楼梦》中酒令意象的原文本以及两个译本，可以感受到酒令所蕴含意象的魅力。这些酒令不仅措辞细腻，而且文化底蕴深厚。透过酒令中不同的意象，能够很好地将原文本潜在的内涵意义传播出来。意象不仅描绘了一幅幅或美丽、或忧愁、或激昂、或颓废、或绵长的鲜活画面，也使得富含意象的酒令具有无穷的解读意义，渲染出不同的文化意境，同时服务于《红楼梦》的情节，为整部作品创造更多的伏笔，拓展小说的潜在可能性。

对比杨译和霍译在意象翻译中的策略和处理方式后，可以发现，两个译本在体现原意象的层面上，虽然都想尽最大可能译出意象的字面意思和文化韵味，但因为中英文化内蕴的巨大差异，部分中文意象在英文中找不到与之相对应的表达，或虽有对应的表达，但文化色彩不同，导致译文不能完全展现原意象的真实内涵。另外，对中英文化的不同理解是影响译文质量的主要原因。不同的译者由于主体历史文化背景的差别，对原文本中意象的理解本来就存在着差异。原语是母语的译者固然能较好地掌握意象内蕴，但却不一定能找到更适合目标语的意义表达手段；目标语是母语的译者虽然不一定能完全准确地把握意象含义，但一旦理解意象，却更有可能找到目标语中适合的表达方法。因此，在外译意象时，应当综合考量原语和目标语的双重因素，仔细甄别，在理解原语意象意义和选择适当目标语表达间找到平衡点，以取得更好的表达效果。

第六章

《红楼梦》 酒令的典故英译

第一节　概述

　　《红楼梦》一书中的语言文字和思想都极具价值。黄遵宪对该书赞誉有加，称赞《红楼梦》是开天辟地、从古到今第一部好小说。马瑞芳指出，《红楼梦》是小说，又不仅仅是小说，它是一部盖世奇书，它吸纳了中国文学的各种形式，像诗、词、赋，还调动了中华文化的各个方面，像建筑、园林、绘画、美食（马瑞芳，2008）。作为每个中国文化传承者和研究者都无法回避和逾越的顶峰，《红楼梦》受到了各大文学评论家的欢迎，也有不少翻译家将它作为中国传统文化的代表作品进行译介。清代红学家诸联在《红楼评梦》中盛赞《红楼梦》："作者无所不知，上自诗词文赋，琴理画趣，下至医卜星相，弹棋唱曲，叶戏陆博诸杂技，言来悉中肯綮。想八斗之才，又被曹家独得。"① 由此可见，《红楼梦》实乃包罗万象之作。《红楼梦》内容之丰富令人叹为观止，其中蕴含着丰富多彩的典故，一直是学者们探讨的焦点和翻译家翻译的难点（刘福芹，2017）。

　　典故，是指诗文中引用的有来历的词语。典故大多语言简短，但内涵却十分丰富。其内容主要来源于诗歌、戏剧、民间故事、神话传说、历史人物或事件、宗教故事，有极高的文化价值。典故是人民智慧的结晶，是传统文化浓缩而成的精髓，是一种发生在现实生活或运用于文学作品中的常见表达。一个词或者短语便可以牵出一种固化的情景，映射出其象征意义。典故是一种独特而又巧妙的表达方式，具有隐晦的典型特征，通过一个词语来代替预期的表达模式。如今，不少文人作者都会选择将典故适当地运用于自己的作品中，这样既可以提升作品的文学性，又可以丰富作品本身。在文学创作时融入多样化的"典故"，既能够委

---

　　① 此书节录于一粟《红楼梦资料汇编》（1964）。原书使用异体字"碁"，此处改为常用简体字"棋"。

婉地表达作者的所指，暗示出目标事物或人物，又能突破字数限制，减少词语的烦冗。同时，使用典故还能够充实文章内容，丰富其文化内涵。对一部小说而言，有效的典故运用还有助于塑造文学作品里的人物形象，突出人物性格，以渲染故事氛围，深化故事主题。

作为中国封建社会百相的集合体，《红楼梦》小说中一共呈现了四百多幅不同的图像，这些图像生动反映了中国封建社会中不同阶层的生活百态。为了让小说的内容更加生动丰富，曹雪芹引用了近两百个典故。这些典故大多取自文学篇目、历史事实、神话传说、民间故事和宗教等。典故的意蕴深长，意境深远，耐人寻味。通过这些典故，读者可以更深刻地理解贾府的生活乃至整个封建社会的文化背景。《红楼梦》中的典故类型众多：涉及诗歌类的典故有谢安子侄咏雪之句"撒盐空中差可拟"等，涉及历史人物或事件类的典故包括"一饭之恩""铁笛""稚子挑"等，涉及民间故事的典故包括"三曹对案"等，涉及神话传说的典故包括"钟馗""织女""牛郎""二郎""银蟾""灵兔"等。

在《红楼梦》外译的过程中，典故翻译是不可忽视的一个重要环节。各式各样的典故蕴含着丰富的文化内涵，是中国传统文化的反映，在翻译研究中具有非常重要的地位。然而，深植于特定文化中的典故，承载着特殊的民族文化底蕴，既能反映文化深意，也能映射历史事件。由于中西方社会关系不同、个体生活经验迥异、交际模式区别，双方存在着巨大的文化差异，具体体现在价值观念、风俗习惯、思维方式、家庭理念等各个方面。这些差异给东西方读者带来了不同的文化认知，从而造成了文化的不可通性。因此，典故对于不了解中国文化的外国受众群体来说是很难理解和掌握的。这就对译者提出了更高的要求。译者不仅需要实现译文与原文形式上的对等，还应该将原文本中典故的文化意义也进行传达。译者应该首先了解原文本作者运用典故所进行的艺术构思、在典故中蕴含的对社会交际的深刻理解，从而准确获知典故的完整内涵。此外，这一翻译过程还受限于译者双语使用的娴熟情况。译者在对原典故充分理解的情况下，要寻找适当的目的语来传递原典故的基本信息，尽量保持原典故的创作风格，协调原典故的创作理念，再现原语的文化内涵。需要注意的是，译者作为翻译过程中与原作者进行积极交际的参与者，也需要适当发挥自身的创造性。译者可以根据自身语言的运用能力，创造性地翻译原文本中的典故。只有在文化移植的过程中采取适当的策略方法，尽量还原典故的文化内涵，才能更好地传承中华文化。优秀的典故翻译文本可以再现原文本中的文化内涵，反映民众的集体智慧成果，保持原文本的整体风格，突显作者所刻画的人物性格。优秀的典故翻译文本还可以让读者充分产生与原作相符的认知联想，在突显原文本的文化特色的同时，还能贴合目标受众的语言思维需求，促使他们在阅读中成为积极的创作者，而非被动的接受者。

迄今为止，已有众多学者从不同方面对《红楼梦》中典故的英译进行了研究。刘会从目的论视角出发分析研究了霍克斯和杨宪益夫妇在《红楼梦》英译本中翻译典故的方法和策略。他认为，在不同的语境下，典故的功能会发生变化。所以，译者在翻译《红楼梦》中的典故之前必须要理解作者的真实意图。同时，由于杨宪益夫妇和霍克斯翻译《红楼梦》一书的目的和动机不同，所采取的翻译策略也不尽相同。杨宪益夫妇致力再现原文的信息内涵，侧重于"忠实"法则；而霍克斯则希望译本的受众群体能够从《红楼梦》一书中获得阅读的乐趣，更倾向于考虑读者的接受程度和译本的流畅性。两位译者根据自身不同的目的和动机，根据自己的意愿选择相应的翻译技巧和翻译策略，如意译、直译、直译、注释、省略等（刘会，2015）。汪小祥、佟和龙探讨了《红楼梦》中典故的翻译情况，并指出《红楼梦》里的典故主要涉及历史、神话传说和文学，但是由于中西方文化差异，对典故的联想意义并不相同，适当有效的典故翻译有利于向世界传播博大精深、历史悠久的中华文化，促进民族文化的交流传播（汪小祥，佟和龙，2014）。刘福芹从译者主体性的角度出发，以霍克斯《红楼梦》英译本为底本，对译本中有关林黛玉的典故翻译进行探究和分析。作者指出，典故翻译的策略为：译者要先熟悉原著，了解各类典故的来源及隐晦表达的含义，充分考虑文化背景、意识形态等中西差异，发挥其创造性，充分再现原著内涵。但是，译者的创造性翻译要把握适当的尺度，要考虑意识、文化和语言等诸多因素，最终有效地发挥译者主体性（刘福芹，2019）。朱丽丹、毛嘉薇从关联理论视角探究《红楼梦》的典故翻译，指出典故具有语言精练、内涵深厚的特征，译者在翻译过程中不仅需要传递原文的形式，也需要将典故中的内涵进行传递（朱丽丹，毛嘉薇，2016）。纪启明以杨宪益夫妇的《红楼梦》译本为底本，分析了《红楼梦》中典故翻译的厚重翻译法。他指出，典故翻译里的厚重翻译法有两种表现形式，即文中加尾注和注释性翻译，该方法能够有助于英语受众群体理解原文，领悟《红楼梦》中蕴含的中国文化。这是一种学院派翻译，面向对象主要为文化素质较高的学术研究者。这种翻译方法不仅让译文与原文内容保持一致，而且实现了文化交流与传播的目的（纪启明，2019）。

但是，对《红楼梦》英译版本的现有研究，大部分都只是单独关注酒令的英译或典故的英译，将二者结合，研究有关酒令中典故英译的相对较少。张瑞娥、陈德用在《由〈红楼梦〉中酒令的英译谈起》一文中简单提及了酒令中典故的英译，其中涉及"钟馗""织女""牛郎""二郎""红娘"等关于神话传说的典故的英译方法，指出译者需要透彻地理解原作者创作时的艺术构思、生活环境与背景，再利用自身娴熟的双语能力将原文本传递给目标读者。同时他们还强调，文化承载词必须要体现出译出语与译入语的文化特色（张瑞娥，陈德用，2003）。本章着眼于酒令中使用的典故，探讨两个英译本对典故翻译的不同处理方法，研究典故的翻译策略和技巧，分析怎样在英译典故中实现有效的文化传递，促进中西双方的文化交流。

第二节　典故的界定与类型

一、典故的界定

"典故"这一名称最早出自《后汉书·东平宪王苍传》："亲屈至尊，降礼下臣，每赐宴见，辄兴席改容，中宫亲拜，事过典故。"此后，"典故"一词便在各类书籍与人们的日常生活中广为使用。

《辞海》对"典故"的解释是"诗文中引用古书里的故事或语句"。这一解释重点强调古代故事和有来历出处。古代故事即指已经发生过的、来源于社会生活实践的，以及有思想内涵的事件。有来历出处则表示必须是有依据的，不可随意编造。

"典故"对应英文中的 allusion。《牛津高阶英汉双解词典》的解释为：something that is said or written that refers to or mentions another person or subject in an indirect way（意为间接提及或暗指人或物）。这个定义点出了"典故"的一大特征，即暗指客体。典故对特定文化内涵的表达是间接而非直接的，从字面意思上没办法直接获知整个词语的实际意义，还需要透过潜在的内在联系来进行确认。

总的来说，典故多以词语的形式出现，意指文学作品或语言表述中所引用的民间故事、神话传说、历史人物或事件、文化隐喻等，可以丰富而含蓄地表达有关的内容和思想。典故语言简短、内涵丰富，具有来历清晰、出处分明、包含特殊寓意的特征。但是，在界定典故时需要注意以下两点。

第一，不是所有具有来历出处的词语都是典故。典故源于生活又高于生活，是具有价值取向的历史沉淀。典故之所以能成为典故，一个重要的前提是该典故中的情景是在现实生活中发生过的或者是人们在生活实践中所普遍达成共识的。如果"典故"仅仅是作为个体所认知的特殊事物，不具备人们共有的认知基础，那么引用该典故时其内涵意义是不为他人所理解的。同时，典故需要具有相应的价值指向。在文学作品中引用典故实际上也是在传递个人的价值观。典故往往具有言外之意，可以表达作者的思想感情，从典故中更可窥见作者的褒贬态度。

例如，南朝刘义庆的《世说新语·方正》："此郎亦管中窥豹，时见一斑。""管中窥豹"一词指从竹管的小孔里看豹，只看到豹身上的一块斑纹。这一典故比喻只看到事物的一部分，指所见不全面或略有所得，它表现出对客体不太积极的价值取向，偏于贬义。

又如，白居易在《长恨歌》中写道："忽闻海上有仙山，山在虚无缥缈间。楼阁玲珑五云起，其中绰约多仙子。"该诗引用了"仙山楼阁"这一典故。该典故出自《史记·封禅书》，书中写道：

> 自威、宣、燕昭使人入海求蓬莱、方丈、瀛洲。此三神山者，其傅在勃海中，去人不远；患且至，则船风引而去。盖尝有至者，诸仙人及不死之药皆在焉。其物禽兽尽白，而黄金银为宫阙。未至，望之如云；及到，三神山反居水下。临之，风辄引去，终莫能至云。

书中将仙人所居住的仙境称为"仙山楼阁"。由此，这一典故用于形容奇异不凡或美妙空幻的境界或景象等，表达了作者积极的价值取向和愉悦的心情。

典故的形成不是偶然的，它产生于具体的情景之中，创造了独特的意蕴沉淀。典故一经形成，便成为一种特定的价值符号，具有其独特内涵，且在时间和空间的跨度中都极富稳定性。在文学作品中使用的不同典故所引申出的含义各不相同，它们大多都含有言外之意，不单单拘泥于表面所形容的客体物象。这就需要研究者兼顾典故的来源内涵和具体的语境内涵两个方面。

第二，典故的界定会因为个体不同的知识储备而稍有出入，但并不会因此改变其内涵和性质。根据上条可知，凡是词语有所出处且有潜在的特定文化内涵，都应被视为典故。但是，由于个体的知识储备水平参差不齐，能够透过字面意思洞悉典故潜在意义的能力也不同，因此对典故的界定存在争议。对于知识渊博的人而言，接触面大，见多识广，更容易从词语的字面意思直接锁定文化内涵，可能会导致对某些较为明显的典故词的误判，即把能够从字面直接看出意义的词不视为典故。而对于知识水平较低的个体而言，可能会因为缺少相关知识，将一些字面上看不懂的词语都归类为典故。由此可见，不能根据人们的主观认知判断来界定典故，个体因素导致的过度理解或不理解现象都不应该成为判断客体是否为典故的标准。应当综合考量各种情况，为典故的确立设定更为客观的标准。

引用古籍中的故事、人、物或词句，即为用典。刘勰在《文心雕龙》里将"用典"定义为"据事以类义，援古以证今"。意思是"用典"是以古比今，以古证今，借古抒怀。即通过直接或间接地引用典故如诗歌、民间故事和历史传说等，来阐释个人的见解看法。用典可以增强文章的可读性和说服力。典故大多都是有据可依，有证可访的，因此在叙述过程中用典会让人读来比较容易相信，并且典故的使用能展示一个人的文学素养和写作水平。典故是历史沉淀的文化精髓，是人类生活实践的智慧结晶，是一种反映在现实生活和文学作品里的语言现象。运用恰当的典故可以让论点更加鲜明，人物形象更加鲜明，论述更具有说服力。典故大多表意委婉，用间接的方式进行叙述，给人以大量的联想空间，感染力十足。此外，运用典故还可以充实文本内容，美化文本，丰富其文化内涵。当然，典故不是越多越好，而是要将其作用发挥至最大，真正做到精而不滥。

二、典故的类型

根据不同来源，典故可分为五大类，即文学类、戏剧类、历史类、神话传说类和民间故事类。

文学类典故是指典故中的部分内容引自已有的文学作品，如诗歌的诗句、小说的情节等。这类典故可以升华原文的意境，体现作者较高的文学素养，但同时也对读者的知识水平要求较高。使用典故时，作者除了需要了解该典故的含义以及与作品本身的匹配度，还应该考虑受众群体是否可以接受与理解。例如"大江东去"这一典故出自宋代诗人苏轼所写的词《赤壁怀古》："大江东去，浪淘尽，千古风流人物。"后来人们用这一典故表达时光过尽、好景不再、陈迹消逝、历史不断向前发展之意。文学类典故对作者的文学素养要求较高，需要具备一定的知识积累才能更好地理解和使用。

戏剧类典故是从戏剧中摘取的典故，通过戏剧情节的集体记忆来增强典故的辨识度。例如"六月飞雪"这一典故出自元代剧作家关汉卿创作的杂剧《感天动地窦娥冤》。主人公窦娥出身底层，含冤被诬，临刑前发下三桩誓言以证明自己的清白，其中之一便是三伏天降下大雪，死后誓言果然应验。这一杂剧是元曲中的瑰宝之作，是中国传统悲剧的代表剧作，流传甚广，有着非常深厚的群众基础，在中华民族的文化语境中具有家喻户晓的影响力。"六月飞雪"便从一种奇特的自然现象，成为有重大冤情冤屈的代表典故。

历史类典故是指从某一历史事件、意象或者具有历史意义的客体所延伸出的内涵。中国历史悠久，在这漫漫的历史长河里涌现了大批著名的历史人物。这些历史人物因其创造性思想、发明或相关事件而被人们所熟知。久而久之，人们对此达成了共识，这类客体便成了典故。例如"冯唐易老"这一典故源自一段真实的历史。汉文帝时，冯唐是一位大臣，他早年因孝悌而闻名，拜为中郎署，但由于他为人正直无私，敢于进谏，不徇私情，所以时时处处遭到排挤，直到头发花白，年事已高，也没有得到升迁。冯唐身历三朝，到武帝时，举为贤良，但年事已高不能为官。人们便借"冯唐易老"典故比喻难以得志的郁愁，发出对生不逢时的叹息。

神话传说类典故是以现实生活中并不存在的客体为所指对象而引申发展而来的。神话最初产生时主要叙述人神起源以及万物初始的来历，都是人们想象出来的，是"神化"了的现实生活。而传说大多是在叙述英雄人物的光辉事迹或事物的典型特征，既可能是人们凭空臆想出来的，也有可能是经过代代相传、口口相授但不知真假的存在。例如"嫦娥奔月"这一典故源自中国上古时代的神话传说，讲述了嫦娥为逢蒙所迫，无奈吃下西王母赏赐给丈夫后羿的不死药，独自飞升月宫，承受千年孤寂。

民间故事类典故源自流行于民间的故事，一般具有较强的通俗性，能够为大众所普遍理解和使用。例如《红楼梦》第四十回的酒令中有"这鬼抱住钟馗腿"。民间有"钟馗捉鬼"的传说，在这里用钟馗反被鬼抱住了大腿，逆典故的意义使用，引得大家发笑。民间故事类典故的使用有利于拉近与读者的距离，让作品通俗易懂且生动形象。

在《红楼梦》的众多典故中，以上五种类别都有涉猎。其中，神话传说类典故、历史类典故和民间故事类典故数量最多。

《红楼梦》的酒令中，涉及神话传说的典故很多。例如，第四十回众人行牙牌令，薛姨妈作"织女牛郎会七夕"，使用中国古代关于牛郎织女的神话传说故事。这一传说讲述了天上的仙女织女和凡人牛郎相爱，遭到王母娘娘的反对，后被分隔于银河两岸，每年七夕方能相见。人们常用这一典故赞美矢志不渝的爱情，同时这一典故也映射了中国劳动人民对忠贞不渝爱情的不懈追求和向往。

在《红楼梦》的酒令中，涉及历史人物或事件类的典故包括"一饭之恩""铁笛""稚子挑"等。"一饭之恩"这一典故与西汉开国功臣、军事家韩信有关。韩信幼时家贫，有一次在城下钓鱼，一个洗衣妇可怜他给他饭吃。后来韩信封王时，召见这个洗衣妇，赐赠千金以报答她的"一饭之恩"。《红楼梦》中薛宝琴所作的《怀古绝句·淮阴怀古》便引用了这一典故，以喻示王熙凤在需要时借银两给刘姥姥，给她"一饭之恩"，后刘姥姥为报恩救王熙凤的女儿贾巧姐出火坑。

《红楼梦》的酒令中涉及民间故事的典故包括"三曹对案"等。这一典故在中国民间指审判诉讼案件时，原告、被告和证人三方面都到场对质。《红楼梦》第二十八回，冯紫英邀贾宝玉至其家中饮酒。席上，薛蟠酒酣忘情，拉着妓女云儿要她唱一个新样儿曲子，云儿就弹着琵琶唱了一支小曲。小曲内容讲的是一个放浪胆大的女孩儿，同时爱上了两个"形容俊俏"的男人；有一天晚上，她跟其一"偷情"时，被另一个"拿住"，结果是"三曹对案，我也无回话"。

《红楼梦》的酒令中，涉及文学类的典故包括"撒盐"说等。这一典故在《红楼梦》中的原文是"撒盐是旧谣"。这一典故来源于南朝宋刘义庆在《世说新语·言语》中的记载：东晋宰相谢安召集族中子侄以"咏雪"为题让子侄们接下联，其兄子便以"撒盐空中差可拟"相对。此句虽合题，但不够典雅。正当大家考虑之时，侄女谢道韫接令"未若柳絮因风起"，既合题又富于诗味。

第三节　中国典故的文化性

典故是主体在客观世界中所创造的具有特定内涵的故事。人类在社会发展与个人成长过程中收获了丰硕的精神财富，形成了富含文化精髓的思想精华，提升了自身的智慧，这些都有利于典故的成型。不同的客观世界和不同的主体认知经验，会直接影响到典故的内容结构和文化内涵。客体在社会关系这一系统中的复杂性决定了其独特性。汪小祥、佟和龙指出，典故传递着丰富的文化内涵，蕴含有鲜明的文化特征。典故是文化的载体，是广大劳动人民在长期社会实践和人际交往中不断凝练而成的语言精华，是民族特色文化的精髓，是文明的体现（汪小祥，佟和龙，2014）。由于中西方的社会结构、历史环境和主体经历的区别，所构建的典故类型、具体内涵、联想关系等都呈现出完全不同的表达，造成了认知在典故上的不互通性。

中国自春秋战国至今约三千多年，历史源远流长，早已形成了独具民族风格的自身文化。中华文化包罗万象，具有韧性与包容性。中华文化涉及领域广泛，包括天文、地理、文学、历史、哲学、农学等。文化的传播与交流需要相应的媒介，典故便是一个累积文化沉淀的载体。典故作为人类在社会实践和人际交往中萃取的精髓，是民族文化的深刻体现。中国文化中有许多独一无二的内容，铸就了独树一帜又丰富多彩的典故。当前正处于全球一体化的时代，理解并掌握具有民族特色的典故是促进中西方文化交流所必需的，理应受到重视。

中华文化博大精深，在典故中多有体现。先秦时期所形成的宗教信仰、学术流派、各类典籍，都为典故提供了丰富的素材。宗教信仰是对超自然的存在的信奉，这种信奉是非理性的，不需要理由。宗教是人类社会活动的产物，是有组织的存在，并且很大程度上影响了参与者的价值观。在原始时代，人们还处于蒙昧状态，认知水平十分有限，思维模式单一且科技水平落后，对于生活中无法解释的自然现象，就会根据想象编造出所谓"合理"的神话故事来理解，假想这一切都是因为某种神灵在掌控着世间万物。久而久之，这类故事中的人物被神化。人们逐渐开始崇拜神话故事中的人物，并且形成了一种精神寄托，希望他们能够造福于自己。这种精神寄托后来便演变为宗教信仰，并发展出相关教义、仪式以及相关的宗教活动。这就是宗教文化的由来。

中国先秦以来最具有影响力的本土宗教是道教。道教文化源远流长，融入了神话传说、道家思想、儒家思想和佛教文化等元素，是一个杂糅的集合体。道教文化极具特色，对人们思想理念的形成有重大影响。道教追求"道法自然""天人合一"，向往"仙人"生活，对仙界充满了畅想。这种思想对历代作家们的创作产生了潜移默化的影响，扩充了其想象力的发散程度，让其作品中富含了浓厚的浪漫主义色彩。如《西游记》《封神演义》这些作品就充斥着道教神仙活动的内容。同时，道教文化在科学技术方面也做出了部分贡献。道教文化中的炼丹技术对于后世火药的问世有重大借鉴作用。道教文化中的养生之术为当今太极等养生活动提供了有效的文化价值并成了今天的热门话题。道教文化与民间的习俗也息息相关。中国民间有一些传统节日便由此而来。比如道教的神仙世界里，天上有天庭，有玉皇大帝和王母娘娘。人们基于这一认识创造了许多传说故事，进而出现了传统节日。如七月初七的七夕节，就源自王母娘娘分开牛郎织女的传说。

外来宗教里，佛教在中国的影响力很大，甚至在完成了中国化的过程后成为中国的第一大宗教。佛教最初由印度传入中国，经由魏晋南北朝的大力发展，隋唐时兴至高潮。佛经的翻译、佛寺的建造都是佛教在我国蓬勃发展的直接证明。佛教文化对我国文学产生了深刻的影响，如诗文中融入佛教元素，小说中融入佛教典故以及翻译中出现了大量译介和转写的经书等。唐代著名诗人王维以禅入诗，被称为"诗佛"。佛教文化对后世的艺术发展也做出了很大贡献。如中国石窟艺术承袭了印度石窟艺术的传统，石窟的壁画和雕塑保留了古印度的特点。以佛教为内容的宗教壁画在中国也大量出现，还出现吴道子等宗教画家。同时，佛教文化对中国语言文化的影响也十分显著。大量的佛教术语、佛偈等融入社会生活，成为人们日常生活中的常用词，如"因缘""劫""苦海无边"等。佛教文化创造了非常多脍炙人口的典故，如"目连救母""一苇渡江""红炉片雪"等。

道教文化和佛教文化相互排斥的同时又相互影响，相互争斗但又相互吸收，是中国传统思想文化的重要组成部分，相关的名言名句经常作为语典被后世引用。但值得注意的是，在中国的历史长河中，没有任何一种宗教在世俗世界中取得过至高无上的统治地位，而往往只是作为一种文化广为流传。除了以上两大宗教文化，国外传入的伊斯兰教文化和基督教文化也影响了我国宗教的发展，对典故的丰富起到了一定的推动作用。"伊斯兰教在中国旧称'回教''清真教''天方教'等。一般认为，伊斯兰教传入我国的标志性事件是史载唐朝永徽二年（公元651年）大食始遣使朝贡，其后主要通过经商往来逐渐传播。至宋代，随着来华穆斯林人数增多，与当地居民通婚，其子孙久居国内与汉民族逐渐融合，成为中国回族穆斯林的先民。从伊斯兰教的传入到回族的形成，经历了几百年的时间。"（宗教局，2017）伊斯兰教丰富了我国传统建筑的风格，如清真寺的修建。基督教也是在唐代传入中国，到了明朝随着传教士的传教活动而迅速发展壮大，对中国文化也产生了深刻的影响。基督教经典《圣经》的汉语翻译版本众多，因此被国人所熟知，为引用相关典故奠定了基础。

诸子百家诸流派的学术思想是中国典故的另一个重要的文化渊源。儒家、道家、法家等思想作为中国文化的核心，为后代人们为人处世提供了准则，影响着人们的言行，起到了精神方面的教化作用。同时，这些思想奠定了中国学术文化的基础，相关的名言警句经常作为语典被后世引用。儒家的代表人物为孔子、孟子和荀子。孔子提出了"仁爱"的思想，并且在后来发展成了中华民族精神的象征。孟子则提出了"性善论"，认为"人性本善""人皆有不忍人之心"。荀子与孟子相反，认为"人性本恶"，必须"化性起伪"，通过后天的道德教化来改变天生的人性。道家的代表人物是老子。道家崇尚"道法自然"，提出以虚静空明的心境去感受认知客观世界，对后代世人的思想境界和品格修养之道的影响重大，同时在文学创作方面也影响颇深。墨家的代表人物是墨翟，提倡"兼爱""非攻"，认为应当"尚贤"，选举贤能之士来管理国家。法家的代表人物是韩非子，提倡"信赏必罚"，为构建封建主义法律制度奠定了基础。诸子百家的学术思想为中国典故的形成奠定了深厚的文化基础。

在中国的历史长河中，留下大量翔实可靠的文化典籍，成为典故的重要出处之一。西周至春秋时期诞生了我国第一部诗歌总集——《诗经》。该书内容丰富，是人们在社会实践中的集体智慧的结晶，是诗歌创作的基石。书中三百多首诗歌蕴含着许多典故，以成语或警句的形式呈现。比如典故"如临深渊，如履薄冰"出自《诗经·小雅·小旻》，比喻身临险境极其危险，以致提心吊胆，行事小心翼翼。"巧言如簧，颜之厚矣"出自《诗经·小雅·巧言》，形容凭借厚脸皮净说一些花言巧语，敷衍了事，实在是厚颜无耻，含贬义。

《楚辞》是中国文学史上第一部浪漫主义诗歌总集，对典故的形成起到了推动作用。《离骚》是当中的代表篇目，也是中国古代最长的抒情长诗，其中蕴含大量典故。比如"吕望之鼓刀兮，遭周文而得举"，使用姜太公吕望的相关典故。姜太公曾操刀当过屠夫，后得周文王赏识重用，才有机会一展才华。

汉朝时期，以辞赋为代表的文学形式繁荣发展。辞赋于语言上颇为考究，尤重藻饰和用典。辞赋中的典故比比皆是。如战国时期的辞赋家宋玉，所创典故有"下里巴人""阳春白雪""曲高和寡"等；汉代辞赋家司马相如，与他有关的典故有"名琴绿绮""文君夜奔""量金买赋"等。另外，司马迁所著的《史记》和班固所著的《汉书》内容丰富，也有众多典故出自其中。例如"言听计从"出自《史记·淮阴侯列传》，意指对他人的话语深信不疑，全部照做。"漏网之鱼"出自《史记·酷吏列传》，表示行事疏漏，未能将全部敌人或罪犯一网打尽。

魏晋南北朝时期，"声律说"盛行，诗歌创作更加注重音律和谐，同时产生了新的文体——骈体文。骈体文区别于散文，指用骈体写成的文章，以偶句为主，讲究对仗和声律，易于讽诵。郭沫若在《中国史稿》第三编第十章第二节指出，南北朝时期，骈文盛行，这种文体讲求对偶和声律，使用很多典故，堆砌辞藻，意少词多，在表达思想内容方面受到很多限制（郭沫若，1979）。骈文中典故众多。千古第一骈文唐代王勃所作的《滕王阁序》，几乎通篇用典，从"豫章故郡，洪都新府"，到"请洒潘江，各倾陆海云尔"，共出现典故超过 40 个。

唐宋时期诗词进入蓬勃发展的阶段。诗人词人们在创作中经常引用典故，甚至在日常交流和社会交际中也会使用一二。如李白的《梁园吟》"东山高卧时起来，欲济苍生未应晚"，使用典故"东山高卧"，出自《晋书·谢安传》。相传东晋宰相谢安早年曾辞官隐居会稽之东山，经朝廷屡次征聘，方从东山复出，官至司徒，成为东晋重臣。后人用"东山高卧"泛指隐居之意。又如高适的《自淇涉黄河途中作十三首·其九》"尚有献芹心，无因见明主"，使用典故"献芹"，出自《列子·杨朱》。"献芹"，也说"芹献"。相传，从前有一个人在豪绅面前吹嘘芹菜好吃，豪绅尝了之后，竟"蜇于口，惨于腹"，大家都嘲笑埋怨献上芹菜的人。后人用"献芹"表达谦虚之意，泛指赠人的礼品菲薄，或所提的建议浅陋。又如朱庆馀的《近试上张籍水部》"妆罢低声问夫婿，画眉深浅入时无"，使用典故"画眉"，出自《汉书·张敞传》。汉宣帝时期的京兆尹张敞颇有才干，在外平易近人，在家与妻子琴瑟相谐，常常亲自给妻子画眉毛，而且画得特别好，在民间传为佳话。后世用"画眉"形容夫妻恩爱。

元朝时，戏剧作品开始不断涌现，出现了一大批优秀的剧作家。关汉卿所创作的《窦娥冤》、王实甫所创作的《西厢记》等戏剧作品更是在后世广为流传。《窦娥冤》的主人公"窦娥"这一人物形象，最早源自《汉书》里"东海孝妇"的典故。这一故事在《后汉书》《淮南子》《搜神记》等典籍中均有记载，后用这一典故比喻有莫大冤屈的案件。

明清时期是中国小说发展的辉煌时期。在此之前，以文言文为叙述语言的小说涉及内容广泛，包括神话故事、民间传说和真实逸事等，对后人用典影响颇深，如刘义庆所著的小说《世说新语》和干宝所著的小说《搜神记》。典故"瞎马临池"出自《世说新语·排调》："盲人骑瞎马，夜半临深池。"后人用此典故比喻处境危险而犹暗昧无知。明清时期白话小说兴起，出现了被誉为"中国四大名著"的罗贯中的《三国演义》、吴承恩的《西游记》、施耐庵的《水浒传》和曹雪芹的《红楼梦》。这些小说中多用典故，且由于其白话语言更浅显易懂，许多典故词语成为后世人们在民间引用的语言源头。如《三国演义》里的"三顾茅庐"，讲的是刘备三度到诸葛亮草庐请他出山的故事，后用来形容求贤若渴的状态，表现出上位者态度的虔诚。又如《西游记》里的"火眼金睛"，讲的是孙悟空打翻太上老君丹炉而炼成能识别妖魔鬼怪的眼睛，后用来形容人的眼光锐利，能够识别真伪。

　　总的来说，中华民族璀璨的历史文化孕育了千姿百态的典故，使我国典故既具有区别于其他民族的鲜明个性，又有能为他民族所了解的情感上的共通性。透过这些形形色色的典故，我们可以窥见中国历史文化长河中的宗教信仰、诸子百家学术流派、典籍文书、人情世故、神话传说等，典故是研究民族文化和对外传播民族文化的重要桥梁和工具。然而，在理解的基础上，如何将这些典故通过适当的方式翻译成目标语，则又是另一件更为重要的事情。

第四节　酒令典故的英译赏析

　　典故是民众智慧的结晶，是中国传统文化浓缩而成的精髓，是一种常用于文学作品中的表达。中国的典故语言简练，但意义深远。典故是一种巧妙的文学表达方式，使用隐晦、简练的语言表达内容，极具象征意义。但是，民族文化间的巨大差异，导致不同民族对典故的创造、认知和使用都有很大区别，也造成了阅读和理解其他文化典故的困难性。因此在文学作品的翻译中，典故的准确翻译便成为非常重要的一环。优秀的典故翻译文本可以再现原文本中的文化内涵，促进文化的交流与传播，反映民众的集体智慧成果，保持原文本的整体风格，突显作者所刻画的人物性格。同时，优秀的典故翻译文本还可以让受众群体了解他国历史、民间风俗以及神话传说等，推动受众在两种语言之间进行思维转换，有利于弥补受众群体在理解他文化典籍时存在的认知缺失。

　　典故的英译需要在充分理解的基础上，选择恰当的词句结构来翻译出典故本来的文化内涵。中国典故蕴含深厚的中华文化，富于民族特色。这些典故大多源自中国本土的神话传说、宗教文化、历代文学与典籍、历史事实、民间故事以及诸子百家的学术思想。对于译者而言，要让不熟悉中国文化的外国读者理解典故，一大重要前提便是准确掌握典故本身的文化含义。原文本的文化内涵传达不到位会造成读者文化认知的不对等，从而导致阅读障碍。只有明白了原文本语境下典故的创造背景和目的，译者才能准确地进行翻译，实现文化的交流与传播。译者在处理文本时，不仅要做到在字、词、句上的形式对等，还要体现出双语的文化特色，以达到和谐一致的状态。

需要注意的是，原文本作者使用典故的原因是多样化的。或者出于音韵的考虑，或者出于句式结构的考虑等，在创作时借由典故来隐晦间接地表达特定的意义。译者应尽可能传达原作者想要表达的意义，对于和表达目的密切相关的意义部分，应该加以保留。译者如果要进行创造性翻译，新补充的内容应当是契合于原文本且有实际依据的，不能凭借想象自由增加。关于是否将原文本中典故的内涵意义翻译出来一直有较大争议。

一部分学者认为，译文应当以目标群众为导向，关注目标读者的接受程度。他们指出，原文本作者未将其作品的内涵意义进行扩充叙写是有考究的，在翻译时应该尊重原作者的抉择，在译文中进行同样的呈现。也有一部分学者认为，是否将典故的内涵意义进行翻译取决于原文本特定的文本功能。不同的文本会引致不同的典故翻译策略。英国语言学家和翻译家彼特·纽马克（Peter Newmark）的文本类型理论将文本分为三种类型，即表达型文本、信息型文本和呼唤型文本。表达型文本强调原语言和原文本中的文化，重视文本中的信息表达。信息型文本强调传达文本中的基本信息，也是典型的重视原文本的类型。呼唤型文本则强调以目标读者为导向，重视受众群体的需求。在表达型文本和信息型文本中，译者应该更加关注原文本的内容，注重其表达内涵，可以将原文本中典故的内涵意义进行翻译。而在呼唤型文本中，译者应该将重点放在目标群体身上，考虑其可接受程度，再判断内涵意义的补充情况。

跨文化翻译的重要目标之一是促进双方的相互理解与交流。实际上，每一个典故的使用都暗含着作者的深意。如果仅仅只是翻译典故的表层意义的话，译文就会有所缺失。这种缺失会影响到词句乃至整个文本的正确理解，造成信息的错误翻译和传播。相反，如果能较为精确地翻译出典故的深层含义，将原文本的文化内蕴传达给目标语读者，那么就能更好地实现信息的有效传播和交流。

还有一种特殊的情况是，在特定的语境下，典故英译还需要充分考虑语境的需要以及原文本的要求。典故虽然有自身的文化内涵，但典故实际表达的意义和使用目的需要根据具体的语境来进行判断，进而决定翻译的策略。译者应该充分考虑原作者想要透过典故传达的含义，在理解原典故意义和语境意义的基础上将典故在译文中进行还原，使不了解原语文化的目标语读者掌握作品中典故的含义。当典故在语境中有不同于典故本身的语用意义时，应当考虑是否保留更贴近语境的意义。

　　典故中含有不少文化负载词。文化负载词具有鲜明的民族色彩和文化内涵，在翻译过程中往往会出现翻译不对等、意象缺失等现象。由于译入语与译出语文化背景各不相同，译者在翻译这类典故中的文化承载词时，应该先了解原作者的认知环境、成长背景、对生活的深刻理解以及对作品的艺术构思，在充分理解原文本中文化承载词意思的前提下分析目标群众的可接受程度和期待评估。译者还应该拥有娴熟使用双语的能力，以将原文本典故中的文化承载词客观反映于译本中。此外，除了立足于对原文本中的典故充分理解这一基础，维持原文化承载词的基本信息、创作风格和审美意蕴，译者的创造性也应该受到重视。译者需要分析目标受众的表达习惯后创造性地翻译原文本，真正成为翻译这一交际过程的积极参与者。

　　由于考量标准的不同以及价值观点的差异，不同的译者对同一典故所采用的翻译技巧各不相同，且由此产生了不同的表达效果。无论是原文本创作的语境、原文本的语篇类型，还是其文本功能，都是译者选用翻译技巧时会综合考虑的因素。此外，译文受众群体对于中国典故的可接受程度、文化背景以及译者的翻译目的也会影响译者对翻译技巧的使用。典故的英译需要忠于原文，保持其原始风味，并适当增补其隐含意义，以达到语用意义的有效传递。同时，典故的文化性也是译者选用翻译技巧时必须纳入考量的因素，以免造成文化错位或文化扭曲的现象。出于多方面因素的考虑，杨宪益夫妇和霍克斯对《红楼梦》酒令中的典故英译采取了多种不同的翻译技巧，如直译法、意译法、替代法、增译法、注释性解释法等。杨译在选用翻译技巧时主要以原文本为基础进行选择；而霍译则更多考虑目标受众群体，以译入语为导向。

　　下面将结合杨宪益夫妇和霍克斯所作的《红楼梦》的两个英译本中有关酒令里典故的翻译案例，探讨典故英译的特点和难点，研究典故的翻译策略和技巧。

　　　例 6.1
　　　例句：鸳鸯道："当中 '二五' 是杂七。"
　　　　　　薛姨妈道："织女牛郎会七夕。"（第四十回）
　　　杨译："In the middle 'two and five' make seven."
　　　　　　"The Weaving Maid and Cowherd[3] meet in Heaven."

（Note）3. Names of constellations in Chinese astronomy. According to Chinese folklore, the Weaving Maid and the Cowherd were lovers.

霍译："Between them, two and five make seven."

"On Seventh Night the lovers meet in heaven."

该酒令出自《红楼梦》第四十回，众人行牙牌令。

第六小句"织女牛郎会七夕"中运用了"牛郎织女"这一人物典故。"牛郎织女"属于神话传说类典故，在中国民间一直广为流传，是中国四大民间传说之一。"牛郎""织女"是从天上的牵牛星、织女星的星宿名称衍化而来。相传织女是天帝最小的女儿，擅长织布，通过编织为天空制作彩霞。有一天她私下凡间，结识了憨厚善良的牛郎，和他相恋结合，过着男耕女织的生活。然而此事被天帝天后知晓，织女被捉回天宫，两人被拆散。牛郎在耕牛的帮助下追至天宫，却无奈被天河阻挡分隔。他们坚贞的爱情感动了喜鹊，喜鹊们便用身体搭成桥梁，横跨天河，帮助牛郎织女在鹊桥上相会，但只能一年一期。从此，牵牛星与织女星隔银河相对，每年只能七夕（七月初七）相会一次，由喜鹊飞来银河上搭成鹊桥，让二人相会。后来，"牛郎织女"这一典故被用来代指爱人这一客体，表示夫妻分隔两地、不得相会的情况，借以表达深深的相思之情。

本令是牙牌令，此句制令者是薛姨妈。其抽到的牙牌，上二下五，合为杂七，薛姨妈用"织女牛郎会七夕"这一典故，"七夕"与牙牌的七点相合。

杨译对这一典故的翻译基本按照字面意思进行直译，将典故中的主要人物名称译为 Weaving Maid 和 Cowherd，使用意译的方式，译出人物名字所暗含的意义，即"织女"是天宫织布的仙女，"牛郎"是放牛的凡人。目标语读者可以通过主人公的名称的意义窥见典故所呈现的人物背景和关系。对于典故的事件和地点，杨译也是基本直译，用 meet 表明二人相会，用 in Heaven 表示在天宫。值得注意的是，用 Heaven 这个具有典型目标语文化特色的词语，更有利于目标语读者理解故事发生在天宫的特点，带出典故的神话意蕴。然而，虽然杨译较为贴合原典故的故事内容，但也有很多问题。首先，只译出人物名称意义，却没有译出主要人物关系，使得读者无法理解 meet 背后所经历的劫难和来之不易。其次，没有译出最重要的"七夕"这个时间概念，也因此割断了和牙牌牌面点数"七"的联系，不利于整个酒令的意义传达。

霍译采用意译法，没有直译主要人物的名称，而是译为 the lovers，直接译出人物的情感关系，明确典故的主体情况，使得读者能够理解典故中 meet 的坎坷背景。同时，霍译还专门译出时间概念 On Seventh Night，既点出典故发生的特殊时间，还原了原典故的情节设计和情感意义，又与牙牌令的牌面点数契合，让人了解整首牙牌令的文化底蕴。

例 6.2

例句：鸳鸯道："凑成'二郎游五岳'。"

薛姨妈道："世人不及神仙乐。"（第四十回）

杨译："The whole: O'er the Five Peaks the young god wends his way."

"Immortal joys are barred to mortal clay."

霍译：'Together that gives: "The Second Prince plays in the Five Holy Hills".'

'The immortals dwell far off from mortal ills.'

该酒令出自《红楼梦》第四十回，众人行牙牌令。

第七小句"凑成'二郎游五岳'"中，使用"二郎游五岳"的典故，属于神话传说类典故。二郎是神话传说中的仙人，俗称二郎真君，又说是灌口二郎神，众说不一。据《封神演义》记载，"二郎"是指杨戬。二郎神英勇善战，司掌神职甚广，可为水神、猎神等。"五岳"，即中国境内五大名山，即中岳嵩山、东岳泰山、南岳衡山、西岳华山、北岳恒山。相传二郎神性好游逸，常四处游历，典籍多有记载。如陆游《神君歌》"世间局促常悲辛，神君欢乐千万春"，描写二郎神出游镜像。又据《道教科范：全真派斋醮科仪纵览》一书中收录的《二郎真君宝诰》记载："圣德巍巍，神功浩浩。显应忉利之上，微济方隅之中。御黄袍而赞勤让，让五帝而驾白龙。迅察人间，体入自然。融融喜动，眷风威示。法相赳赳，怒漂秋霜。"（彭理福，2011）书中详细描绘二郎神君游历人间的盛景。明代味道斋《宣和牌谱》记载："潇潇独倚龙驹马，游遍恒衡泰华嵩。"牌谱中直接描写了"二郎游五岳"这一典故的详细内涵，即二郎神巡查五岳、巡查人间。

本令是牙牌令，此句制令者是鸳鸯。这一句是将三张牙牌凑成一副的总结，三张牌中间上面是二点，下面和左右两边各有三个五点，故而用"二郎游五岳"的典故，与点数分布相合。

杨译为意译，典故的主人公及发生地点都只译其意，不译其名。将"二郎"

译为 young god，表明主人公是一个年轻的神仙，便于目标语读者理解，但是译文失去了中国文化中二郎神这一神祇的独一无二性。将"五岳"译为 the Five Peaks，只译出是五座山峰，但没有译出中国地理上"五岳"的重要性以及"五岳"虚指所有名山大川之意。将"游"用 wends his way 表示，只能看出"走过"的意思，缺少"游玩"之兴，没有体现原典故主人公二郎神好游逸的性格特点，也没有传达出原典故的文化内涵。

霍译则有所取舍。他将典故主人公"二郎"译为 the Second Prince，没有理解人物的实际身份，将神仙译成了凡间的王子。将"五岳"译为 the Five Holy Hills，用"圣山"让目标语读者了解"五岳"的特殊所在，虽不完全符合原文含义，但能在一定程度上表现原典故的背景，有利于目标语读者理解典故内涵。他将"游"译成 play，直接表现了典故中的情节特点和人物个性，保留了原典故的文化意蕴，传达出原文本的艺术构思。

例 6.3

例句：撒盐是旧谣。苇蓑犹泊钓（第五十回）

杨译：To "scattered salt" the song compares the snow.

The boatman is fishing still in his coir cape...

霍译：The guests on ' scattered salt ' themes improvise.

Now is the woodman's axe no longer heard—

这是芦雪庵五律排诗的中间两句，制令者是贾宝玉。诗句的大意是，以撒盐比喻成雪已经成为旧事，长着芦苇的水中仍然有渔夫们披着蓑衣在孤舟上垂钓。"撒盐"这一典故出自南朝刘义庆的《世说新语》：

谢太傅寒雪日内集，与儿女讲论文义。俄而雪骤，公欣然曰："白雪纷纷何所似？"兄子胡儿曰："撒盐空中差可拟。"兄女曰："未若柳絮因风起。"公大笑乐。即公大兄无奕女，左将军王凝之妻也。

晋太傅谢安，出身陈郡谢氏，是当时出名的高门望族，谢家子弟多麒麟之才，享誉一时。谢安召集族中子弟咏雪，侄儿谢朗称"撒盐空中差可拟"，虽形似但欠缺诗意。此时侄女谢道韫称"未若柳絮因风起"，将飞雪比喻成柳絮，一时技惊四座。这一段吟诗偶得的佳话，为后世文人津津乐道，更盛赞谢道韫有"咏絮之才"。

本诗令称"撒盐是旧谣",以撒盐比喻成雪已经成了旧事。对"撒盐"这一意象,两位译者都保留了原本的名称,并用引号表现它是具有特定意义的事物。为了突出典故的内涵,两个译本又做了不同的处理。杨译增译 compare the snow,将典故中用"撒盐"比喻"落雪"的含义直接翻译出来。杨译的处理践行了典故翻译的一种理念,即在翻译中如果遇到用典,要翻译出典故的实际意义而不是字面意思。霍译的处理方式则稍有差异,他将重心转移到整个典故的发生过程上,即一群人即兴作诗,但诗歌主题他界定为 'scattered salt' themes,和原典故"咏雪"的主题显然不相符合。这可能是霍克斯对中华文化的理解较为欠缺所致。

例 6.4

例句:两个冤家,都难丢下,想着你来又记挂着他。两个人形容俊俏,都难描画。想昨宵幽期私订在荼蘼架,一个偷情,一个寻拿,拿住了三曹对案,我也无回话。(第二十八回)

杨译:Two lovers have I,

From both I'm loath to part,

For while I think of one

The other's in my heart.

Both have so many charms

They're hard to list;

Last night by the rose trellis

Was our tryst.

One came to make love, one to spy;

Caught in the act was I

And, challenged by the two of them,

Could think of no reply!

霍译:Two lovely boys

Are both in love with me

And I can't get either from my mind.

Both are so beautiful,

So wonderful,

So marvelous

To give up either one would be unkind.

Last night I promised I would go

To meet one of them in the garden where the roses grow;

The other came to see what he could find.

And now that we three are all

Here in this tribunal,

There are no words that come into my mind.

　　该酒令源自《红楼梦》第二十八回，冯紫英邀贾宝玉至其家饮酒。席上，薛蟠酒酣忘情，拉着妓女云儿要她唱一个新样儿曲子，云儿就弹着琵琶，唱了这支小调。

　　这首小曲令使用典故"三曹对案"。"三曹对案"出自明代吴承恩所著章回体小说《西游记》，属于文学类典故。《西游记》第十回记载："第一殿秦广大王即差鬼使催请陛下，要三曹对案。""曹"字有两层意思：其一，指诉讼中的双方，即原告和被告，合称"两曹"。其二，官署名，即阴曹，可以代指阎王或判官。由此，"三曹"分别代指诉讼中的原告、被告和证人三方。"案"即为案件的意思（梅萌，2011）。这一典故常用在审判诉讼案件时，原告、被告和证人三方面都到场同堂质辩，当场对质审问。

　　该酒令中，小曲唱词讲述了一个放浪大胆的女孩儿，同时爱上了两个"形容俊俏"的男子。一天晚上，她跟其中一个"偷情"之时，被另一个人"拿住"，结果只能"三曹对案"。可见这一典故在此令中是引申用法，将审判的地点搬到私人场所，审判的案件变成私人感情的纠葛。纵观整本书，这首酒令通过"三曹对案"，隐喻暗示了贾宝玉、麝月和袭人三人间的情感纠纷关系。袭人是和贾宝玉有云雨情事的第一人。贾宝玉生日当天，贾府诸位姑娘抽花名签，麝月抽到花签是荼蘼花，和本令中的"荼蘼架"刚好呼应。

　　杨译采用直译的方法，直白地将"三曹对案"在本令中的实际事件翻译出来，caught 是前提，对质的三方是 I, two of them，同时用 challenged 表明三者之间的互辩关系。杨译结合整首小曲的上下文内容，将尴尬的三角感情关系直白地翻译了出来。但是"三曹"这一典故原本的含义则没有在杨译的译本中体现，目标语读者没办法通过译文了解其中蕴含的传统审判方式和内蕴。

　　霍译则更贴近典故原意。他将"三曹"的三方用 we three 表现，同时使用地点词 in this tribunal，点明典故的原发生地是在审判案件的法庭。霍译尽力在原有意义和语境意义之间做一个平衡和协调。相较而言，霍译更偏重原有意义，注重体现原典故的文化内蕴，但是对原酒令的语境意义的传达，就不及杨译那么直接明晰，对目标语读者来说也不及杨译容易理解。此句的前一句的发生地点是garden，这一句则转换场景到 tribunal，缺少过渡和连贯，会使读者感到困惑。

例 6.5

例句：鸳鸯道："凑成便是个'蓬头鬼'。"

贾母道："这鬼抱住钟馗腿。"（第四十回）

杨译："Together they make a 'ghost distraught.'"

"By his leg the ghost-catcher he's caught."

霍译：'Altogether that makes："A shock-headed devil with hair like tow",' said Faithful.

'The devil shouts,"Zhong Kui, let me go!",' said Grandmother Jia.

本令是第四十回牙牌令，根据牙牌点数行令。这两句是三张牙牌合为一副后的总令词。

这两句用到的典故"钟馗捉鬼"，属于民间故事类典故。这一典故最早见于北宋沈括所著的《梦溪笔谈》，其中记载了当时见到的钟馗图像。到了明朝，钟馗故事大致定型。明代陈耀文著《天中记》，其中录《唐逸史》所载唐玄宗梦见钟馗入梦驱邪之事。相传钟馗祖籍终南山，唐高祖时应举因相貌丑陋不第，触殿前阶石而亡，后成为鬼王，发誓要替大唐除尽天下虚耗妖魅。天宝年间，唐玄宗久病不愈，梦见小鬼作怪，幸得钟馗及时出现，捉鬼救驾，玄宗方才痊愈。后来，唐玄宗命画家吴道子描画"钟馗捉鬼"的情境图，贴在宫门上，自此诸邪不侵。钟馗捉鬼图传到民间，人们纷纷效仿，将钟馗的神像贴于门上辟邪，过年时驱赶年兽。

这一句牙牌令，三张牌合为一副，牌面看起来就像一个头小而披头散发的"蓬头鬼"，鸳鸯便将其形状直接描摹点出。贾母接令称"这鬼抱住钟馗腿"。《孤本元明杂剧》中记载《庆丰年五鬼闹钟馗》一剧，有五鬼一齐拥上扯衣抱腿与钟馗扭打的情节（冯沅君，1944）。昆曲折子戏《钟馗嫁妹》中也有小鬼抱住钟馗腿玩闹的情节。在这里使用这一典故情节，是刻意制造一种诙谐幽默的效果。

杨译将"蓬头鬼"转译，译为 ghost distraught，即"心烦意乱的鬼"，将外形上的"蓬头"变为心理上的"烦乱"，能够较好地帮助目标语读者理解其情感内涵。但是，这里的"蓬头鬼"实质上是根据骨牌点数外形联想所得，是牙牌点数的象形联想法。杨译将具象转译为抽象，割断了象形联想关系，也无法令读者了解这里所行酒令的真正内涵意义。霍译将"蓬头鬼"直译，使用 with hair like tow，令读者了解鬼的具象形态，较为准确地还原了原文本牙牌令意义，更为贴切。

对"钟馗"这一典故形象，杨译为意译，使用 ghost-catcher，即"捉鬼者"，表明"钟馗"在典故中的身份和能力。杨译通过语境补全的形式，在跨文化碰撞时对原文本的内涵意义即"钟馗捉鬼"进行了翻译，让译文更加生动形象，易于理解。但是，中国历史传说中的捉鬼能手并不只有钟馗，还有神荼、郁垒等，将"钟馗"译为"捉鬼者"，把内涵意义扩大化，没有突显出"钟馗"这个独一无二的个体在中国文化中的特殊价值及其丰富的文化意义。相较而言，霍译采用音译法，直接使用汉语拼音翻译人物名字，表示这是中国文化中的一个特殊人物。尽管目标语读者无法直接了解人物的职业和背景，但是从他文化视角却更能彰显人物的重要地位。同时，霍译最后一句完全打乱原句意思，整句使用意译的方法，将动作关系译成语言对话，虽然改变了原酒令的句子内容和结构，但保留了原典故的人物关系，并且同样译出了一种诙谐有趣的氛围，保留了酒令原文本的语体风格。

对于这种具有特殊人物名称的典故，杨译和霍译分别从不同的角度进行了考量和翻译，各有千秋。意译人物身份职业可以方便目标语读者理解和接受，但失去了原典故文化内蕴。直译人物名称可以更完整地传递中华文化的重要元素，还原典故的真实内涵，但可能会造成目标语读者理解的困难。综合两点考虑，建议将二者结合，使用直译人名再辅以注释的方法进行补充说明。这样既可以保留原典故内蕴，又能为目标语读者提供必要的背景信息，以达到有效转换和传播的目的。

例 6.6

例句：湘云忙联道：清贫怀箪瓢。（第五十回）

杨译：Xiangyun swiftly rounded this off.

Xiangyun：

Back to his humble lodge the poor scholar would go.

霍译：Xiang-yun capped it：

XIANG-YUN：

Snug thatch more favour finds in poor men's eyes.

这是芦雪庵五律排诗的中间一句，是史湘云行令。诗句的大意是，穷苦的人们因为大雪饮食无依，怀念"箪食瓢饮"的清贫生活。

"箪瓢"，盛饭食的器具称为"箪"，盛酒水的器具称为"瓢"，二者合用指代"饮食"（韩希明，2016）。关于"箪瓢"的典故出自《论语·雍也》："一箪食，一瓢饮，在陋巷，人不堪其忧，回也不改其乐。贤哉，回也！""箪食"在这里表粗疏的饮食，和"陋巷"一起表现颜回生活的清贫艰苦，赞扬他安贫乐道的崇高志向，为其老师孔子所称颂。

杨译为 humble lodge（简陋的住处），霍译为 snug thatch（温暖的茅草屋），二者都不约而同地化用了"箪瓢"这一典故中的文化意义，并且运用范畴转化的方式，将不易理解的"箪瓢"意象转译成便于理解的"陋室"形象。虽然使用的物象发生了转变，但对安贫乐道的内涵意蕴却用了不同的译法表现出来。杨译增译主语 poor scholar，点明典故主角的身份，侧面补充原意象的情境和含义。霍译增译主语 poor men，并用倒装的形式，将 snug thatch 提前，突出在清贫之人的眼中，即使茅草房子也是温暖的这一内涵，通过更形象的方式传达原典故的思想意蕴，也更有利于目标语读者理解。

例 6.7

例句：淮阴怀古

壮士须防恶犬欺，三齐位定盖棺时。

寄言世俗休轻鄙，一饭之恩死也知。（第五十一回）

杨译：HUAIYIN

Even the brave must guard against savage hounds；

He was made Prince of Qi and died straightway；

But let not the worldly despise him

He remembered the gift of a meal till his dying day.

霍译：Huai-yin

The brave must beware of the vicious dog's bite：

The gift of a throne on your fate set the seal.

Let us learn from your story the humble to prize,

And due gratitude show for the gift of a meal.

　　这是薛宝琴所作怀古诗灯谜酒令的第四首《淮阴怀古》。"淮阴"指淮阴侯韩信。他早年家贫但志高，曾受胯下之辱，也曾受老妪一饭之恩，他帮助刘邦平定天下，创下不世功勋。《红楼梦》中借韩信之事，影射王熙凤曾经帮助刘姥姥，贾府落败后，刘姥姥知恩图报，帮助王熙凤女儿巧姐脱难。

　　首句用暗喻的方式，用"壮士""恶犬"喻指韩信年少时被逼胯下受辱之事。韩信早年家贫，曾在市集遭淮阴恶少欺辱，逼迫他从胯下爬过去。韩信无人可依，不得不屈从。但此事在小韩信心中埋下种子，刺激他努力上进，终于扬眉吐气。第二句中"三齐位定"指韩信成为三齐王的典故。"三齐"指胶东、齐、济北三个诸侯国。相传韩信在破赵平齐后，派使者请求刘邦封他做齐国的"假王"，刘邦得信后正要发怒大骂，但被张良暗地阻止，便马上改口称：大丈夫要做就做真王，做什么假王！韩信于是便被刘邦封为齐王。"齐"字还含有与天王齐，与地王齐，与君王齐的意思（任宪宝，2017）。"三齐位定盖棺"暗指韩信的结局，获封齐王已经惹君主不满，后终于不可避免地走向兔死狗烹的命运。第三句也是描写韩信早年际遇。韩信曾经因贫困常常依靠乡里糊口度日，多遭人厌弃，饱受"轻鄙"。下乡南昌亭长看重韩信才华，接连数月供给他饭食，但厅长的妻子非常嫌弃他，便提前吃饭，不给韩信准备饭食，韩信知道后愤而离去。此句劝世俗之人不要小看韩信，他日后当大有作为。第四句是指韩信不忘早年漂母的"一饭之恩"。相传韩信早年在城下钓鱼，贫困腹饥，一位在河边洗衣的大娘看见，便给韩信饭食，一连数十天，韩信当下发愿表示未来一定会报答大娘。韩信发迹后果然实践了自己的诺言，不忘早年之恩。

　　杨译和霍译对第一句都采用直译的方法，基本对照字面意思翻译出表层意义。第二句"三齐位定"，两个译本都能挖掘其中表示的"齐王"的内涵意义。杨译为 Prince of Qi，基本对等译出字面含义。霍译为 gift of a throne，结合典故内涵，点明王位是获赠的一份礼物。"盖棺"杨译为 died straightway，和前半句译文结合起来，表现出韩信为王之后迅速灭亡的身世际遇，一定程度上贴合了原典故的文化内涵。霍译则更进一步，完全使用意译的方式，不按照字面意义翻译，而是更明确地将潜在意义表现出来。通过增译 fate 和 set the seal，表明韩信的命运自封王之时起就已经注定，不可更改，与原典故的内在意义相符。霍译用目标语读者更为熟悉的词语和表达方式将典故的文化内涵呈现出来，能够让读者更好地理解典故的隐含意义，实现双语之间的意义转换。

最后一句"一饭之恩"的典故，杨译和霍译都为 the gift of a meal，将典故中的关键词"饭食"译出，并用 gift 表示"恩典"之意。通过直译的方式，能够直接把原典故的故事情节和文化内涵传达给目标语读者。从整句来看，语境意义中"死也知"表示"至死不忘"的意思，这一点两个译本的处理方式稍有差别。杨译更贴合原句的字面含义，用 remember 和 till his dying day，将原文本意义直接译出。霍译则选择意译，把原有的意思转译成 due gratitude，用词和句式结构都更符合目标语的语言构建方式，也更便于目标语读者理解。

由此可知，不管是采取直译还是意译，其要旨是在当前语境之下能够最大程度还原原语文本典故的文化内涵及其引申意义，以达到有效向外传递中华文化的目的。

例 6.8

例句：黛玉联道：缤纷入永宵。诚忘三尺冷（第五十回）

杨译：*Daiyu*：

Setting the whole night aglow.

Truely the cold of three feet of snow is forgotten...

霍译：Dai-yu followed：

DAI-YU：

How ghostly, as the too short daylight dies!

Its cold the Chengs' disciples could withstand—

这是芦雪庵五律排诗的中间两句，制令者是林黛玉。诗句的大意是，纷飞的雪花飘入静静的冬季长夜，诚心使人们忘记了积雪的冰冷。对于第二句中"三尺冷"的解读，一直众说纷纭。

第一种说法认为，"三尺"即指宝剑。在中国传统文化中，常常用"数字 + 形容词/名词"的方式表示事物的程度，并进一步用表示程度的修饰词用作名词，代指所省略的中心语。如"昂藏七尺"指身材伟岸的男子。"三尺"以其长度喻指兵器宝剑，"三尺冷"指宝剑之锋所渗出的寒冷之意。如王夫之《忆江南》一词中有："剑吐蓉光三尺冷，弓垂蟾影半轮斜。"在本句中，指忠诚之心使戍边将士忘记了刀剑的寒冷。但这个解释也遭到了不少人的反对。一些学者认为，此令是林黛玉所作，她久居闺阁、多愁善感，很难在诗中联想到戍边将士，这里的

"三尺"也应当与兵器无关。

第二种说法认为，这里的"三尺"应出自王勃《滕王阁序》"勃，三尺微命，一介书生"。王勃"时运不齐，命途多舛"的命运与制令者身世飘萍、寄人篱下的境遇相似，因而引起共鸣，便以此入诗。

第三种说法认为，此诗句为芦雪庵饮酒行令时所作的即景联句，需要考虑具体的制令情景来解释。此令主题是咏雪，前后诗句都和"雪"相关，本句也应该从"雪"来考虑。与"雪"有关的"三尺"，是"程门立雪"的故事。"程"是北宋时期的理学大师程颢，游酢、杨时仰慕程颢前去拜访，发现程颢正在假寐，不欲打扰，便站立静候，直到门外大雪已经积了三尺之厚，程颢才醒来发现他们。这个故事以雪积三尺寓意"诚心"，而"诚心"也正是程颢一生所追求的。唯有"诚"可忘却"三尺"大雪的寒冷。后面史湘云接令续句"瑞释九重焦，僵卧谁相问"，前句以"瑞雪兆丰年"的"瑞"对应"诚"，后句则用"僵卧谁相问"引入"袁安卧雪"的典故，与"程门立雪"刚好形成对应。

综上所述，"三尺冷"在这里既有意象的传统意蕴解读，也有典故的解读，理解的不同自然会导致翻译的差异。杨译为 three feet of snow，"三尺之雪"，是采用"程门立雪"这一典故中的文化内蕴，译出"三尺"和"雪"的关系和字面意义。霍译也是做了同样的解读，但更进一步译为 its cold the Chengs' disciples could withstand，不去直译"三尺"，而是点出 Chengs' disciples，即程颢及其弟子所信奉的"诚心"这一理念，将典故中的人物故事用更直观的方式表现出来。相较而言，霍译的意译对目标语读者更为友好，也更能呈现出这一句要表达的文化内涵，但是缺失了"雪"这个连缀上下文的客观事物，造成了对整个上下文联诗理解的脱节。

例 6.9

例句：宝琴也笑道：埋琴稚子挑。（第五十回）

杨译：Baoqin gaily capped this:

　　　Baoqin:

　　　It hides the boy's lyre below.

霍译：BAO-QIN:

　　　His stringless lute-play still more mystifies.

这是芦雪庵众人赏新雪时所作的五律排诗的中间两句，制令者是薛宝琴。诗句的大意是，琴被大雪掩埋，稚子拨弄挑响雪中之琴。

"稚子挑"这一典故出自汉代桓谭的《新论》。《新论·琴道》记载：雍门周与孟尝君对坐，弹琴论悲。孟尝君问：先生弹琴能使我悲伤吗？雍门周答：您现在正是得意之时，我的琴声不能打动您。但是其实您也有可悲之处。雍门周接着就为孟尝君讲述了"天道不常盛"的道理。雍门周道：人生百年千秋之后，高台池曲均已倾颓，坟墓生荆棘，狐兔穴其中，樵儿牧竖（即"稚子"）踯躅其足而歌其上，行人见之凄怆曰："孟尝君之尊贵，亦犹若是乎？"孟尝君闻言有所触动。雍门周趁此时引琴一曲，孟尝君不禁悲叹泣下。

该酒令里引用这段典故，表面上写雪大埋琴，稚子弹奏，实质上是暗喻制令者薛宝琴的身世命运。"琴"者，琴也，谐音双关，既是实际的弦琴，也是谐音薛宝琴。正如典故所言，天道不常盛，富贵不长久，雪下埋琴，既是弹奏之琴，也是暗指薛宝琴最终将被掩埋于大雪寒冬的荒郊野岭，为稚子踩踏歌唱于其上。薛宝琴的人物宿命，在"埋琴稚子挑"制令时便已经尘埃落定。

对于典故中的核心意象"琴"，杨译为 lyre，霍译为 lute。lyre 是古希腊的七弦竖琴，和原典故中的中国古代弦琴不是同一事物，但二者都属于古朴雅致的弦乐器。杨译用 lyre 来翻译"琴"，即使用目标语读者熟悉的乐器来转译原文本，虽然没有还原原典故的"琴"的实际指示物，但却能够令读者更好地理解典故中这种乐器的特点以及在这里所代表的背景和意境。霍译使用 lute 即琵琶这一中国古代传统民乐乐器来翻译，更贴近原典故的文化内蕴，将蕴含的中华音乐元素译介到国外，让目标语读者了解和熟悉。值得注意的是，琵琶和琴在中国古代音乐中尽管都属于弦乐器，但其实并不是同一种乐器。二者在弹奏方式、音色等方面都有区别。霍译将"古琴"译为"琵琶"，可能是因为前者没有恰当的英语单词来翻译，而后者则更为目标语读者所熟知。霍译选用了目标语读者更为熟识的中国传统乐器来替代翻译，既贴合了原典故的文化背景，也更利于读者的阅读接受。

然而，由于"琴"字在汉语中有不同含义，在本令中运用了谐音双关的修辞手法，以"弦琴"的命运喻指"宝琴"的人物命运。在翻译中，这种谐音关系被割裂，没有办法再让读者通过译文发散联想，也就不能进一步了解全书的精妙布局，以及伏笔关系。这是翻译中不可避免的一种不可译的典型文化现象。

从整句话来看，杨译采用直译法，基本按照字面意思译出，突显了"稚子""琴""埋"这几者的关系。霍译则使用意译法，不一一对译原文本的几个意象，而是增译 stringless 和 mystifies 等内容，更为明确地点明原文本所蕴含的似有还无的神秘氛围，突出大雪掩埋万物的意境。对目标语读者而言，霍译的逻辑情感关系更为简单清楚，也更容易让读者理解接受。

由此可见，当典故中存在一些文化物品的特殊名称时，可以翻译成目标语文化中具有类似特征的物品，也可以使用原语文化中具有的另一种类似物品来进行转译。在综合中华传统文化元素意蕴和目标语读者思维认知特点的基础上，方能实现有效翻译，达到期待的有效交际目的。

例 6.10

例句：交趾怀古

铜铸金镛振纪纲，声传海外播戎羌。

马援自是功劳大，铁笛无烦说子房。（第五十一回）

杨译：COCHIN CHINA

His rule is strengthened by great bells of bronze,

Whose sound has spread to tribes beyond the seas;

Ma Yuan assuredly achieved great deeds,

And the iron flute of Zhang Liang needs no praise.

霍译：Hanoi

His column of brass bade the nations obey:

The noise of him spread through barbarian parts.

Brave Ma Yuan to conquest and empire was born:

He needed no Iron Flute to teach him those arts.

这是薛宝琴所作怀古诗灯谜酒令的第一首《交趾怀古》。"交趾"，中国古代地名，位于今越南北部红河流域。这首怀古诗主要使用关于汉朝大将马援的历史典故。

马援，字文渊，东汉开国功臣，帮助光武帝刘秀统一天下。后为汉朝领兵出征，西破陇羌，南征交趾，北击乌桓，声传海外，累官至伏波将军。公元 35 年，马援被任命为陇西太守，率领三千步骑在临洮击败先零羌，令羌人尽数归降。破羌后，马援还力主汉庭驻守金城破羌以西，通商平乱，直至陇右安定。公元 40 年，交趾郡征侧、征贰姊妹因丈夫被汉朝官吏苏定所杀，随即起兵，并得到九真、日南、合浦等郡响应和支持，一举占据岭南六十余城，征侧自立为王。公元

42 年，光武帝刘秀派遣马援水陆并进，南征交趾，最终击败征侧军。马援后在当地兴修水利，改革律法，赢得当地民心。

公元 48 年，马援听闻刘尚讨伐武陵五溪夷军全军覆没，再次请求出征，刘秀怜其年纪老迈不允，马援说自己尚能披甲上马，并亲身示范，刘秀遂答允。可惜马援在南征途中病死，唯留存诗歌《武溪深行》，描写武溪毒淫瘴疫。其门生爰寄生善吹笛，马援此诗正是应和其笛声而作（蔡义江，2007）。

这首诗首句借秦始皇统一六国后收兵器铸金钟和铜人寓意马援建立了赫赫战功。第二句指马援出征陇西，平定叛乱，声名远播。最后两句直言马援战功卓著，有笛曲可佐证其事迹。又据传楚汉之争时，张良曾吹笛作楚声，乱项羽军心于垓下。这里借"笛声"为桥梁，将两代功臣联系起来，彰显其卓越功勋。

杨译基本按照原诗的字面内容进行了直译。首句增译主语 his，用代词较为笼统地体现统治者的身份。"铜铸金镛"译为 great bells of bronze，基本贴合事物的指示意义。第二句增译 whose，将前一句的"钟声"和后一句的"传播"联系起来，增加两句之间的逻辑关系，更有利于目标语读者理解。但是杨译将"戎羌"译为 tribes，将范畴扩大，进行了转译。这种译法对不了解中国民族关系的目标语读者而言更容易理解，但是失去了原句所特指"马援平定戎羌"的典故内涵。后两句杨译都用音译法直接译出典故人物的名字，将原句内容进行了直译。将"铁笛"译为 the iron flute of Zhang Liang，直接表明了人物典故内容和关系，便于受众群体了解其中所含典故意义。

霍译相对偏于意译。首句也增译 his 表示主语，同时译出 column，暗指典故中马援设立在交趾的铜柱。第二句将"戎羌"译为 barbarian parts，也做了转译，扩大了原句中事物的范畴，但是霍译使用 barbarian 一词，点出了在中华民族的语境中"戎羌"的蛮夷身份，一定程度上揭示了原典故的部分文化内涵。第三句直接使用 conquest 表明马援所立的是战功，再现其赫赫功勋。最后一句为意译，霍译省译了另一个典故人物"子房"（即张良），但是将"铁笛"译为 Iron Flute，用首字母大写的方式突显这一意象的特殊内涵，把两代功臣潜在的联系意象明确地翻译出来，较为直观地表现了原句的内在含义，即马援的功勋不逊色于前代功臣，更有利于目标语读者理解。

由此可见，在典故英译中可以适当增译或省译，将不太明确的典故文化内涵明晰化，更有利于目标受众的认知理解，是中华文化有效外译的一种方式。

例 6.11

例句：银蟾气吐吞。（第七十六回）

杨译：The Silver Toad[5] puffs and deflates the moon.

（Note）5. According to ancient Chinese folklore, the Silver
Toad swallowed then spat out the moon, making it wax and wane.

霍译：Damp airs the silver Toad of the moon inflate.

此例出自第七十六回，贾府中秋夜宴，林黛玉和史湘云在凹晶馆相对联诗。
这句是史湘云的接句，其大意是，银蟾在月光下吐气和吞气。

本令行于中秋之夜，因此特意使用与月相关的典故。银蟾指月中蟾蜍，常用
以代指月亮。"嫦娥奔月"是在中国广泛流传的上古神话典故，现存文字记载最
早可以追溯到西汉时期的《淮南子》一书。《淮南子》载："羿请不死之药于西
王母，姮娥窃以奔月，怅然有丧，无以续之。"尽管这一典故故事有不同的版本，
但情节基本一致，即姮娥盗服灵药，飞升月宫，成为"月精"。"月精"即为蟾
蜍，因此可"气吐吞"，符合其生物习惯。古人把云层遮月而过说成是月中蟾蜍
在吞吐云气。

"银蟾"这一意象，杨译译成 Silver Toad，霍译译成 silver Toad，都使用首字
母大写表示特指。两个译本也都增译了 moon 这一意象，将"银蟾"代表月亮这
一文化内涵意义直接译出，方便目标语读者理解典故的真实含义。

值得注意的是，杨译在翻译之外，还通过加尾注的方式，解释这一酒令中所
使用典故的文化渊源和内在意蕴，让目标语读者能更深刻更准确地理解酒令含
义。这种添加注释性解释的翻译方法，丰富了目标群体对"银蟾"的认知图式，
能加深读者对译文的理解，增加读者对中国传统文化的美学体验。

例 6.12

例句：药经灵兔捣。（第七十六回）

杨译：Elixirs are prepared by the Jade Hare[6].

（Note）6. In an ancient legend, a jade hare in the moon
crushed herbs in a trough there.

霍译：See where the Hare immortal medicine pounds——

此例出自第七十六回，贾府中秋夜宴，林黛玉和史湘云在凹晶馆相对联诗。

这句是史湘云的接句，是上一例的下句。其大意是，月中有灵兔捣药。

这一句使用"玉兔捣药"的典故，属于神话传说类。见于汉乐府《董逃行》。相传月亮中有一只兔子，浑身洁白如玉，被称作"玉兔"。玉兔常年在月中拿着玉杵，跪地捣药。它所制作的仙药服用后可以成仙，长生不老。文人墨客经常使用这个典故，以玉兔象征月亮，在诗词中描摹玉兔捣药的情节。如李白的《古朗月行》："白兔捣药成，问言与谁餐？"李白的词《把酒问月》："白兔捣药秋复春，嫦娥孤栖与谁邻。"

杨译将"灵兔"译为 Jade Hare，使用典故中的名称"玉兔"，同时首字母大写，表示其为特指，是特殊的客观事物。和上一例一样，除了翻译句子本身，杨译还通过尾注的方式，添加注释解释"灵兔捣药"的文化渊源和内在意蕴，让读者更深刻地理解这句酒令中典故的潜在意义。霍译则将"灵兔"译为 Hare，只使用首字母大写代表其为特殊事物，没有增译注释。

从整句来看，杨译将"药经"译为 Elixirs，霍译将其译为 immortal medicine，都增译了玉兔所捣之药的珍贵特性，即可以使人长生不老，令目标语读者容易理解典故的特殊意义，实现中华文化元素的合理转换和传播。

由此可见，当涉及一个文化中特有的典故翻译时，为了让目标语读者更加明确地了解典故的内在文化含义，加深对典故本身的认识，可以适当地进行增译、加注或者采用增加注释性解释的方法，以实现文化内蕴的有效转换和传递，实现原文本意义的对等译介。

小结

典故丰赡的故事内容和深厚的文化积淀，为其英译带来了巨大的困难。如何在有限的译文词句中将原语典故所具有的民族文化背景完全呈现，是每一位译者都不得不思考的问题。《红楼梦》酒令中广泛使用的各种类型的典故，汉语母语者往往能够轻易地调动自己的潜在文化储存来加以理解，但对目标语读者来说则往往存在着鸿沟。

两个译本都深谙其理，在翻译中也都尽可能地将典故的字面意义和潜在文化故事内涵融合表达。但由于"言不尽意"的固有矛盾，往往存在顾此失彼的现象。通过分析例证可以看出，两个译本在翻译典故时，都更倾向于译出典故的深层含义。在选词时，往往会过滤掉字面意思，转而使用与深层含义相关的目标语词汇来进行翻译，力求突出原文本的内在文化意蕴。这种译法虽然尽可能地保留了原语的文化内蕴，但却也失去了原语使用典故希望达到的含蓄、内敛、双关等修辞效果，进而失去了原文本的语言表达特色。值得一提的是，杨译在个别典故翻译中采用了增译加注释的方式，对内容繁复的典故内容表达来说不失为一种较好的呈现方式，但同时也对译者本身的语言和文化功底提出了更高的要求。

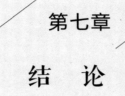

第七章

结　论

　　在文化对外传播的过程中，翻译占有举足轻重的地位。中国优秀传统文化走向世界舞台，经典文学作品的外译具有不可或缺的重要性。《红楼梦》英译的研究已经有了较长的发展历史，但是原文本的丰赡和复杂，也为其英译的准确性和适宜性带来了巨大的挑战。酒令作为中国民间的传统风俗之一，是中国特色酒文化的集中表现之一，也是《红楼梦》重要的文化内容。本书从语言学、类型学、意象和典故等几个方面，结合杨译和霍译的具体实例，对《红楼梦》中酒令英译情况进行了分析。

　　在翻译策略上，杨译偏于异化，霍译偏于归化，杨译偏于直译，霍译偏于意译，但是并不完全如此。对同一酒令的英译方法的不同，可能更多地受到原文本酒令内容的复杂性以及译者不同的翻译习惯的影响。酒令内涵的复杂性，致使译者的理解存在差异，进而导致译文的大相径庭，这一点在文化意蕴更为丰富的意象和典故部分体现得尤为明显。一些酒令本身在内容和形式上具有双关性，其实质内涵是原作者真正想表达的，但表层形式却是原作者在特定文化中所特别选择的。当二者不可同时在译文中出现时，不同的翻译习惯就导致了不同的结果。杨译更倾向于表现表层形式，霍译则更倾向于展现实质内涵，两个译本实际上都在某程度上忠实了原作者的创作思想，难以分出绝对的优劣。而原文本酒令每一则的特殊性，酒令中每一个意象、典故、措辞、音韵的复杂性，也偶尔会促使译者放弃其翻译习惯，转而在具体的酒令翻译中选择相反的翻译策略。

　　中英语言的差异性，加大了酒令英译的难度。酒令偏于韵文的语言表达，大量的文化负载词和有讲究的语序排列，在形式上具有不可替代的中国特色，也决定了它具有较大的不可译性。为此，两个译本都采取了针对性的翻译方法，如词性转化法、增词法、减词法、加注法、选择英语韵尾相押的词语等，尽可能地再现原文本的语言特色。为了译文在意义表达上的便利，两个译本都较多地采用转喻的翻译方法，用范畴转换的方式将难以理解的文化内涵明晰化。语序排列上，杨译基本保持原文本的顺序相似性，霍译则经常会进行语序调整。尽管两个译本都绞尽脑汁以弥合语言的鸿沟，但并没有找到任何一种方法实现翻译形式和内容与原文本的完全对等，而只能因地制宜、因材取法，具体问题具体分析，做到忠实却不拘泥。

酒令的不同类型也对翻译提出了不同的要求。猜谜类酒令，汇合了酒令和谜语的双重特点，必须要翻译出原文本酒令谜面的形、音、义等可能指示谜底的部分，否则就会影响原文本内容的传达。两个译本都着重保留了原文的音韵和句式结构，并采用字面直译加注、直接翻译潜在意义等方法来尽量还原原谜语的特点。博戏类酒令，以竞技游戏为基础，较为简单易懂，其翻译的重点应当放在整个酒令传递的背景气氛、结构风格以及节奏把握上。两个译本都基本做到了节奏相合、韵脚相押，杨译着重照顾字面意义，霍译则更倾向于译出其文化内涵。值得一提的是，霍译为了厘清博戏的游戏规则，还采用了增译序数词的方式，便于目标语读者理解。占花类酒令，依靠筹具行使，翻译时当兼顾筹具上镌刻的花名、题名、诗句和注解，既要展现各自的意义，又须表现它们之间千丝万缕的联系。两个译本对原文本的结构形式处理方法不同，但都基本能确保译出酒令的每一项内容的含义。对每一项内容彼此的内在关联性，霍译采用增加原始作者名的方式，杨译采用加译的方法，但无论哪一种，都只能在一定限度内展示潜在的内涵联系，对目标语读者理解来说成效甚微。诗词经曲令，主要是传统古诗词曲赋，用词典雅且包含拆字、隐喻等艺术方法，其翻译方法和普通诗词的英译方法颇为类似，需兼顾诗词的内容、形式和音韵的各个方面。两个译本都基本尊重并再现了原诗词的韵律节奏、音步句式，但却无法完全译出诗词深邃的文化内涵。

随着中国与世界各国交流的日益频繁，中国优秀传统文化在国际上的推广和传播变得愈加重要，文化的外译也成为关键一环。如何将中国优秀文化译介到世界，一直是近些年翻译研究的热点和重点。本书对《红楼梦》酒令的英译策略和方法的探讨，旨在通过更全面的视角、更充分的例证来补充前人研究的遗漏之处，并为中国优秀文化外译提供更多的翻译案例和建议。然而，酒令只是众多优秀文化的冰山一角，本研究也只是抛砖引玉的一次尝试。中国"一带一路"倡议的落地正进一步推动更多中国优秀传统文化的对外翻译和传播，也势必会有更多的研究者将目光放在文化外译的领域。相信在不久的将来，会有越来越多的中国优秀传统文化被发掘、译介、传播和研究，从而推动中国乃至世界的文化繁荣，为中国优秀文化屹立于世界之林添砖加瓦。

参考文献

艾志云, 2012. 清代酒令研究 [D]. 武汉：华中师范大学.

白洁, 2016. 意象的建构论研究 [J]. 福建江夏学院学报, 6 (5)：67 – 72.

白居易, 2005. 钦定四库全书荟要·白氏长庆集 [M]. 长春：吉林出版集团有限责任公司.

班固, 1962. 汉书 [M]. 北京：中华书局.

包光潜, 2011. 优雅宋词起源于酒桌 [J]. 吐鲁番 (3)：43.

包玉慧, 方廷钰, 陈绍红, 2014. 论《红楼梦》英译本中的中医文化误读 [J]. 中国翻译, 35 (5)：87 – 90.

北京大学古文献研究所, 1998. 全宋诗 [M]. 北京：北京大学出版社.

边佳慧, 2020. 传记文本中前景化语言的翻译 [D]. 大连：大连外国语大学.

蔡义江, 2007. 红楼梦诗词曲赋全解 [M]. 上海：复旦大学出版社.

曹胜高, 岳洋峰, 2018. 汉乐府 [M]. 武汉：崇文书局.

曹雪芹, 高鹗, 2001. 红楼梦 [M]. 北京：人民文学出版社.

曹雪芹, 高鹗, 2009. 红楼梦 [M]. 长沙：岳麓书社.

岑群霞, 2019. 女性主义翻译视角下《红楼梦》麦克休英译本探析 [J]. 中国文化研究, 27 (2)：161 – 170.

陈广忠, 2012. 淮南子 [M]. 北京：中华书局.

陈国英, 文辉, 付姗, 2014. 新编实用英语翻译教程 [M]. 北京：中国工商出版社.

陈乐素, 2002. 宋史艺文志考证 [M]. 广州：广东人民出版社.

陈琳, 2011.《红楼梦》"看官"英译与中国古典白话小说西渐 [J]. 红楼梦学刊, 33 (1)：151 – 166.

陈森, 1990. 品花宝鉴 [M]. 上海：上海古籍出版社.

陈森, 1995. 怡情佚史 [M]. 北京：华夏出版社.

陈述军，陈旭芳，2019. "飐䍃" 与 "点犀" 新解——兼论中国典籍中名物词的英译［J］. 红楼梦学刊，41（2）：315 - 334.

陈廷敬. 钦定词谱［EB/OL］.（2020 - 01 - 14）［2022 - 10 - 01］. https://www.zhonghuadiancang. com/shicixiqu/qindingcipu/29223. html.

陈晓芬，徐儒宗，2015. 论语·大学·中庸［M］. 北京：中华书局.

陈耀文，1991. 天中记［M］. 上海：上海古籍出版社.

陈云珠，2005.《红楼梦》修辞格的等效翻译［D］. 西安：西北大学.

程春兰，2014.《红楼梦》在英语世界中的三重符号学意义［J］. 外国语文，30（3）：135 - 140.

程瑾涛，司显柱，2017.《红楼梦》两个英译本的对比分析——系统功能语言学途径［J］. 语言与翻译，33（1）：69 - 76.

初良龙，2019.《红楼梦》霍克思译本中的古诗词增译策略及启示［J］. 红楼梦学刊，41（4）：322 - 337.

崔令钦，1962. 教坊记笺订［M］. 任半塘，笺订. 北京：中华书局.

党争胜，2013. 霍克思与杨宪益的翻译思想刍议［J］. 外语教学，34（6）：99 - 103.

党争胜，2015. 民俗文化词的翻译问题探微——从《红楼梦》英文版中 "压岁钱" 等词的翻译谈起［J］. 外语教学，36（1）：93 - 97.

董义，1900. 语言学新论［M］. 哈尔滨：黑龙江人民出版社.

杜牧，2007. 樊川诗集注［M］. 上海：上海古籍出版社.

段玉裁，2013. 说文解字注［M］. 北京：中华书局.

范圣宇，2005. 浅析霍克思译《石头记》中的版本问题［J］. 明清小说研究，21（1）：124 - 139.

范晔，1973. 后汉书［M］. 北京：中华书局.

费道罗夫，1955. 翻译理论概要［M］. 李流，张化鹏，等译. 北京：中华书局.

冯君茹，2019. 唐朝酒文化与民族融合［D］. 哈尔滨：哈尔滨师范大学.

冯梦龙，1992. 笑府［M］. 竹君，校点. 福州：海峡文艺出版社.

冯梦龙，2018. 古今谭概［M］. 栾保群，点校. 北京：中华书局.

冯宁，2012. 浅析《红楼梦》期待译本的定位——增强译文的注释性［J］. 神州，100（23）：19.

冯庆华，2006. 红译艺坛——《红楼梦》翻译艺术研究［M］. 上海：上海外语教育出版社.

冯全功, 2012. 《红楼梦》书名中的修辞原型及其英译 [J]. 红楼梦学刊, 34 (4): 237-252.

冯全功, 2014. 《红楼梦》中的俗语修辞及其英译 [J]. 红楼梦学刊, 36 (1): 286-305.

冯全功, 2016. 《红楼梦》英译思考 [J]. 小说评论, 32 (4): 91-99.

冯全功, 张慧玉, 2011. 广义修辞学视角下的《红楼梦》英译研究 [J]. 红楼梦学刊, 33 (6): 27-44.

冯沅君, 1944. 孤本元明杂剧钞本题记 [M]. 北京: 商务印书馆.

高承, 李果, 1989. 事物纪原 [M]. 金圆, 许沛藻, 点校. 北京: 中华书局.

郭丹, 程小青, 李彬源, 2012. 左传 [M]. 北京: 中华书局.

郭茂倩, 2019. 乐府诗集 [M]. 北京: 中华书局.

郭沫若, 1979. 中国史稿 [M]. 北京: 人民出版社.

郭璞, 2011. 尔雅 [M]. 杭州: 浙江古籍出版社.

郭绍虞, 1980. 宋诗话辑佚 [M]. 北京: 中华书局.

韩希明, 2016. 阅微草堂笔记 [M]. 北京: 中华书局.

韩婴, 1980. 韩诗外传集释 [M]. 许淮渥, 校释. 北京: 中华书局.

何权衡, 1989. 古今酒令大观 [M]. 郑州: 河南人民出版社.

贺新辉, 1992. 《红楼梦》诗词鉴赏辞典 [M]. 北京: 紫禁城出版社.

洪涛, 2014. "大国崛起"之论与明清小说对外传播的问题——《水浒传》《红楼梦》的译论与研究伦理 (research ethics) [J]. 红楼梦学刊, 36 (5): 169-195.

侯羽, 贾艳霞, 2018. 基于语料库的《红楼梦》人称指示视点翻译转移比较研究 [J]. 红楼梦学刊, 40 (2): 276-293.

侯羽, 刘泽权, 2012. 汉译英文学翻译中主语位置名词化的使用和成因研究——基于《红楼梦》英译本 [J]. 外语教学, 33 (4): 104-108.

胡平生, 张萌, 2017. 礼记 [M]. 北京: 中华书局.

胡适, 1923. 《国学季刊》发刊宣言 [J]. 国学季刊, 1 (1).

胡适, 2013. 还他一个"不过如此": 谈国故与文明 [M]. 北京: 新世界出版社.

胡适, 俞平伯, 吴宓, 等, 1976. 红楼梦研究参考资料选辑: 第三辑 [M]. 北京: 人民文学出版社.

胡妤, 2016. 汉语诗词中隐性美的传递 [J]. 学术界, 31 (7): 123 - 129.

胡壮麟, 朱永生, 张德禄, 等, 2005. 系统功能语言学概论 [M]. 北京: 北京大
　　学出版社.

桓谭, 2014. 桓谭《新论》[M]. 吴则虞, 辑校. 北京: 社会科学文献出版社.

黄晖, 2018. 论衡校释 [M]. 北京: 中华书局.

黄晋凯, 张秉真, 1989. 象征主义·意象派 [M]. 北京: 中国人民大学出版社.

黄亦锡, 2008. 酒、酒器与传统文化——中国古代酒文化研究 [D]. 厦门: 厦门
　　大学.

霍恩比, 1948. 牛津高阶英汉双解词典 [M]. 北京: 商务印书馆.

嵇含, 1955. 南方草木状 [M]. 北京: 商务印书馆.

纪启明, 2019. 《红楼梦》中典故翻译的厚重翻译法——以杨宪益《红楼梦》译
　　本为例 [J]. 青岛科技大学学报 (社会科学版), 14 (4): 115 - 118.

蒋和平, 2009. 红楼梦诗词鉴赏 [M]. 北京: 气象出版社.

克罗齐, 1983. 美学原理　美学纲要 [M]. 朱光潜, 等译. 北京: 外国文学出
　　版社.

郎瑛, 2001. 七修类稿 [M]. 上海: 上海书店出版社.

朗格, 1986. 情感与形式 [M]. 刘大基, 等译. 北京: 中国社会科学出版社.

雷伟, 2017. 历史典故在高中思想政治课教学中的应用 [D]. 赣州: 赣南师范
　　大学.

黎福清, 2003. 中国酒器文化 [M]. 天津: 百花文艺出版社.

黎靖德, 1986. 朱子语类 [M]. 北京: 中华书局.

李丹凤, 2014. 《红楼梦》中的酒文化及杨霍译文对比 [D]. 保定: 河北大学.

李福印, 2008. 认知语言学概论 [M]. 北京: 北京大学出版社.

李光照, 2005. 中国·天津古文化街彩绘图册 [M]. 天津: 天津古籍出版社.

李民, 王健, 2004. 尚书译注 [M]. 上海: 上海古籍出版社.

李日华, 2010. 六研斋笔记　紫桃轩杂缀 [M]. 南京: 凤凰出版社.

李绍年, 1993. 《红楼梦》翻译学刍议 [J]. 语言与翻译, 9 (1): 30 - 36.

李婷, 2006. 文化缺项的翻译探析——《红楼梦》两种英译本酒令的翻译比较
　　[D]. 武汉: 华中科技大学.

李霞, 2012. 《红楼梦》两译本所体现的译者主体性 [J]. 太原城市职业技术学
　　院学报, 14 (4): 182 - 183.

李奕仁，2013. 神州丝路行中国蚕桑丝绸历史文化研究札记：上［M］. 上海：上海科学技术出版社.

李逸安，张立敏，2011. 千字文［M］. 北京：中华书局.

李振，2012. 语义和交际观下《红楼梦》医药文化因素的英译策略——兼评霍氏和杨氏两译本医药英译的得失［J］. 南京医科大学学报（社会科学版），12（3）：161-167.

廖冬芳，2013. 从推理空间等距原则看中华酒文化的翻译［J］. 淮海工学院学报（人文社会科学版），11（2）：95-97.

刘崇远，1958. 玉泉子［M］. 北京：中华书局.

刘初棠，1993. 中国古代酒令［M］. 上海：上海人民出版社.

刘福芹，2017. 从译者主体性看《红楼梦》典故翻译［C］//四川西部文献编译研究中心. 外语教育与翻译发展创新研究（第六卷）：410-412.

刘福芹，2019.《红楼梦》霍克斯译本中的诗歌翻译——以林黛玉三首咏菊诗为例［C］//四川西部文献编译研究中心. 外语教育与翻译发展创新研究（第八卷）：547-551.

刘会，2015. 目的论视角下《红楼梦》两英译本中典故翻译对比研究［D］. 延安：延安大学.

刘婧，2018.《警幻仙姑赋》英译的社会符号学阐释［J］. 外国语文，34（1）：121-126.

刘士聪，2004. 红楼梦译评：《红楼梦》翻译研究论文集［M］. 天津：南开大学出版社.

刘万国，侯文富，2002. 中国成语辞海修订版［M］. 长春：吉林大学出版社.

刘晓天，孙瑜，2018.《红楼梦》霍克思译本中习语英译的跨文化阐释［J］. 红楼梦学刊，40（5）：236-253.

刘晓天，孙瑜，2019.《红楼梦》霍克思译本中的比喻添加研究［J］. 红楼梦学刊，41（6）：260-273.

刘笑非，2011. 优雅宋词起源于酒桌［J］. 时代青年：悦读，62（11）：66.

刘勰，2005. 文心雕龙［M］. 孔祥丽，李金秋，等注释. 北京：中国社会科学出版社.

刘艳明，张华，2012. 译者的适应与选择——霍克思英译《红楼梦》的生态翻译学解读［J］. 红楼梦学刊，34（2）：280-289.

刘泽权，刘超朋，朱虹，2011.《红楼梦》四个英译本的译者风格初探——基于
　语料库的统计与分析 [J]. 中国翻译，32（1）：60−64.

刘泽权，张冰，2015. 新世纪《红楼梦》英译研究述评 [J]. 外语学刊，38
　（4）：96−100.

卢俊，周合群，秦爽，等，2004. 成语典故故事 [M]. 北京：商务印书馆国际有
　限公司.

鲁迅，2011. 中国小说史略 [M]. 北京：商务印书馆.

鲁迅，2005. 汉文学史纲要 [M]. 上海：上海古籍出版社.

陆容，1985. 菽园杂记 [M]. 佚之，点校. 北京：中华书局.

陆游，1979. 老学庵笔记 [M]. 李剑雄，刘德权，点校. 北京：中华书局.

陆游，2005. 剑南诗稿校注 [M]. 钱仲联，校注. 上海：上海古籍出版社.

吕本中，2019. 吕本中全集 [M]. 韩酉山，辑校. 北京：中华书局.

罗贯中，2005. 三国演义 [M]. 北京：人民文学出版社.

骆宾王，2002. 骆宾王文集 [M]. 北京：中华书局.

麻国钧，麻淑云，1993. 中国酒令大观 [M]. 北京：北京出版社.

马瑞芳，2008. 马瑞芳趣话《红楼梦》[M]. 上海：上海文艺出版社.

马正学，2017. 甘肃太统—崆峒山国家级自然保护区维管植物和脊椎动物多样性
　与保护 [M]. 兰州：甘肃科学技术出版社.

毛一国，2019. 新编中国文献西译书目 [M]. 杭州：浙江大学出版社.

梅萌，2011. 汉语成语大全 [M]. 北京：商务印书馆国际有限公司.

缪文远，2012. 战国策 [M]. 北京：中华书局.

倪其心，2004. 宋史 [M]. 上海：汉语大词典出版社.

牛僧孺，李复言，1982. 玄怪录　续玄怪录 [M]. 北京：中华书局.

欧阳修，1974. 新五代史 [M]. 北京：中华书局.

欧阳修，2001. 欧阳修全集 [M]. 北京：中华书局.

欧阳修，2012. 归田录 [M]. 上海：上海古籍出版社.

彭爱民，2013. 论典故文化的再现——《红楼梦》典故英译评析 [J]. 红楼梦学
　刊，35（3）：272−284.

彭大翼，1992. 山堂肆考 [M]. 上海：上海古籍出版社.

彭定求，1960. 全唐诗 [M]. 北京：中华书局.

彭理福，2011. 道教科范：全真派斋醮科仪纵览 [M]. 北京：宗教文化出版社.

品诗文网, 2006. 杜牧《诗词曲赋文·题禅院》[EB/OL]. (2006 - 08 - 07)[2022 - 10 - 01]. https://m. pinshiwen. com/waiwen/zwjd/20190720154717. html.

品诗文网, 2019. 石崇《金谷诗序（节选)》[EB/OL]. (2019 - 09 - 20)[2022 - 10 - 01]. https://www. pinshiwen. com/wenfu/sanwen/20190920247785. html.

品诗文网, 2019. 王羲之《兰亭集序》[EB/OL]. (2019 - 05 - 14)[2022 - 10 - 01]. https://m. pinshiwen. com/cidian/jddw/2019051443651. html.

蒲松龄, 2016. 聊斋志异 [M]. 骆宾, 译. 北京: 中国文联出版社.

戚雷雷, 2016. 汉语涉酒熟语中的文化研究 [D]. 乌鲁木齐: 新疆师范大学.

曲秀莉, 2014.《红楼梦》中酒文化的翻译——以杨译本和霍译本为例 [J]. 开封教育学院学报, 34 (4): 26 - 27.

屈原, 2019. 离骚 [M]. 黄晓丹, 校注. 北京: 清华大学出版社.

任宪宝, 2017. 中国通史 [M]. 北京: 中国商业出版社.

绍兴文理学院.《红楼梦》汉英平行语料库[DB/OL]. http://corpus. usx. edu. cn/hongloumeng/index. asp.

沈德符, 1959. 万历野获编 [M]. 北京: 中华书局.

沈复, 1999. 浮生六记 [M]. 北京: 人民文学出版社.

沈海波, 2012. 世说新语 [M]. 北京: 中华书局.

沈括, 1996. 梦溪笔谈 [M]. 北京: 团结出版社.

施耐庵, 罗贯中, 2001. 水浒全传 [M]. 长沙: 岳麓书社.

施瓦布, 2016. 古希腊神话与传说 [M]. 高中甫, 郑惠文, 等译. 北京: 中国友谊出版公司.

石成金, 2012. 传家宝全集 [M]. 北京: 外文出版社.

史仲文, 2000. 中国文言小说百部经典 [M]. 北京: 北京出版社.

舒大刚, 曾枣庄, 2021. 苏东坡全集 [M]. 北京: 中华书局.

司马迁, 2008. 史记 [M]. 北京: 中华书局.

宋雪丽, 2017. 唐代江淮地区官员宴饮活动——以笔记小说资料为核心 [D]. 上海: 上海师范大学.

孙源鸿, 2017. 孔稚珪研究 [D]. 大连: 辽宁师范大学.

汤水辉, 2009. 从霍译《红楼梦》解构译者的"他我" [J]. 长沙理工大学学报（社会科学版）, 24 (2): 112 - 114.

汤显祖，2005. 牡丹亭 [M]. 徐朔方，杨笑杨，校. 北京：人民文学出版社.

唐圭璋，2009. 全宋词 [M]. 北京：中华书局.

唐寅，2012. 六如居士集 [M]. 应守岩，点校. 杭州：西泠印社出版社.

提莫志克，2004. 后殖民语境中的翻译：爱尔兰早期文学英译 [M]. 上海：上海
外语教育出版社.

佟玉斌，佟舟，2011. 诗书画印成语典故辞典 [M]. 北京：荣宝斋出版社.

童叶庚，1890. 睫巢镜影 [M]. 刻本. 杭州：武林任有容斋.

汪庆华，2015. 传播学视域下中国文化走出去与翻译策略选择——以《红楼梦》
英译为例 [J]. 外语教学，36（3）：100－104.

汪小祥，佟和龙，2014. 论《红楼梦》中典故的翻译 [J]. 海南师范大学学报
（社会科学版），27（8）：139－144.

王勃，2018. 王子安集 [M]. 北京：中国书店.

王谠，2007. 唐语林 [M]. 崔文印，谢方，评注. 北京：中华书局.

王建，2020. 王建诗集校注 [M]. 尹占华，校注. 上海：上海古籍出版社.

王丽耘，吴红梅，2020.《红楼梦》霍克思译本"红"英译问题辨析 [J]. 国际
汉学，7（1）：21－28，202.

王冕，2011. 竹斋集 [M]. 寿勤泽，点校. 杭州：西泠印社出版社.

王鹏飞，刘淳，2018. 论霍克思、闵福德英译本《石头记》中秦可卿形象的消解
[J]. 红楼梦学刊，40（6）：293－306.

王琦，1977. 李太白全集 [M]. 北京：中华书局.

王实甫，2005. 西厢记 [M]. 张燕瑾，校. 北京：人民文学出版社.

王天海，杨秀岚，2020. 说苑 [M]. 北京：中华书局.

王薇佳，2007. 中国近代外语教育的开端：论京师同文馆的英语教学和翻译活动
及其影响 [J]. 江苏师范大学学报（哲学社会科学版），33（6）：103－107.

王先霈，1999. 文学批评术语词典 [M]. 上海：上海文艺出版社.

王晓霞，2019.《红楼梦》中的酒令文化及其英译对比研究 [J]. 北极光，85
（5）：107－108.

王岩，2014. "三美论"下的《红楼梦》"雪景联诗"两英译本赏析 [J]. 西安航
空学院学报，32（4）：50－54.

王银泉，杨乐，2014.《红楼梦》英译与中医文化西传 [J]. 中国翻译，35（4）：
108－111.

王寅, 2005. 认知语言学的翻译观 [J]. 中国翻译, 27 (5): 19-20.

王寅, 2011. 什么是认知语言学 [M]. 上海: 上海外语教育出版社.

王寅, 2019. 体认语言学视野下的汉语成语英译——基于《红楼梦》三个英译本的对比研究 [J]. 中国翻译, 41 (4).

王元鹿, 2015. 汉字中的符号之美 [M]. 上海: 文汇出版社.

王志彬, 2012. 文心雕龙 [M]. 北京: 中华书局.

王志坚, 1985. 表异录 [M]. 北京: 中华书局.

王佐良, 1989. 翻译: 思考与试笔 [M]. 北京: 外语教学与研究出版社.

文旭, 肖开容, 2019. 认知翻译学 [M]. 北京: 北京大学出版社.

吴承恩, 1987. 西游记 [M]. 长沙: 岳麓书社.

吴楚材, 吴调侯, 1987. 古文观止 [M]. 安平秋, 点校. 北京: 中华书局.

吴龙辉, 1993. 醉乡日月 [M]. 北京: 中国社会科学出版社.

吴友富, 1998. 国俗语义研究 [M]. 上海: 上海外语教育出版社.

吴曾, 1979. 能改斋漫录 [M]. 上海: 上海古籍出版社.

吴直雄, 2003. 界定典故多歧义《辞海》定义应遵循——论典故的定义 [J]. 南昌大学学报 (人文社会科学版), 40 (3): 144-152.

伍蠡甫, 1979. 西方文论选 [M]. 上海: 上海译文出版社.

武恩义, 2006. 英汉典故对比研究 [D]. 北京: 中央民族大学.

武玉秀, 2009. 唐代酒筵文化研究 [D]. 温州: 温州大学.

夏征农, 1999. 辞海 [M]. 上海: 上海辞书出版社.

谢枋得, 1994. 谢叠山全集校注 [M]. 熊飞, 等校注. 上海: 华东师范大学出版社.

新华社, 2014. 习近平在省部级主要领导干部学习贯彻十八届三中全会精神全面深化改革专题研讨班开班式上发表重要讲话[EB/OL]. (2014-02-18)[2022-10-01]. https://www.ccps.gov.cn/xxsxk/xldxgz/201908/t20190829_133857.shtml.

新华社, 2014. 习近平主持中共中央政治局第十八次集体学习[EB/OL]. (2014-10-31)[2022-10-01]. http://www.gov.cn/xinwen/2014-10/13/content_2764226.htm.

新华社, 2018. 习近平出席全国宣传思想工作会议并发表重要讲话[EB/OL]. (2018-08-22)[2022-10-01]. http://www.gov.cn/xinwen/2018-08/22/content_

5315723. htm.

邢力, 2007. 对《红楼梦》杨宪益译本异化策略的文化思索 [J]. 内蒙古大学学报 (人文社会科学版), 49 (1): 100 - 105.

徐传法, 2009. 兰亭集序 [M]. 重庆: 重庆出版社.

徐海荣, 2002. 中国酒事大典 [M]. 北京: 华夏出版社.

徐慧, 张向会, 2009. 认知图式与《红楼梦》诗词中文化意象的翻译 [J]. 淮北煤炭师范学院学报 (哲学社会科学版), 30 (2): 178 - 179.

徐佳宁, 2016. 学习动机理论指导下的激发留学生汉语学习动机案例分析 [D]. 沈阳: 辽宁大学.

徐少华, 刘华, 1999. 古酒历史篇 [J]. 中国酒, 7 (6): 12 - 31.

徐文翔, 2011.《聊斋志异》酒文化研究 [D]. 济南: 山东师范大学.

徐艳利, 2015. 从可卿托梦看霍克思《红楼梦》英译的底本选择 [J]. 外国语文, 31 (5): 103 - 107.

徐玉兰, 2003. 英汉典故的对比与翻译 [D]. 南宁: 广西大学.

许钧, 李国平, 2018. 中国文学译介与传播研究: 卷 2 [M]. 杭州: 浙江大学出版社.

许慎, 2017. 说文解字 [M]. 北京: 中华书局.

许渊冲, 1983. 再谈"意美、音美、形美"[J]. 外语学刊, 6 (4): 68 - 75.

许仲琳, 2012. 封神演义 [M]. 刘素敏, 注. 南昌: 二十一世纪出版社.

薛居正, 2016. 旧五代史 [M]. 北京: 中华书局.

薛瑞生, 1997. 大宝玉与《风月宝鉴》[J]. 红楼梦学刊, 19 (S1): 16.

羊春秋, 2020. 明诗三百首 [M]. 上海: 东方出版中心.

杨伯峻, 1980. 论语译注 [M]. 北京: 中华书局.

杨柳川, 2013. 超越时代的文体意识——《红楼梦》中自由直接引语的运用及其英译策略 [J]. 红楼梦学刊, 35 (5): 223 - 237.

杨敏如, 2003. 南唐二主词新释辑评 [M]. 北京: 中国书店.

杨天才, 2014. 周易 [M]. 北京: 中华书局.

杨宪益, 戴乃迭, 1978. A Dream of Red Mansions [M]. 北京: 外文出版社.

叶朗, 1999. 现代美学体系 [M]. 北京: 北京大学出版社.

一粟, 1964. 红楼梦资料汇编 [M]. 北京: 中华书局.

佚名, 2018. 草堂诗余 [M]. 北京: 中国书店.

佚名. 宣和牌谱［M］. 续修四库全书影印本.

尤衰，2020. 全唐诗话［M］. 北京：文物出版社.

游国恩，李易，2020. 陆游诗选［M］. 北京：人民文学出版社.

俞敦培，2018. 酒令丛钞［M］. 武汉：崇文书局.

宇文所安，2004. 盛唐诗［M］. 贾晋华，译. 北京：生活·读书·新知三联书店.

元稹，1994. 元氏长庆集［M］. 上海：上海古籍出版社.

袁邈桐，2014. 曲水流觞——中国传统诗酒文化［J］. 商业文化，21（1）：52-57.

袁行霈，2018. 陶渊明集笺注［M］. 北京：中华书局.

杂体诗考，2013. 邢居实《拊掌录》［EB/OL］.（2013-05-30）［2022-10-01］. http://www. 360doc. com/content/13/0530/08/10515216 _ 289135449. shtml.

曾国秀，朱晓敏，2013.《红楼梦》霍译与杨译对"六部"官制之翻译考辨［J］. 明清小说研究，29（3）：236-248.

张波，2010. 浅析翻译过程中的中西文化差异及其方法［J］. 考试周刊，4（9）：32.

张丹丹，刘泽权，2014.《红楼梦》乔利译本是一人所为否？——基于语料库的译者风格考察［J］. 中国外语，11（1）：85-93.

张洪安，2013. 我国古代酒令游戏发展演变考释［J］. 兰台世界：上旬，28（3）：79-80.

张惠，2013. 当代美国红学界右钗右黛之文化思辨［J］. 中国文化研究，21（4）：30-40.

张慧之，2011. 目的论视角下的《红楼梦》酒令中修辞格的翻译研究［D］. 北京：华北电力大学.

张晶莹，2007. 西方意象论的主要观点探析［J］. 绥化学院学报，27（4）：86-88.

张启成，徐达，2019. 文选［M］. 北京：中华书局.

张瑞娥，陈德用，2003. 由《红楼梦》中酒令的英译谈起［J］. 安徽技术师范学院学报，20（17）：74-76.

张绍时，2017. 中西意象特征比较论［J］. 青海师范大学学报（哲学社会科学版），39（4）：92-97.

张廷玉，1974. 明史［M］. 北京：中华书局.

张亚新, 2021. 玉台新咏 [M]. 北京: 中华书局.

张之洞, 2017. 劝学篇 [M]. 陈山榜, 评注. 北京: 人民教育出版社.

赵璧, 2012. "玉" 文化在《红楼梦》中的体现及其英译 [J]. 红楼梦学刊, 34
　(1): 267 - 283.

赵长江, 李正栓, 2011. 汉语散体译为英语诗体转换研究——以霍译《红楼梦》
　为例 [J]. 中国外语, 8 (2): 87 - 92.

赵明永, 2014.《红楼梦》"男风" 文化英译对比研究 [J]. 红楼梦学刊, 36
　(4): 302 - 326.

赵颖颖, 2016. 先秦酒及其礼俗研究 [D]. 曲阜: 曲阜师范大学.

赵攸宁, 2018. 中国古代行酒令文化 [J]. 人文天下, 7 (16): 64 - 67.

郑荣馨, 2014. 得体修辞学 [M]. 广州: 暨南大学出版社.

郑玄, 2008. 仪礼注疏 [M]. 上海: 上海古籍出版社.

中国社会科学院语言研究所, 2020. 新华字典 [M]. 12 版. 北京: 商务印书馆.

中华文化通志编委会, 1998. 中华文化通志·第五典 教化与礼仪 交谊志 [M].
　上海: 上海人民出版社.

周定一, 1995. 红楼梦语言词典 [M]. 北京: 商务印书馆.

周敦颐, 2018. 周元公集 [M]. 北京: 中国书店.

周晖, 2017. 金陵琐事 [M]. 南京: 南京出版社.

周琦玥, 2021. 近十年《红楼梦》英译研究述评 [J]. 红楼梦学刊, 43 (3):
　282 - 299.

周维, 2020. 基于认知语言学的《红楼梦》两个英译本中酒名翻译对比分析
　[J]. 牡丹江教育学院学报, 38 (10): 11 - 13.

周小康, 李战子, 2006. 韩礼德语言学文集 [M]. 长沙: 湖南教育出版社.

周勋初, 2003. 唐诗大辞典 [M]. 南京: 凤凰出版社.

周振甫, 2002. 诗经译注 [M]. 北京: 中华书局.

朱光潜, 2019. 西方美学史 [M]. 上海: 上海译文出版社.

朱金发, 2006. 先秦《诗》学思想研究 [D]. 兰州: 西北师范大学.

朱丽丹, 毛嘉薇, 2016. 关联理论视角下的《红楼梦》回目中典故的翻译 [J].
　海外英语, 17 (17): 126 - 127.

祖存基, 1998.《红楼梦》和中国的酒文化 [J]. 江苏商业管理干部学院学报,
　14 (1): 79 - 84.

宗教局, 2017. 伊斯兰教［EB/OL］. (2017 - 10 - 23)［2022 - 10 - 01］. http://www. gov. cn/guoqing/2005 - 09/13/content_ 2582719. htm.

BIO 国际组织教材编写组, 2007. 心理咨询与治疗基础 ［M］. 北京：人民日报出版社.

HALLIDAY M A K, 1976. System and Function in Language ［M］. Oxford：Oxford University Press.

HALLIDAY M A K, 2000. An Introduction to Functional Grammar ［M］. Beijing：Beijing Foreign Language Teaching and Research Press.

HAWKES D, 1973. The Story of the Stone ［M］. London：Penguin Classics.

MORRISON R, 1816. Dialogues and Detached Sentences in the Chinese Language ［M］. Macao：Honorable East India Company's Press.

REISS K, VERMEER H J, 2014. Towards a General Theory of Translational Action：Skopos Theory Explained ［M］. London：Routledge.

后 记

　　《红楼梦》是中国古典小说的巅峰之作，自问世以来，一直以其精湛的艺术形式和深刻的思想价值，影响着中华民族的审美判断和情感认知。在宏大壮阔的时代背景之下，在跌宕起伏的家族兴衰之中，《红楼梦》以一种波澜不惊的姿态，缓缓地描述着诗酒茶肴、服饰礼制、奇珍古玩、草木虫鱼……将美好的生活情致和风俗文化跨越时空地传播开来，并形成了一门经久不衰的显学——"红学"。随着历史的发展和变迁，《红楼梦》被译成不同的语言，成为中国传统优秀文化走出去的卓越代表。关于《红楼梦》翻译的研究也成为"红学"的有机组成部分，为"红学"的持续发展添砖加瓦。

　　酒令，是中国传统民俗之一，汇集了中华民族的文化传统、文学积淀，又融入中国人对生活的审美情趣，是一门包罗万象的学问。作为《红楼梦》中不可或缺的文化元素，酒令推动了情节的发展，又反映了小说的人物性格特征和社会环境背景，预示着人物的命运和故事的走向，在整部作品中起着重要的作用。因此，对《红楼梦》翻译的研究，应当为酒令翻译开辟一个专门的课题。通过对酒令译本的系统性归纳和整理，使酒令区别于书中的其他诗词歌赋，确立其独一无二的位置，这正是本书创作的初衷之一。本书以杨宪益、戴乃迭版本和霍克斯版本为研究的英译底本，将焦点聚集于《红楼梦》中的全部酒令，在建立中英双语平行语料库的基础上，通过大量例证的充分对比和分析，从不同视角深入探讨酒令英译的特点、翻译策略和翻译方法，并建构酒令英译的宏观体系，推动新时期"红译学"的进一步发展。

　　从选题定题到付梓印刷，整个创作过程历时五年，笔者深感中国传统文化的博大精深，也切身体会到《红楼梦》中大量优秀文化元素的不可译性。一个国家的文化经典承载着这个国家的文化底蕴与内涵。随着中国政治经济实力的不断增强，要推动"中国文化走出去"和"一带一路"倡议的落地，必须做到对文学经典的准确翻译，而这又必然依赖于对相关翻译的深入研究。本书正是一次抛

后　记

砖引玉的尝试。

拙著能够面世，获得帮助良多，内心充满感激之情。

感谢责任编辑敬铃凌女士，疫情期间她不辞辛劳，帮助笔者反复修改打磨书稿，并为本书提出许多宝贵意见。

感谢合作者阮先玉老师，在写作过程中给予各种支持和帮助。

感谢学生胡韵佳、钟宇琴、卜凯萱，在繁忙的学习之余仍然坚持帮忙搜集资料、整理例证。

感谢亲人朋友们，帮助分担了生活中的大部分庶务和压力。

感谢以下给予项目支持和资助的单位：

四川省高校人文社会科学重点研究基地——川酒文化国际传播研究中心（项目编号：CJCB2019－02）；

西南石油大学人文社科专项基金资助（项目编号：2018RW019）；

中国学位与研究生教育学会（项目编号：2020MSA21）；

西南石油大学国际油气资源区语言文化研究中心资助项目（项目编号：YQWH2018002）；

西南石油大学翻译研究中心资助项目（项目编号：TRC2019002）。

绠短汲深，笔者深知书中尚存不少问题，期待来日学界同好、良师益友不吝赐教。

孙越川

癸卯年丁巳月甲子日于新都